KB274261

北海冰宮
북해빙궁

무조 新무협 판타지 소설

북해빙궁 6

무조 新무협 판타지 소설

초판 1쇄 찍은 날 § 2007년 5월 10일
초판 1쇄 펴낸 날 § 2007년 5월 20일

지은이 § 무조
펴낸이 § 서경석

편집장 § 문혜영
편집책임 § 최하나
편집 § 문정흠 · 김동화

펴낸곳 § 도서출판 청어람
등록번호 § 제1081-1-89호
등록일자 § 1999. 5. 31
어람번호 § 제2-1202호

주소 § 경기도 부천시 원미구 심곡1동 350-1 남성B/D 3F (우) 420-011
전화 § 032-656-4452 팩스 § 032-656-4453
http://www.chungeoram.com
E-mail § eoram99@chollian.net

ISBN 978-89-251-0704-2 04810
ISBN 89-251-0369-9 (세트)

무조 新무협 판타지 소설

Fantastic Oriental Heroes

북해빙궁

6

북해빙궁

[완결]

도서출판 청어람

목차

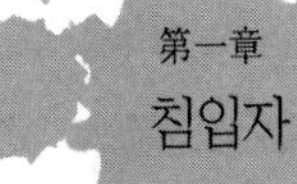

第一章
침입자

1

따사로운 날이었디.

몇 달밖에 되지 않는 해빙기는 일호의 꽁꽁 얼어붙은 강물을 소리없이 녹여주었다. 얼음으로 뒤덮인 척박한 대지에 일 년에 한 번씩 하늘이 내려주는 축복이었다.

혈궁의 습격으로 공포에 떨었던 일호 연안의 부족들은 다시금 활기찬 움직임을 보였다.

혈궁의 멸궁은 북해 사람들에게 큰 충격이었다. 그리고 그 가운데 북해빙궁의 소궁주로 지목된 단여랑이 있다는 사실 역시 놀라움을 안겨주었다.

그 누구도 기대하지 않았던 단여랑의 행동은 북해에 한가닥 희망을 가져왔다.

　신경을 팽팽하게 당기던 추위가 어느덧 사라지고 온몸이 나른해지는 오후 무렵, 일호 연안에서 배를 대는 무인들의 손길이 바빠졌다.

　내분으로 휩싸여 암울함에 빠져 있던 북해에 희망을 준 단여랑, 그가 온다는 소식을 들은 후였다.

　촤아아…… 철썩!

　가벼운 바람에 소선이 물결을 따라 흔들렸다.

　준비된 배는 모두 열 척. 단여랑과 유령전을 싣고 이틀을 저어 북해도로 가야 할 배였다.

　"이제 며칠이나 남았지?"

　"연락을 받은 게 이틀 전이었으니까… 한 열흘 후면 도착하겠구먼."

　"그렇게나 남았나? 시간 참 더디게 가는군."

　"혈궁 놈들 때문에 고생한 걸 생각하면 아무것도 아니지. 이제 새로운 궁주의 등극만 남았으니 한시름 놓아도 되겠어."

　무인들은 일호 연안에 앉아 따사로운 햇살을 맞으며 북해도가 있는 서쪽을 바라봤다.

　태상궁주가 자취를 감춘 뒤 빙궁의 내분으로 힘들었던 나날이었지만, 혈궁의 멸궁으로 하여금 무거운 마음이 조금씩 가벼워지고 있었다. 그때,

“어?”

아무런 생각 없이 호수를 바라보던 무인 하나가 엉덩이를 들썩이며 자리에서 일어났다.

“저건……?”

“비조선 아냐?”

다른 무인들도 어느새 자리에서 일어나 있었다.

서쪽에서 그들을 향해 빠른 속도로 다가오는 배는 북해도에서 무인들이 사용하는 비조선이 분명했다.

비조선은 급한 용무가 있을 시에만 사용되는 배였다. 단여랑을 마중하기 위해서라면 이미 무인들이 준비해 놓은 배로도 족했다.

무인들은 자신들을 향해 다가오는 비조선에서 시선을 떼지 못했다. 비조선이 가까이 다가올수록 갑판에 꼿꼿이 서 있는 사람의 모습을 뚜렷하게 볼 수 있었다. 그는 연안에 있는 무인들도 익히 알고 있는 사람이었다.

배는 연안 부근에 다다라서야 멈추었다.

일호 연안은 절벽처럼 가팔라 철삭으로 엮은 밧줄에 의지해 육지로 올라서야만 한다. 그러나 갑판에 서 있던 사람은 가벼운 몸짓 한 번으로 무인들이 서 있는 곳까지 뛰어올랐다.

“빙령전주를 뵙습니다.”

무인들이 예를 갖춤에도 불구하고 빙령전주 이광은 그들을 지나 어디론가 황급히 발걸음을 옮겼다.

의아해하는 무인들을 뒤로하고 앞으로 나아가던 이광은 십여 장쯤을 더 가서야 걸음을 멈추었다. 그는 멈춘 자리에서 꼼짝도 하지 않고 한곳만을 뚫어지게 응시했다.

그러길 일각여 즈음, 설원 한쪽에서 일단의 무리가 모습을 드러냈다. 모두 노인들로, 처음 보는 외지인이었다.

배를 대던 무인들은 낯선 자들의 등장에 경계를 하기 시작했다. 그런데,

"오셨습니까?"

깍듯하게 허리를 숙이며 외지인들을 향해 인사를 하는 이광의 모습에 무인들은 서로의 얼굴을 바라보았다.

외지인들은 이광의 인사를 받는 둥 마는 둥하며 무인들이 서 있는 곳으로 곧장 다가오기 시작했다.

"배 두 척이 더 필요할 것 같군. 지금 즉시 배를 띄워라."

이광의 명령에 무인들은 서로를 바라봤다.

단여랑 일행을 위한 배였다. 하지만 지금 눈앞에는 낯선 자들이 서 있었다. 빙령전주는 낯선 자들을 북해도로 데려가기 위해 배를 내놓으란 명령을 내렸다.

북해도까지 가는 데만 넉넉잡고 삼 일. 왕복 육 일이라는 시간이 걸린다. 단여랑이 오기까지는 충분한 시간이 남아 있지만 배를 함부로 내어줄 수는 없는 노릇이었다. 이는 지혜원주가 직접 명령하여 준비시킨 배였기에.

"움직이지 않고 무엇들 하느냐!"

이광은 언성을 높였다.

"전주, 송구하오나 지혜원주의 직접적인 명이 내려온 터라……."

무인들은 난처한 기색을 감추지 못했다.

"그래서 지금 내 말을 무시하겠다는 것인가?"

"그런 뜻이 아니옵고……."

순간, 이광의 얼굴이 무섭게 일그러졌다. 그리곤 대답을 한 무인을 향해 뚜벅뚜벅 걸어갔다.

무인은 어찌할 바를 몰랐지만 평소 다른 전주들보다 온화한 성격을 가진 빙령전주였기에 섣부른 걱정은 하지 않았다. 그런데,

휘익— 퍽!

굳게 땅을 디디던 이광의 다리가 섬전 같은 빠르기로 휘둘러지며 무인의 머리를 가격했다.

부지불식간에 공격을 당한 무인은 충격으로 인해 비명을 지를 생각조차 하지 못했다. 무인은 서너 걸음을 옆으로 휘청이더니 쓰러지듯 바닥에 주저앉았다. 그러나 불행하게도 그것이 끝이 아니었다.

빠각!

어느새 달려온 이광은 넘어지는 무인의 안면을 발로 사정없이 짓이겼다.

"쿨럭!"

무인의 입에서 피분수가 뿜어져 나왔다. 코가 얼굴 깊숙이 함몰된 무인은 바닥에 누워 몇 번을 작게 몸부림치다가 이내 물먹은 솜처럼 축 늘어졌다. 즉사.

"……."

너무도 순식간에 벌어진 일.

아무도 입을 여는 자가 없었다. 다른 무인들은 망치로 뒤통수를 얻어맞은 듯한 얼굴로 바닥에 쓰러진 자신들의 동료를 쳐다봤다.

"배를 준비하라."

이광의 음성엔 그 어떤 동정도 담겨 있지 않았다.

무인들은 그제야 이광에게로 시선을 옮겼다. 그들이 알고 있는 빙령전주는 절대로 이런 사람이 아니었다. 새로이 나타난 열한 명의 노인이 누구이기에 빙령전주가 이토록 잔인한 행동을 하는 것인가.

노인들 역시 방금 생명의 불씨 하나가 꺼져 갔는 데도 표정에 아무런 변화가 없었다. 오히려 차가운 눈으로 북해도 쪽을 바라보고만 있었다.

"다음 차례가 되고 싶은가!"

무인들은 이광을 바라본 후 죽어 있는 동료에게 고개를 돌렸다. 그리곤 이광의 명령대로 천천히 움직이기 시작했다.

인위적으로 만들어져 해빙기에도 녹지 않으며, 쇠갈고리가 박힌 신발을 신지 않으면 올라가지 못하는 곳.

북해도의 이백구십이 계단.

빙궁에 오를 수 있는 유일무이한 입구. 천하제일의 직위를 가진 사람이라도, 혹은 염라대왕 할아비라도 궁주의 허락없이는 함부로 올라설 수 없는 곳. 만약 허락을 받았다 할지라도 계단을 오르는 내내 숨어 있는 이십 명의 시선을 받아야 하는 곳.

북해빙궁 이십 인의 수문 무인들은 궁주를 호위하는 빙귀들과 마찬가지로 수련을 받는 동안 그 어떤 곳에도 소속되지 않는다. 수문 무인들은 무공에도 특출한 자질을 보여야 하지만 뛰어난 은신술도 겸비해야 한다.

적이 침입하였을 때 이 이십 명은 빠른 밀마를 던져 궁 내에 보고를 한다. 그들은 각자 두 명씩 밀마의 연결 고리를 가지고 있었다.

적의 침입이 궁에 보고될 때까지 걸리는 시간은 그야말로 촌각에 불과. 그런데……

투명한 얼음 계단이 온통 피로 물들었다. 계단 곳곳에 숨어 철통같은 경계망을 펼치고 있던 수문 무인들의 피다.

밀마가 전달되는 촌각의 시간은 고사하고, 이십 명 모두 동시에 습격이라도 받은 듯한 흔적이 역력했다.

이광을 비롯한 월영문의 수뇌부들은 묘혜를 신고 계단을

여유롭게 올랐다.

긴급 신호를 받고 온 북해빙궁의 여섯 장로. 유령전을 제외한 빙령전과 귀령전, 삼각, 삼당주들이 내원 중앙에 모두 모였다. 그 수만 해도 사백여 명. 작지 않은 내원이었으나 그들로 하여금 꽉 찬 느낌이 들었다.

그들의 앞에는 불청객들이 있었다.

일호 연안의 무인들, 수문 무인들에게서조차 보고를 받지 못했으니 불청객이라 단정 지어도 좋았다.

북해빙궁 사람들은 불청객들의 존재에 대해 중원에서 온 자들이라는 것밖에 아는 바가 없었다. 다만 열한 명의 불청객들의 기도가 하나같이 범상치 않다는 것 정도는 눈치 챌 수 있었다.

모두가 열한 명의 노인을 주시하는 동안, 한 사람의 동공이 급격하게 팽창했다.

둘째 부인 야현이었다.

야현은 전혀 낯설지 않은 얼굴을 보는 순간 흠칫 놀랐다.

출가외인, 그리고 부친과의 재회. 부녀지간이라면 별반 대수롭지 않은 일일 수도 있으나 문제는 그 장소가 북해빙궁이라는 점이었다.

야현은 부친의 방문에 의아함을 던지며 한 걸음 앞으로 나섰다.

"아버지께서 이곳엔 어쩐 일이십니까?"

모두가 놀라 야현을 바라봤다.

야현이 빙궁에 시집을 올 때에도 월영문주는 얼굴조차 비추지 않았다. 비밀스러운 살수 문파라고는 하지만 빙궁의 입장에선 이해할 수 없는 일이었다. 하지만 태상궁주가 묵과한 이상 이의를 던질 사람은 없었다.

그랬는데…… 불청객의 존재가 야현의 부친, 월영문주였단 말인가.

"이곳엔 어쩐 일로 오셨는지 물었습니다."

"십 년도 훨씬 지났다. 아비가 딸자식 얼굴을 보러 온 게 잘못된 일이더냐?"

월영문주의 음성은 낮고 조용했지만 모두의 귀에 똑똑하게 들렸나. 진기를 이용헤 분산되어 있던 이목까지 집중시키게 만드는 힘이 있었다.

"……!"

야현의 긴 속눈썹이 가느다랗게 떨렸다.

그녀는 방금 부친에게서 섬뜩함을 느꼈다.

비록 살수 문파의 종주라 하지만 항상 자신에게는 따뜻하게 대해주던 아버지였다. 야현은 부친이 뛰어난 무공을 지니고 있다는 것은 알았으나 이토록 좌중의 분위기를 압도시킬 만큼 대단하다고 여긴 적은 없었다.

그러나 확실히 달랐다. 부친도 부친이었지만, 다른 열 명의 수뇌부 역시 그녀가 알고 지냈던 노인들이 아니었다. 사십 년을 넘게 살아오며 항상 한 가족이라 여겼던 사람들이지만 지금은… 처음 보는 타인에게서 느끼는 감정, 그 이상도 이하도 아니었다.

순간 불길한 느낌이 야현의 등줄기를 타고 올라왔다. 그녀는 부친이 단순히 자신을 만나러 온 것이 아니라는 예감이 들었다. 적어도 수뇌부 노인들까지 대동하고 올 정도라면.

어떤 이유에서든 북해빙궁에 미리 연락을 주지 않고 온 이상은 불청객으로 간주된다. 더욱이 결코 좋지 않은 의도를 지닌 목적으로 찾아온 것이 이유라면 그녀의 부친은 큰 실수를 한 게다.

월영문의 살상비기가 아무리 뛰어나다 한들 북해빙궁의 털끝조차 건드릴 수는 없다. 부친은 도대체 무엇을 위해…….

그때, 야현의 눈에 빙령전주의 모습이 포착되었다. 그녀의 얼굴에 믿을 수 없다는 표정이 떠올랐다.

"빙령전주……!"

야현은 화염이 이글거리는 눈으로 이광을 쏘아봤다.

이광이 언제부터 자신의 부친인 월영문주와 가까워졌단 말인가. 게다가 월영문주의 옆에 딱 붙어 있는 모습으로 미루어 주종 관계처럼 보였다.

이광은 그녀와 눈도 마주치지 않았다.

야현은 빙령전주의 태도에 둔기로 머리를 얻어 맞은 듯한 충격을 받았다.

이제는 알 것도 같았다.

이광은 그녀에게보다 월영문주에게 더욱 충성을 하고 있었다. 그 둘 사이에 모종의 암묵적인 거래가 이루어져 있음은 두말할 것도 없었다. 이광처럼 기개있던 사람의 마음을 돌리기 위해 부친은 어떠한 조건을 내걸었을까.

야현이 잠시 다른 생각에 몰두하고 있는 동안, 상황은 빠르게 돌아가고 있었다.

"월영문주께서 이곳엔 어쩐 일이시오? 오신다는 전갈은 받은 적이 없는 걸로 아온데……."

삼장로 임자헌은 월영문주의 등장이 달갑지 않았다. 세상을 오래 살아온 만큼 지금의 상황을 추이하는 것은 그에게는 일도 아니었다. 자연 좋은 의미가 담긴 말이 건네질 리 없었다.

현재 자리에 없는 묵야흔과 사장로 도감태를 제외한 장로들을 대표해 말을 건넨 임자헌이었으나 돌아오는 것은 차가운 비웃음뿐이었다.

순간 내원의 분위기가 싸늘해졌다.

둘째 부인 야현의 부친이지만 고작해야 중원의 일개 살수문파의 수장 따위에게 받은 비웃음은 모든 장로들의 미간을 좁히게 만들었다.

"아비가 딸을 만나러 오지 못할 이유라도 있소이까?"

임자헌은 너무도 당당하게 이야기하는 월영문주의 말에

기가 막혔다.

만약 그의 말대로 잠시 안부차 들를 요량이었다면 사전에 어떠한 언질이라도 줬어야 마땅하다.

"오지 못할 이유는 없지. 하오만, 현재 궁 내의 상황이 상황이 아닌지라. 방문하신 시기가 적절치 못한 듯하오."

임자헌은 공손한 태도 대신 팔짱을 끼워 보이며 자신의 기분을 대변했다.

불청객이지만 이들이 온 의도가 궁금한 것은 사실이었다. 설마하니 열한 명으로 빙궁을 어찌하진 못할 것이다. 만약 이들이 나쁜 목적으로 찾아왔다고 해도 월영문 자체는 북해빙궁의 상대가 되지 않는다. 절대로!

한데,

"으음! 이백구십이 계단……."

칠장로 조잔양의 중얼거림이 모두의 신경을 자극했다.

이들이 빙궁의 정문으로 들어서기까지 수문 무인들의 통보를 받았어야 했다. 하지만 통보를 받은 이가 없었다. 장로들은 빙령전 무인들의 긴급 신호를 받고서야 이 자리에 모였다. 그렇다는 말은…….

"수문 무인들을 모두 처리하셨군."

예설각주의 읊조림은 자조 섞인 웃음에 가까웠다.

말이 되지 않는다. 수문 무인들이 어떻게 수련한 자들인데, 아무리 월영문주라고 해도 스무 명이 당해내지 못하겠는가.

"빙령전주, 자네가 왜 그곳에 있는지 궁금하군."

이번에 입을 연 사람은 귀령전주 유사야였다.

"보시는 바와 같이."

냉정한 음성으로 질책하는 유사야의 말에 이광은 난처해하는 빛은커녕 조금도 주눅 들지 않은 채 말했다.

유사야의 두 눈이 가늘어졌다.

"후후! 빙궁을 등졌군. 어리석은 놈!"

쩌렁 울리는 일갈에 모두가 깜짝 놀랐다.

유사야의 말 한마디로 모든 의문들이 일시에 풀렸다.

좌중의 시선이 이광에게로 쏠렸다. 개중에는 믿을 수 없다는 표정을 짓는 사람도 있었고, 이광을 죽일 듯 두 눈에서 화염을 쏘아내는 자도 있었다.

"이해할 수가 없군. 용의 꼬리가 되기 싫어 뱀의 머리를 자처했다는 말인가? 아니지. 지금도 보아하니 뱀의 머리는커녕 꼬리가 되어버린 듯하군."

이광은 조소를 머금은 예설각주를 노려보았다.

"예설각주, 당신같이 하나만 알고 둘은 모르는 외골수는 아마 평생을 가도 모를 것이오. 절대!"

"뭣이!"

예설각주의 얼굴이 급격하게 붉어졌다.

빙령전주는 배분으로 따져 보아도 예설각주보다 한참 아래의 사람이었다. 빙궁에선 삼전도 중요하지만 삼각도 중히 여긴다. 신분의 차이라고는 누가 더 우위라고 말할 수는 없다. 그래도 전주이기에 최소한의 예의는 갖추어주었는데.

스릉!

예설각주의 검은 어느새 푸른 청광을 뿜으며 검집에서 빠져나와 있었다.

빙령전주는 더 이상 호의를 가지고 대할 사람이 아니었다. 사실 예설각주는 월영문주가 나타난 것보다도 빙령전주의 배신에 더욱 큰 충격을 받았다.

앞으로 뛰쳐나가려던 예설각주의 어깨를 잡는 사람이 있었다. 유사야였다.

유사야는 가라앉은 눈을 하곤 고개를 좌우로 미미하게 저었다.

흑사방, 혈궁에 이어 월영문까지……. 모두가 상대조차 되지 않는 세력인데 한 번씩 빙궁을 건드리고 있다. 이제는 그들이 왜 겁도 없이 그런 행동을 했는지 이해가 되었다.

그들 뒤에는 빙령전이 있었다. 북해빙궁 전력의 삼분지 일을 차지하고 있는 삼전 중 하나인 빙령전이.

하지만 그것은 오직 유사야의 생각일 뿐이었다. 그는 아직 월영문주의 본래 신분을 모르고 있다.

그때였다.

"호호호호!"

여인의 낭랑한 웃음소리가 뒤에서부터 들려왔다. 웃음소

리는 점점 가까워지며 월영문과 빙궁 무인들이 대치하고 있
는 곳까지 온 후에야 멈춰졌다.

웃음소리의 주인은 다름 아닌 능가연이었다.

몸매의 굴곡이 거의 드러나는 착 달라붙는 옷에 교태 섞인
걸음걸이는 뭇 사내들의 시선을 단번에 끌어당길 정도로 매
혹적이었다. 짙은 화장을 한 능가연은 도저히 나이 사십이 넘
은 여인이라고는 믿을 수 없을 만큼 젊고 아름다웠다.

능가연은 등장과 함께 야현을 향해 입을 열었다.

"자네는 좋겠네? 찾아와 주는 아버지도 있고."

야현은 대꾸하지 않고 고개를 다른 쪽으로 돌려 버렸다.

능가연은 그녀를 향해 차가운 웃음을 짓더니 월영문주에
게로 몸을 돌렸다.

"초면이죠? 베일에 가려진 월영문주를 이렇게 뵙게 되는군
요. 능가연이라고 해요."

능가연은 마치 반가운 손님이라도 맞이하는 듯, 다정하게
말을 건넸다.

능가연의 이러한 행동은 빙궁 사람들에게는 다소 이해하
기 힘든 일이었다. 대부인은 상황 파악을 하지 못할 만큼 눈
치가 없는 것인가.

"대부인에 대한 말씀은 딸아이를 통해 가끔 들어 알고 있
소. 이렇게 뵙게 되어 영광이오."

"호호! 동생을 통해 무슨 말씀을 들으셨는지 궁금하군요.

설마 나쁜 말은 하지 않았겠죠?"

"무슨 말씀을."

"호호호!"

능가연은 희고 여린 손으로 입을 가리며 애교있게 웃었다.

"무슨 일로 본 궁에 오셨는지는 아까 대답하셨고……. 이번엔 개인적으로 질문을 드리죠. 이곳에서 하실 일이라도 있나요?"

"시기가 좋지 않다고 들었소."

"맞아요. 좋은 시기는 아니죠. 이제는 공공연한 비밀도 아니니… 내분이 일어나 별로 좋은 상황은 아니에요."

"그래서 왔습니다."

좌중이 술렁였다.

장로들과 귀령전주, 삼각, 삼당주들은 능가연과 월영문주의 대화를 한 글자도 놓치지 않고 들었다.

능가연은 눈에 빛을 발하며 다시 입을 열었다.

"그래서 오셨다니요? 혹시나 도움을 주시겠다는 말씀은 아니시겠죠? 송구스럽지만 월영문의 도움을 받을 만한 문제는 아닌 것 같군요."

충분한 예를 갖추었으나 빙궁 내부에 관한 일. 간섭하지 말라는 뜻을 이해하지 못할 월영문주가 아니었다.

"도움의 손길을 거부하시는 게요? 월영문의 실체는 단순한 살수들의 집단이 아니오."

능가연은 한쪽 입꼬리를 말아 올렸다.

"도움을 받을지 안 받을지는 제가 판단해요. 어쨌든 전 빙궁의 대부인이니까요."

유사야의 눈길이 능가연에게 향했다.

능가연은 상황을 파악하지 못한 것이 아니었다. 그녀는 이렇게 많은 사람들이 모인 자리를 빌어 대부인이라는 직위를 확고히 다지려 하고 있었다. 더 나아가 빙궁을 휘어잡으려는 빙궁주의 직위까지도.

월영문주는 온화한 미소를 지었다.

"그렇다면 혹시 적천회(赤天會)라고 들어보신 적이 있소?"

'적천회?'

능가연은 월영문주에게서 시선을 떼지 않은 채 기억을 짚어 나갔다. 적천회라는 이름은 낯설지 않았다. 하지만 그 이름을 듣는 순간 기분이 나빠졌다.

'어디서 많이 들어본 이름인데…… 아!'

기억이 났다.

아주 어렸을 때, 부친인 성검문주가 성검문 수뇌부들과 회의하는 것을 엿들은 적이 있었다. 구파일방을 비롯한 정도문파와 사도문파의 충돌에 관한 이야기였다. 기억이 맞다면 적천회는 그때 들었던 이름이 확실했다.

"들어본 적이 있는 것 같네요. 적천회… 사도 무리를 이끄는 사람들이었죠. 오래전에 자취를 감췄다고 하던데. 감히 대

적할 자가 없다는 초절정고수 열한… 명으로… 이루어
진……!"

능가연의 목소리가 점점 작아졌다. 반대로 그녀의 동공은
점차 팽창되었다.

앞에 있는 월영문주를 비롯한 노인은 모두 열한 명. 그리고
개개인에게서 뿜어져 나오는 기도는 빙궁 장로들과는 비교조
차 할 수 없었다.

"대부인!"

챙!

유사야가 번개처럼 몸을 날려 능가연의 앞으로 나섰다. 그
의 시린 청광검은 월영문주의 면전을 겨누고 있었다.

"서, 설마 당신들이 적천회?"

능가연의 눈동자가 마구 흔들렸다.

내원은 찬물이라도 끼얹은 듯 조용해졌다. 아무도 움직이
는 사람이 없었다.

첫째로 월영문주의 말은 쉽게 믿을 수 없었다. 오래전에 사
라져 버린 적천회가 눈앞에 있다는 사실이 전혀 실감나지 않
았다.

하지만 정말 적천회라면?

가능성은 있다. 빙궁에 굳은 충성심을 갖고 있던 빙령전주
가 등을 돌렸다. 이들이 적천회라면 가능한 이야기다. 겁도
없이 달려든 흑사방, 혈궁, 마라궁… 이들이 믿고 있는 구석

이 만약 월영문, 아니, 적천회라면?

그럴 수 있다. 적천회는 단 열한 명으로 구성된 집단이지만 이들이 실질적으로 움직이게 할 수 있는 무인들은 그 수를 헤아릴 수 없을 정도로 많다. 이들의 등장이 알려진다면 사도무리가 준동하기 시작할 게다. 구파일방에 버금가는 인원들이…….

이로써 모든 수수께끼는 완벽하게 풀렸다.

"그랬군. 당신들이 빙궁에 온 목적이 명확해졌어."

유사야가 여전히 검을 겨누고 있었지만 월영문주는 안색 하나 변하지 않았다.

"우리라면 빙궁 내의 문제는 쉽게 해결할 수 있을 듯한데, 도움을 받으시는 게 어떻겠소?"

도움이라는 명목을 내세웠지만 실제로 도움을 주러 온 것이 아니라는 것을 모르는 사람은 없었다.

채앵! 챙!

순간, 사방에서 검을 뽑는 소리가 들렸다. 그리고,

스슥!

몸을 움직이는 자들도 있었다.

그뿐이었다. 자리가 이동되거나 변한 것은 없었지만 적천회와 대치하고 있는 곳이 아닌, 빙궁 무인들끼리 자리한 곳에서 위기가 일어났다.

검을 뽑아 든 귀령전 무인들. 그리고 귀령전을 향해 언제든 빙장을 날리려 준비하고 있는 빙령전 무인들.

어제까지는 한 식구였지만 지금부터는 서로가 적이었다. 장로들과 각주, 당주들은 순식간에 벌어진 냉랭한 기류에 어찌할 바를 모르고 있었다.

"무엇들 하느냐!"

예설각주의 음성이 내원을 쩌렁 울렸다.

이윽고 예설각의 나이 어린 무인들마저 내원으로 모습을 내비쳤다. 하지만 예설각 무인들의 행동을 저지하는 자들이 있었다.

파동각이었다.

"파동각주! 자, 자네가 어찌!"

"미안하네."

예설각주는 짧은 대답과 함께 빙령전주의 곁으로 다가가는 파동각주를 보며 경악했다. 예설각주가 같은 각주로서 가장 친하게 지내던 사람이 바로 파동각주였기에.

"아버지!"

한쪽에선 울부짖는 여인의 소리가 들렸다.

빙궁 무인들이 받은 충격은 야현이 받은 충격에 비하면 조족지혈이리라. 야현은 눈앞의 현실이 믿어지지 않았다. 아니, 자신의 부친이 사도를 이끄는 적천회주라는 사실을 믿을 수가 없었다. 어떻게 사십여 년 동안 감쪽같이 속일 수가 있었을까. 하늘이 무너지는 것 같았다. 차라리 악몽이었으면.

"아버지! 도대체 왜 이러시는 거예요!"

야현은 능가연처럼 큰 야망을 지니지 않았다. 그녀는 단우인이 궁주의 자리에 오르는 것, 그것 하나만을 바라며 살아왔다. 부친이 빙궁을 점령하려는 것은 그녀가 원하는 게 아니었다.

야현은 울부짖었지만 월영문주는 여전히 능가연에게서 시선을 떼지 않았다.

"대부인께서 결정한다 하셨소? 결정하는 데 잠시간의 시간이 필요할 것 같으니 기다리겠소. 우선, 몸을 좀 녹일 곳이 필요한데……."

빙령전주가 재빨리 움직이며 월영문주를 중앙각 쪽으로 안내했다.

각주, 전수들은 사리에시 꼼짝도 하지 않았다. 누구 한 명이라도 움직이는 순간, 빙령전과 귀령전, 예설각과 파동각의 싸움이 시작될 것은 자명한 일.

어느 쪽도 실력이 뒤지지 않는 집단이다. 이들끼리 싸운다면 잘해야 양패구상. 그렇게 되면 빙궁 전력의 오 할이 넘는 수를 잃는 것이나 마찬가지다.

북해빙궁에서 산전수전 다 겪은 장로들마저 적천회의 앞길을 막지 못했다. 그들 개개인에게서 태산과 같은 기도를 엿보았다. 장로들의 힘으로는 대항한다 해도 역부족인 어마어마한 기도를.

“말도… 안 돼.”

조금 전까지만 해도 당당하던 능가연은 넋 나간 사람처럼 중얼거렸다. 그녀에게도 적천회라는 이름은 커다란 부담으로 다가왔다.

오래전, 자취를 감춰 버린 적천회가 북해빙궁에 다시 모습을 나타낸 것은 앞으로 북해빙궁에 닥칠 위기의 시작에 불과했다.

2

“야속하다 생각하지 말고 들어.”

예서하는 단여랑이 기억하고 싶지 않은 옛이야기들을 꺼내려 했다.

“능가연과 야현은 네 모친을 곤궁에 빠뜨렸어. 빙궁에서 쫓아낼 계획이었지.”

단여랑은 미간을 좁혔다.

“감추어진 이야기가 있어.”

“……”

“네 부모님은 누구보다 서로를 아끼고 사랑했어. 능가연은 욕심과 질투가 많은 여자야. 능가연이 네 모친을 쫓아내려 한 것은 오로지 질투심 때문이었어. 하지만 야현은 달라. 그녀의 뒤에서 누군가가 그녈 조종했다는 이야기가 있어.”

"누구?"

"그건 알 수 없어."

대화는 잠시 중단되었다.

예서하는 단여랑에게 자세히 이야기할 수 없다는 사실에 갑갑했다. 정신이 완전히 나가 버린 단태붕에게서 자세한 이야기를 듣기란 불가능했다.

단여랑은 묵묵히 그녀의 이야기를 들었다. 서늘한 기운을 머금은 그의 눈동자는 옛일을 회상하는 듯 슬퍼 보였다.

"결국 네 모친은 추방당했지."

예서하는 이야기를 중단하고 싶었다. 하지만 단여랑에게 알릴 것은 알려야 했다. 그녀는 쉽게 떨어지지 않는 입술을 억지로 떼어내며 말을 이었다.

"태상부인이 추방시킨 게 아니야."

"……?"

"네 모친을 추방시킨 사람은… 태상궁주, 네 조부야."

"……!"

세상이 정지되었다.

예서하의 입에서 쏟아져 나오는 이야기를 듣는 순간, 갑자기 장님이라도 된 듯 눈앞이 캄캄해져 왔다.

예서하는 더 이상의 이야기를 하지 않았다. 그녀가 알고 있는 이야기는 그게 다였다. 그리고 그런 연유로 태상궁주가 오래전부터 잠적했다고 한다.

이해가 되지 않는 부분이 많았다.

조부가 모친을 내몰았다?

믿을 수 없었다.

단여랑은 그동안 북해에 머무르면서 그런 이야기는 단 한 번도 들어본 적이 없었다. 가깝게 지내던 막부동도, 무슨 이야기든 다 해줄 것만 같았던 홍자경에게서도…….

만약 조모가 아닌 조부가 모친을 추방시켰다면 왜 그 사실을 숨겼고, 왜 다시 단여랑은 찾았으며, 왜 한 번도 얼굴을 내비치지 않은 채 잠적하여 있는 것인가.

죄책감 때문인가? 단여랑의 얼굴을 볼 면목이 없어서?

단언컨대, 조부는 그런 이유로 잠적을 할 인물이 아니었다. 북해 오만의 무리를 거느리는 수장에게 그것은 아무런 일이 아닐 수도 있다. 자고로 높은 직책을 가지고 있는 사람들은 그만큼 냉정하고 냉혹하기 마련이니까.

갑자기 화가 치솟아 올랐다.

북해에서 이단아 취급을 받아도 꿋꿋하게 버티며 무공을 수련한 이유는 오로지 모친의 복수를 위해서였는데.

복수할 대상이 갑자기 바뀌어 버렸다. 보통 사람이었다면 정신적인 공황에 휩싸였을 테지만 다행히도 단여랑은 냉철함을 잃지 않았다.

가슴속에서 꿈틀대는 뜨거운 기운들은 복수를 우선시하지

않았다.

예서하는 자신의 말을 너무 곧이곧대로 받아들이진 말라고 했다. 단여랑도 그러고 싶었다. 정신이 나간 단태붕에게서 들은 말이니 오죽하랴.

그래도 확인은 하고 싶었다.

믿고 있던 사람에게서까지 속았다는 사실을 부정하고 싶었으니까.

혈궁과 격전을 벌인 유령전 무인들은 초췌하고 피곤해 보였다. 그래도 유령전이라는 이름에 걸맞게 그들은 피곤함도 잊은 채 강행군을 계속했다.

오랜만에 유령전과 합류한 막부동은 분주했다.

일 년이 채 되지 않은 시간이었지만 빙옥조가 시작된 이래로 그에게는 바쁜 나날의 연속이었다.

단여랑을 보좌하기 위해 중원에 나왔다가 상처를 입어 오히려 그의 짐이 되었을 땐 치욕스럽기까지 했다. 그래도 다행이다. 이렇게 유령전을 다시 만나 혈궁의 뿌리를 뽑아버린 일은 잘한 일이다.

사대궁 중 하나의 멸궁으로 하여금 파란이 일어나리라는 예상은 기우에 지나쳤다. 마라궁은 꼬리 만 강아지처럼 잠잠했고, 남해태양궁 역시 예상했던 대로 이번 일을 묵과했다. 세인들은 모를 것이다. 혈궁을 멸궁시키는 데 남해태양궁도

거들었다는 것을.

단여랑과 예서하가 다시 일행에 합류하고 나서 반나절이 지나서야 유령전은 잠시나마 몸을 쉴 수가 있었다.

막부동은 단여랑의 부탁으로 단설리의 시신이 뉘어져 있는 관을 직접 운반했다. 관을 바라볼 때마다 가슴이 아파오긴 막부동도 마찬가지였다.

'빙령전……'

단설리가 했던 말들 중에서 빙령전에 관한 일만은 혈궁을 나서면서 지금까지도 머릿속에서 계속 맴돌았다.

북해빙궁으로 빨리 가야 한다. 빙령전이 내분을 도모하고 빙궁을 배신하였다면, 어쩌면 지금쯤이면 마각을 드러내고 있을지도 모른다.

막부동이 한가닥 희망을 걸고 있는 것은 귀령전이다. 빙령전이 만약 움직이기 시작한다면 귀령전이 가만히 앉아서 지켜보고만 있지는 않을 것이다.

막부동의 솔직한 심정으로는 귀령전이 빙령전을 제압하길 바라지만 빙령전 역시 귀령전에 못지않은 실력을 가진 집단이다.

삼전 말고도 다른 세력이 아직 북해도 안에 있으니 안심이긴 하지만 만에 하나라도 빙령전을 추종하는 무리들이 있다면……? 상상만으로도 끔찍했다.

만약 혈전이 벌어진다면 양패구상. 빙궁은 전력의 극심한 피해를 입을 게다.

그래서 막부동은 조금의 시간도 지체하고 싶지 않았다. 빙령전이 내분의 원인이 되어버린 이상 그들을 용서할 생각은 없다. 그러기 위해선 귀령전과 힘을 합쳐야 한다. 하지만 귀령전주와의 사이도 썩 좋지만은 않았다.

이래저래 막부동은 북해의 생각만으로 머리가 지끈지끈 쑤셔왔다.

“……?”

땅바닥을 응시하며 생각에 잠겨 있던 막부동은 자신의 앞에 드리워진 그림자에 고개를 들었다.

“알고 있었어?”

막부동은 단여랑의 난데없는 질문에 인상을 찌푸렸다. 질문 때문이 아니었다. 외모가 변했어도 단여랑은 그가 아는 친동생 같은 녀석임에는 변함이 없지만 눈동자만큼은 확실히 달라졌다.

예전 같으면 장난스러운 두 눈동자가 무슨 의미를 지니는지 어렴풋이 알 수 있었지만 지금은 전혀 모르겠다.

“무얼 말이냐?”

“조부가 모습을 감춘 진짜 이유.”

“그게 무슨 소리냐?”

“…….”

어색한 침묵이 두 사람 사이의 분위기를 묘하게 만들었다.

그러길 잠시, 먼저 코웃음을 친 사람은 단여랑이었다.

"아니야, 아무것도. 그보다……."

단여랑은 애써 말을 돌렸다. 그는 막부동에게서 아무런 숨김도 알아챌 수 없었다. 눈빛만으로 통한 사이가 어디 한두 해이던가. 믿음을 저버리지 않은 데에 깊은 안도의 한숨이 새어 나왔다.

"서둘러 가야 할 것 같아. 설리의 말이 사실이라면 빙령전은 지금쯤 움직이고 있겠지. 혈궁이 사라져 버렸으니까."

"빙령전 따위야……."

"빙령전주는 강직한 사람이야. 같은 전주로서 유령전주가 그의 성격을 모르고 있다면 말이 되지 않겠지. 그런 사람이 빙궁을 등졌다는 데는 큰 이유가 있을 거야."

막부동도 동감하는 부분이었다. 그래서 더욱 큰 충격을 받았다. 쉽게 믿을 수도 없었고.

"아마 우리가 모르는 큰 세력이 오래전부터 빙궁의 일에 깊숙이 침투하고 있었던가, 아니면 빙령전주를 꾀일 만큼 커다란 미끼를 지닌 사람이겠지."

아무리 생각해 보아도 답이 나오지 않았다.

빙령전주의 마음을 돌릴 수 있는 것은 없었다. 다른 세력의 조종? 만약 그런 일이 있다 하더라도 빙령전주가 순순히 따르지는 않을 게다.

평소의 빙령전주는 북해빙궁의 다른 세력들은 콧방귀를

뛸 정도로 무시했다. 그에게는 북해빙궁이 전부였다.

만약 빙령전주를 움직일 수 있는 사람이 있다면, 그는 바로 북해빙궁의 태상궁주밖에 없을 것이다.

"이곳에서 백날 떠들어봤자 아무런 소용도 없지, 직접 눈으로 보지 않는 이상. 대충 배를 채우고 반 시진 후에 떠나도록 하자고."

단여랑은 근심 어린 얼굴을 하고 있는 막부동을 남겨둔 채 휘적휘적 앞으로 걸어나갔다. 그때,

스릉!

휴식을 취하던 유령전 무인들이 하나둘씩 일어섰다. 사나운 이리 떼처럼 잔뜩 경계를 하고 있던 그들의 손엔 저마다 무기가 쥐어졌다.

단여랑도 발걸음을 멈추었다.

그들의 맞은편에서 역광을 받으며 세 명의 인영이 모습을 드러냈다. 달콤한 휴식을 방해한 이들은 단여랑도 익히 알고 있던 노인들이었다.

"오랜만에 뵙는군요. 이것도 우연인가요?"

우연이 아니라는 것은 알고 있다. 개방도의 끊임없는 소식들이 이들을 단여랑 일행이 있는 곳으로 안내해 주었을 테니까.

"낄낄! 혈궁을 몰살시켰다는 말이 사실이었군. 여우 같은 녀석."

취신개는 얼굴에서 장난기를 지우지 않았다.

휘리릭— 툭!

취신개가 허공으로 던진 사람 크기의 커다란 물체가 단여랑의 발 앞으로 떨어져 내렸다.

"이건 선물이다. 가져가!"

단여랑은 거적에 둘둘 말린 큰 물체를 물끄러미 내려다보았다. 취신개와 적하난선을 다시 만나게 되어 반가웠지만 거적에 말려 있는 물체에 더욱 관심이 가는 것은 어쩔 수 없었다. 거적에 무엇이 들었는지 조금은 예상할 수 있었지만.

이때 해도주 류선이 앞으로 나섰다.

그는 노인들을 한차례 노려본 뒤, 조심스럽게 거적에 손을 댔다.

"이, 이건!"

거적을 펼치던 류선이 놀라 황급히 자리에서 일어섰다. 그는 믿을 수 없다는 얼굴을 한 채 뒤로 두어 걸음 물러섰다.

단여랑은 살짝 벌어진 거적 사이로 둘둘 말린 물체를 똑똑히 볼 수 있었다.

그것은 물체가 아니었다. 사람이었다. 오래도록 죽이고 싶었던 사람, 단태붕.

"손속이 잔인하시군요."

단태붕의 시신은 휴지 조각과 다름없었다. 타구봉으로 두

들겨 맞았다는 것을 여실히 증명해 주는, 감히 셀 수도 없을 정도의 많은 피멍들과 아직도 붉은 기운이 가시지 않은 검흔들. 적하검에 난자당한 것이 분명했다.

"이건 약과야. 녀석이 한 행동에 비하면 아무것도 아니지, 악마 같은 녀석."

"노고가 크셨습니다."

"이게 다 네놈 때문이야. 잔인하다고 했냐? 정말 잔인한 사람이 누구인지 가르쳐 줘? 멀쩡한 사람한테 일부러 요상한 무공을 전수해 주고, 주화입마를 넘어 미치광이로 만든 사람의 입에서 잔인이라는 이야기를 들으니 기분이 좀 그렇구나."

"전 태붕이가 원하는 것을 알려주었을 뿐입니다."

"이미 머릿속에서 계산된 일이었겠지. 낄낄! 그나저나 미안해서 어쩌냐? 네놈 손으로 처리하게 했어야 하는데."

"어차피 편히 가지는 못했겠군요."

단여랑은 무표정한 얼굴로 형체를 알아볼 수 없는 단태붕의 얼굴을 가만히 내려다보았다.

그는 자신이 단태붕을 인간 구실도 할 수 없을 정도의 미치광이로 만들었다는 사실을 부정하지 않았다. 취신개의 말대로 잘못된 빙백신공을 전수한 것부터가 철저한 계산에서 나온 행동이었다.

태음양화를 익히지 않았다면 단여랑 또한 단태붕과 다름없이 주화입마에 빠지고 말았을 터. 빙백신공을 익혀 정상인으로 살아갈 수 있는 일 할도 채 되지 않는 확률에 단태붕이 걸려들 리 없었다.

다만 착오가 있었다면 미치광이로 둔갑한 단태붕이 죄 없는 일반인들을 학살한 것이 문제였다.

'모든 게 다 자업자득. 이 정도에서 끝난 것도 다행인 줄 알아라.'

단태붕은 구파일방으로부터 하여금 죗값을 받았다. 하나 평민들을 도륙한 것 말고 단태붕에게 무슨 죄가 있겠는가. 능가연의 자식으로, 악한 심성을 지니고 태어난 것도 죄라면 죄겠지만.

어느새 단여랑의 곁에는 예서하가 다가와 있었다.

그녀는 다시금 단태붕과 함께했던 악몽이 떠오르는지 가느다랗게 어깨를 떨었다. 그리곤 폭포에 빠진 자신을 구해준 노인이 개방 사람이라는 것을 알아보곤 그를 향해 깊숙이 허리를 숙였다. 풍령 호법은 마주 보며 웃었다.

"시신을 가져가야 하시지 않습니까?"

단여랑의 물음에 대답한 사람은 적하난선이었다.

"가져가야 하네. 자네를 도와 이탈한 우리가 용서받는 의미에서 받은 명령이니까."

"송구하지만 제가 가져가겠습니다."

"그래야지. 어차피 구파일방으로 가져가도 다시 북해로 보내질 텐데, 미리 가져가는 것도 나쁘지 않지. 더 오래 두면 썩

어서 냄새가 지독할 게야."

적하난선은 말과 함께 허리춤에 매여진 적하검을 빼내 들었다. 그리고 단태붕의 시신을 향해 사정없이 검을 휘둘렀다.

휘익— 따앙!

경쾌한 소리가 단태붕의 시신에서 울려 퍼졌다. 적하난선은 깨끗한 솜씨로 단태붕의 오른쪽 팔을 그의 시신에서 분리시켰다. 잘린 단태붕의 손에는 여전히 검 한 자루가 들려 있었다.

"대신 이것은 우리가 가져가도록 함세. 증명할 것이 하나라도 있어야 하니까. 미안하지만 북해빙궁의 검은 다시 돌려주지 못할 것 같네."

"그런 검은 빙궁에 얼마든지 있습니다. 괘념치 마시길."

"설리라고 했던가? 종알종알 말 많던 계집이었는데 그토록 명이 짧을 줄이야."

취신개가 볼을 씰룩거렸다. 그들도 단설리가 죽었다는 소식을 들어 마음이 편치만은 않았다. 적하난선 역시 아무런 말도 할 수 없었다. 죽은 사람에게는 그 어떤 말로도 위로가 될 수 없다는 걸 알고 있는 그들이기에.

"언제 또 뵐 수 있겠습니까?"

숙연해지려는 분위기를 깨며 단여랑이 입을 열었다.

"네놈이 중원으로 오든가, 우리가 북해로 가든가. 둘 중 하나가 아니라면 평생 만날 일이 없겠지. 가급적이면 중원에는 다시 나타나지 말아줘. 너희 때문에 고생한 날들을 생각하면 머리가 아파. 피곤해."

"단신으로 찾아가는 것은 괜찮겠지요?"

"북해빙궁의 궁주가 되실 몸이 우리같이 천한 사람들을 만나러 올 시간적인 여유나 있으시겠어?"

"농이 지나치십니다."

"농이 아니야. 듣자하니 북해에 좋지 않은 일이 있는 것 같은데 서둘러 가서 해결하는 게 좋을 거야. 어쩌면 너에겐 궁주가 될 수 있는 마지막 관문이 될지도 모르겠어. 그리고 만약 궁주가 되면 눈코 뜰 새 없이 바빠질 테니까 기약 따위는 하지 말고 가끔 안부나 전해. 뭐… 일호에서 자라나는 이끼로 담근 술이 기가 막히다던데, 그거나 좀 보내주던가."

"어려운 일은 아니지요."

"그럼 가봐."

"……"

순식간에 찾아온 만남과 이별.

말을 한 취신개도, 그 말을 듣는 단여랑도 아무런 말없이 한동안 서 있었다.

어쩌면 이들의 만남이란 처음부터 존재치 않았는지도 몰랐다. 전혀 인연이 없는 사람들이었으되, 한 번 맺은 인연을 함부로 팽개치지 않은 자들.

단여랑은 이들에게 고마운 마음과 함께 미안한 마음 또한 상당했다.

"그동안 도와주서서 감사했습니다. 그리고… 심려 끼쳐 드린 점 고개 숙여 사과드립니다."

적하난선이 굽어진 단여랑의 어깨를 잡아 바로 세웠다.

"고맙다는 말을 잊어서는 안 되지. 하지만 미안하다는 말은 하지 말게."

"잘 가. 다신 오지 마."

취신개는 끝까지 고운 말을 내뱉지 않았다. 하지만 단여랑은 취신개의 말에 온정이 담겨 있다는 것을 알 수 있었다.

"나도 가보겠네."

다비활의가 나섰다. 그는 두고 온 자식들이 있기에 단여랑을 따라갈 수가 없었다. 중원을 벗어나기 전에 언젠간 헤어질 것을 알고 있었지만 지금이 딱 좋은 시기인 듯싶었다.

"고생이 많으셨습니다."

"고생은 무슨… 단 소저 일은 정말 안됐네."

다비활의는 그를 배웅하는 사람들 한 명 한 명과 눈인사를 했다.

"지혜원주에게 안부나 전해주게. 무운을 빌겠네."

단여랑은 다비활의를 향해 깊숙이 허리를 숙였다.

짧은 인사와 함께 네 명의 노인은 나타났을 때와 같이 서서히 단여랑 일행에게서 멀어져 갔다. 그들이 점처럼 조그맣게 보일 때까지 단여랑은 등을 돌리지 않았다.

한쪽 구석에 널브러진 단태붕의 시신.

유령전 무인들은 단태붕이 죽었다는 것에 아무런 감흥이 없었다. 마치 남의 일처럼…….

第二章
위기

1

"야 부인의 뜻은 알지만, 이건 북해의 앞날이 걸린 일입니다."

야현은 무슨 말을 해야 좋을지 난감했다.

예설각주의 표정은 심각했다. 그뿐만 아니라 냉화각주와 웬만한 일에는 잘 나서지 않는다던 집법당주까지 늦은 밤인데도 그녀의 거처를 찾았다.

상황은 이상하게 돌아가고 있었다.

북해 사람들은 적천회의 등장보다도 빙령전과 파동각의 배신에 대한 충격 때문에 정신적으로 커다란 혼란에 휩싸였다.

말뿐이라면 안심이라도 하겠건만, 북해도 주변을 철통같이 에워싸고 있는 그들의 모습을 직접 보자니 울화가 치밀기도 하고 답답함이 무겁게 가슴을 짓눌렀다.

빙령전과 파동각의 수는 오백을 넘었다. 예설각과 냉화각, 그리고 삼당까지 합세한다면 빙령전을 상대할 수는 있지만 같은 가족끼리 피가 터지는 싸움을 한다는 것은 그 누구도 원하지 않았다. 만약 싸우게 된다면 적천회에 놀아나는 꼴이 되지 않겠는가.

"누구의 뜻인가요?"

야현은 떨어지지 않는 입술을 힘겹게 열었다. 손발의 체온이 차갑게 내려가고 비라도 맞은 듯 온몸이 으슬으슬 떨렸다. 북해에서 가장 혼란스러운 사람은 그녀라고 해도 과언이 아니었다.

"여기에 모여 있는 우리 세 사람을 비롯해 귀령전주, 밀당주, 회계당주, 그리고 다른 여섯 장로의 의견입니다."

야현은 잠시 눈을 감았다가 떼었다.

"믿지 못하는 것은 아니지만… 가능할까요?"

야현의 물음에 세 사람은 잠시 머뭇거렸다.

"삼장로와 칠장로가 직접 거든다 하셨습니다. 우리는 그들을 이곳에서 내보내자는 것일 뿐, 야 부인의 부친에게는 피해가 가지 않도록 하겠습니다."

예설각주는 단정 짓지 못할 말을 내뱉었다.

적천회와 말로 타협을 보는 것은 불가능하다. 남은 것은 무력뿐.

그러나 야현의 부친이 정말로 적천회주라면 장로들과 각주들이 합공을 한다 해도 승산이 없다. 아무리 북해빙궁의 정예들이라 해도 상대는 중원을 쩌렁 울렸던 사도 무리의 우두머리였던 자들.

"태상궁주께선 아직도 아무런 말씀이 없으신가요?"

야현은 단학설도 이 사실을 알고 있을 것이라 확신했다. 빙궁의 소소한 일을 모두 알고 있는 그가 적천회가 들어왔다는 것을 모를 리가 없다. 그럼에도 불구하고 아직까지도 모습을 드러내지 않고 있다.

예설각주는 고개를 가로저었다.

이럴 때 의지할 수 있는 태상궁주마저 은거한 뒤, 모습을 드러내지 않고 있으니 답답할 따름이었다. 더 이상 태상궁주에게 기대를 하는 것은 미련한 짓이었다.

현재 북해에는 빙궁의 든든한 기둥 역할을 할 사람이 아무도 없었다. 차기 궁주로 거론된 단여랑이 지금 북해도로 향하고 있다 한들, 나이 어린 그가 무엇을 할 수 있겠는가.

아무런 방비도 없이 너무 순식간에 일어난 일이기에 북해빙궁의 수뇌부들은 우왕좌왕할 수밖에 없었다. 태상궁주가 명령 하나라도 내려주면 좋겠지만 그렇지 않은 터라 더더욱.

"그저 뭐라 말씀드려야 좋을지 모르겠군요. 저도 미처 알지 못한 일이기에……."

아무도 야현을 탓하지 않았다. 연극이라 보기에는 야현이 보여주는 행동이나 표정 하나하나가 사실에 가까웠다. 그녀 역시 부친이 적천회라는 사실을 전혀 모르고 있었던 것이다.

"장로님들의 뜻대로 하세요."

결국 예설각주에게 동의를 전했다. 하고자 하는 일은 반드시 하고 마는 이들인데 거절한들 무슨 소용이 있겠는가.

"큰일이야 있겠습니까? 너무 심려치 마십시오. 그럼."

세 사람은 야현에게 간단히 목례를 한 뒤, 그녀의 거처를 나섰다.

방 안에 홀로 남겨진 야현은 갑자기 엄습하는 외로움에 두 팔을 교차해 몸을 감싸 안았다.

'아버지는 어쩌면 지금과 같은 상황을 계획하고 나를 이곳으로 시집보낸 것일 수도…….'

정말 그것이 사실이라면 소름 끼치는 일이 아닐 수 없었다. 결국 자신은 부친의 목표를 위해 이용당한 제물과 무엇이 다른가.

'설마, 설마 아니겠지.'

야현은 오래전의 일을 천천히 상기해 나갔다.

전 빙궁주이자 부군인 단영찬을 만난 일에서부터 혼인식을 치르기까지. 월영문에서 나서 그녀와 빙궁 사이의 일에 개입한 적은 없었다.

‘아!’

야현은 무엇인가 생각이 난 듯 두 눈을 동그랗게 떴다.

부친은 아니었지만 월영문이 개입한 일이 딱 한 번 있었다. 단여랑의 모친인 자옥련을 빙궁에서 추방시킨 일.

‘맞아! 그런 일이 있었어!’

정확히 이십일 년 전이었다.

자옥련이 빙궁의 세 번째 부인으로 들어오기 전까지만 해도 문제될 건 아무것도 없었다. 그녀가 시집을 오고 아이를 갖게 되자 이를 못마땅해하는 사람이 몇 있었지만, 특히나 분노의 빛을 감추지 못하는 이가 있었으니…….

‘어머니…….’

바로 오래전에 죽은 월영문주의 부인이자 야현의 모친이었다.

그녀의 모친은 자옥련의 임신 사실을 알자마자 갖은 이유를 대며 자옥련을 곤궁에 몰아세웠다. 그 시기에 처음으로 야현의 모친과 북해빙궁의 태상궁주가 만났다.

그 둘 사이에서 무슨 이야기가 오고 갔는지 야현으로서는 알 수 없지만, 한 가지 확실한 것은 그 일이 있은 직후 자옥련이 북해에서 추방당했다는 사실이다.

단여랑이 원망 어린 눈으로 자신을 볼 때마다 야현은 죄책감을 애써 감춰야만 했다. 어쨌거나 그녀는 모친의 조종대로 움직였으니까.

‘설마 그때의 일이 지금과 연관된 것은……’

따로 놓고 보면 두 가지 일에는 연관성이라곤 전혀 찾을 수가 없었다.

그러나 야현은 좀처럼 마음을 진정시키지 못했다. 안도의 한숨이 나오는 반면 자꾸만 불길한 예감이 들었기 때문이다. 소름 끼치도록 정확한 여자의 직감이.

늦은 밤, 구화용은 냉화각주의 부름을 받고 빠르게 발걸음을 놀렸다.

평소 같으면 모두들 깊이 잠들었을 늦은 시간이지만, 쉬이 잠을 이룰 수 있는 사람은 없었다. 구화용 역시 겨우 잠들었던 찰나에 부름을 받았다.

그녀는 총총거리며 냉화각으로 향했다. 군데군데 경계를 서고 있는 사람들은 누구인지 자세히 보지 않아도 알 수 있었다. 빙궁에 등을 돌린 자들, 빙령전과 파동각이다.

‘북해를 다스리는 자가 없어. 그래서 이런 지경에까지 오게 된 거야. 단여랑, 넌 도대체 뭘 하고 있는 거니?!’

구화용은 냉화각으로 향하는 내내 그 어떤 제지도 받지 않았다. 빙령전과 파동각은 밖으로 사람이 나가는 것만 철저하게 경계했다. 그들 역시 같은 빙궁도들끼리 싸우는 것을 원치 않고 있는 게다.

‘어리석은 자들, 빙궁에 뼈를 묻을 각오를 했으면서 도대체 왜!

절대로 내분이 일어나지 않을 거라 생각했던 구화용은 삼 년도 훨씬 전, 단여랑이 했던 말들을 다시금 상기했다.

중앙각을 지나 예설각의 전각에 다다른 구화용은 지하로 통하는 돌계단을 밟았다.

끼이익!

구화용은 육중한 철문을 밀치며 안으로 들어섰다.

차가운 공기가 혹하고 그녀의 얼굴에 불어왔다. 보통은 밖이 더 춥기 마련인데, 철문 안쪽에선 실외보다 더욱 차가운 바람이 불어 나왔다.

냉화각은 다른 집단들과는 달리 지하에 장소가 마련되어 있었다.

빙공은 음의 무공. 북해빙궁의 무기 역시 무공에 맞추어 음의 성질을 띠어야만 했다. 냉화각이 전부 여인들로 이루어진 것도 그 때문이었다.

선천적으로 여성이 남성보다 음의 기운을 더 많이 갖고 태어나며, 후천적인 영향 역시 다르지 않다.

찬바람이 불어 나오는 지하에서 여인들이 만드는 무기들은 북해빙궁 특유의 음의 기운을 가지고 탄생된다.

지하의 벽은 온통 천연적인 돌로 되어 있었고, 야명주가 군데군데 박혀 석실 안은 대낮처럼 환했다.

구화용은 넓은 석실 한쪽 탁자에 턱을 괴고 앉아 있는 냉화각주와 그녀의 옆에 시립하고 있는 부각주를 보았다.

구화용이 밀실에 들어온 것을 본 부각주가 그녀를 향해 손 짓했다.

그제야 구화용은 자신이 왜 이곳에 부름을 받게 되었는지 의문을 갖게 되었다. 구화용은 냉화각에서조차도 존재감이 드러나지 않을 만큼 조용했다.

그러고 보니 냉화각주와 제대로 대화를 나눈 적도 없었다. 냉정한 냉화각주가 무서웠던 탓도 있지만, 구화용 스스로도 각주의 눈에 들고 싶어 하지 않았다.

구화용은 긴장으로 인해 마른침을 꿀꺽 삼켰다. 불길했다. 게다가 지금 이 시간에 부른다는 것이 좋은 의미는 아닐 터이 니…….

"어서 오지 않고 뭐 해!"

부각주의 호통에 구화용은 재빨리 그녀의 곁으로 다가갔 다.

깊은 밤 지하 밀실에 들어온 것은 딱 두 번째였다. 아주 오 래전, 단여랑에게 주기 위해 빙옥검을 가지러 왔을 때와 지 금.

구화용의 심장은 제멋대로 뛰기 시작했다.

"각주님을… 뵙습니다."

덜덜 떨리는 음성이 그녀의 입술을 비집고 새어 나왔다.

"네가 단여랑의 지기라고 알고 있다."

‘……!’

심장이 덜컥 내려앉는 것 같았다.

쭉 찢어진 눈으로 구화용을 흘겨보고 있는 냉화각주의 입에선 분명 단여랑이라는 이름이 거론되었다. 구화용과 단여랑, 그리고 냉화각이 얽힌 일이라면 역시 빙옥검밖에 없다.

“그, 그렇긴 합니다만…….”

“빙옥검을 단여랑에게 주었나?”

“…….”

구화용은 어금니를 악물었다. 머릿속에선 이 자리를 벗어나고 싶다는 생각밖에 떠오르지 않았다.

그녀가 냉화각에서 빙옥검을 빼돌린 것은 대죄 중에 대죄다. 무기 제조법이나 무기를 외부로 유출시켰을 경우 삼족을 멸한다. 구화용같이 가족이 없는 경우엔 마음대로 죽을 수도 없을 정도로 심한 고문을 가하여 서서히 죽인다.

고문실로 끌려가는 자신의 운명이 머릿속에 그려졌다.

새하얗게 탈색된 구화용의 얼굴을 보며 냉화각주는 냉소를 지었다. 하나 표정과는 다르게 그녀의 입에서 나온 말은 뜻밖이었다.

“너무 귀해 부각주조차 손대지 못한 빙옥검을 마음대로 가져가다니.”

“죄, 죄송…….”

“아니, 됐어. 어차피 검의 주인은 단여랑이 맞으니까.”

"……!"

"태상궁주의 명이 있었지. 단여랑에게 갔어야 할 검을 네가 준 것뿐이다."

구화용은 할 말을 잃었다.

냉화각 깊숙이 감추어진 빙옥검의 존재를 아는 사람은 얼마 되지 않았다. 그 검을 단여랑에게 주기 위해 목숨을 걸고 냉화각에 잠입했던 것은 괜한 헛수고였던가.

식은땀이 등줄기를 타고 내려갔다. 빙옥검을 유출한 사람이 자신이라는 것이 밝혀졌으니 이제는 정말 고문실로 가는 일만이 남았다. 그런데,

"냉화각의 무기를 유출해 간 것은 죽어 마땅한 죄."

"아, 알고 있습니다."

구화용의 죽음은 기정사실. 그녀의 음성이 덜덜 떨렸다.

"그러나 오늘 너를 부른 이유는 따로 있다."

구화용은 냉화각주의 두툼한 입술을 멍하니 바라만 보았다.

"빙옥검은 항상 두 자루가 존재하지. 하나는 단여랑에게 있고, 다른 하나는 태상궁주께 있다. 만약 두 사람 중 한 명이 불의의 사고를 입게 된다면 빙옥검은 그 주인과 같이 땅에 묻히게 된다. 그렇게 되면 새로운 빙옥검을 만들어야만 하지."

냉화각주의 눈빛은 강렬했다.

여인답지 않은 기골을 가진 사람으로, 성격 또한 평범하지

않았다. 여성스러운 면이 있는가 하면, 단칼에 무를 베어버릴
듯한 냉담함은 뭇 사내들에게도 전혀 뒤지지 않았다.

지금 구화용 앞에 있는 냉화각주의 성격은 후자에 속했
다.

"빙옥검의 생김새를 알고 있느냐?"

알고 있다.

검신에서 흘러나오는 차가운 기운. 한동안 그녀의 시선을
사로잡았던 검이었다.

"대충 아, 알고 있습……."

"아니, 대충으로는 부족해. 정확히 알고 있느냐?"

구화용은 거짓말을 할 수 없었다. 자신의 발가벗겨진 몸을
바라보고 있는 듯한 냉화각주의 눈빛은 조그마한 거짓말이라
도 잡아낼 것만 같았다.

"정확히… 알고 있습니다."

"그럼 됐다."

냉화각주는 품에서 얇고 낡은 서책 한 권을 꺼내 구화용에
게 내밀었다.

"빙옥검을 만드는 방법이 적혀 있는 책이다."

구화용은 깜짝 놀라 냉화각주를 바라봤다.

"빙옥검의 생김새를 정확하게 알고 있는 사람은 나밖에 없
었다. 아니, 이제는 두 사람이 되었군. 나, 그리고 너."

"……."

"만약 나에게 무슨 일이 생기게 되면 남는 사람은 너밖에 없다. 다시 말해 네가 새로운 빙옥검을 만들어야 한다는 소리다."

구화용은 냉화각주가 무슨 소리를 하는 것인지 이해하지 못했다.

서책을 건네준 것도 모자라 빙옥검까지 만들라고 하다니…….

멀뚱히 서책의 겉면을 들여다보고 있는 구화용을 내버려둔 채 냉화각주가 자리에서 일어섰다. 그녀의 손에는 옅은 남색의 검 한 자루가 들려 있었다.

냉화각은 무기만을 만드는 곳이 아니었다. 여인들 모두 청설원과 적설원에서 탄탄한 기본기를 익힌 무인들이다. 그리고 냉화각주가 들고 있는 검은 청양검(靑良劍), 냉화각 여인들이 하나씩 소지하고 있는 주무기였다.

'싸우려 하고 있어! 왜?'

구화용은 스스로에게 질문을 던지고도 기가 막혔다. 냉화각주가 상대하려는 자들이 누구인지는 생각해 보지 않아도 알 수 있었다. 단 하루 만에 빙궁을 점령해 버린 침입자들.

'적천회라고 했어. 각주 혼자서는 아닐 거야. 위험해!'

하지만 구화용은 냉화각주를 말릴 수 없었다.

냉화각주는 부각주와 간단한 눈인사를 나눴다. 부각주의 눈동자가 미미하게 흔들렸다. 어쩌면 지금 본 냉화각주의 모습이 마지막이 될 수도 있기에.

냉화각주는 등을 돌려 문 쪽으로 걸어나갔다.

"각주님, 제가 빙옥검을 가지고 간 걸 아셨으면서도 왜……."

냉화각주가 걸음을 우뚝 멈췄다.

"네가 가져갔다는 것은 오래전에 알고 있었다. 죽이려 했다면 진즉에 죽였겠지. 하지만 난 고문이나 처형 따위엔 관심 없다. 냉화각 무인들 모두가… 내 사람들이니까."

그녀는 힘찬 걸음으로 걸어가 철문을 열었다.

"각주님……."

구화용은 갑자기 욱하고 치미는 격정에 목구멍이 메여왔다.

월영문주는 빙령전주의 집무실을 차지했다.

깊은 밤이었지만 월영문주는 시탁에 앉아 깊은 생각에 골 몰했다. 빙령전주는 잠이 쏟아져 왔지만 그의 곁을 떠날 수가 없었다.

오늘 하루는 이광에게 있어 가장 고단한 날이었다. 그는 실로 굉장한 일을 저지른 것만 같았다.

많은 사람들의 시선을 느꼈다. 오랫동안 알고 지냈던 사람들의 믿을 수 없는 얼굴들, 분노 어린 표정들, 당황한 모습들…….

이광은 순간이었지만 자신이 설 자리가 없다는 것을 느꼈다. 오래도록 강직한 심성을 가지고 살아온 그에겐 배신이라는 것은 용납할 수 없는 일 중 하나였다.

머릿속에 죄책감과 번뇌가 스쳐 지나갈 찰나에 이광은 월영문주를 보았고, 흔들리려는 마음을 다잡았다.

평생 빙령전주나 하다가 죽을 것인가. 아니다. 그도 야망이 있는 사내였다. 야망을 이루기 위해선 눈앞에 있는 월영문주의 도움이 필요했다. 절실히!

"밤이 늦었습니다. 침소에 드시지요."

월영문주는 이광의 말이 들리지 않는지 아무런 대답도 하지 않았다.

문득 이광은 월영문주의 계획이 무엇인지 정확히 파악하지 못하고 있다는 것을 깨달았다. 월영문주는 북해도에서 개미 새끼 한 마리도 빠져나가지 못하도록 요구했다.

그것이 다였다. 대업을 위한 일치고는 너무 허무했다. 이광은 월영문주가 북해도를 밟자마자 무언가 일을 터뜨릴 것이라 예상했다. 하지만 이게 뭔가? 빙령전이 고작 경계나 하고 있어야 하다니.

이광이 보기에 월영문주의 지금 행동은 답답하기만 했다. 그는 무슨 생각을 하고 있는 것인가.

"무엇이 걱정이십니까? 빙령전은 북해빙궁의 가장 강한 세력 중 하나입니다. 명령만 내려주신다면 지금 당장이라도……."

이광은 대답을 얻고 싶었다. 그래야 지금의 찝찝한 마음이 조금은 가실 것만 같았다. 그런 이광의 마음이 월영문주에게 통한 걸까.

턱을 괴고 한곳을 응시하던 월영문주의 눈동자가 이광에게 돌아갔다. 이광은 월영문주의 눈빛만 받았는 데도 숨이 턱 막히는 듯했다.

"빙령전주라 하기에 기대를 했더니 형편없군. 이런 일이 일어날 것을 예상했더라면 대비를 했어야지. 쯧!"

"……?"

이광은 월영문주가 무슨 이야기를 하는지 이해하지 못했다. 그의 고개가 살짝 옆으로 갸우뚱한다 싶은 순간,

콰지직― 콰앙!

천장이 무너지며 이광이 서 있던 자리 앞으로 사람 하나가 떨어져 내렸다.

"……!"

이광은 흠칫 놀라 뒤로 물러서며 손에 진기를 주입시켰다. 그러나 이광은 공격하지 못했다. 그의 눈은 더는 커질 수 없을 정도로 부릅뜨였다.

천장에서 떨어진 사람은 귀령전 무인으로, 그의 이마 정중앙에는 세 치는 됨직한 단검이 자루만 남겨두고 박혀 있었다.

'바로 위에 있는 데도 전혀 모르고 있었다니!'

귀령전 무인은 몸을 바르르 떨다가 축 늘어졌다.

'자신이 어떻게 당했는지 모르고 죽었다! 찰나도 용납하지 않는 빠른 손속……. 이마 정중앙을 뚫고 머리뼈를 관통시키는 위력, 무서운 실력이다!'

이광이 귀령전 무인을 보고 고개를 들었을 땐, 방금 전까지 이곳에 없었던 노인 두 명이 월영문주 옆에 서 있는 것을 볼 수 있었다.

'어느새!'

이광은 놀랄 틈이 없었다.

"준비하게."

월영문주가 두 노인을 향해 나직이 읊조렸다. 동시에,

콰앙!

집무실의 문이 부서지듯 열렸다. 그리고 네 명의 무인이 집무실 안으로 들어섰다.

칠장로 조잔양, 삼장로 임자헌, 예설각주, 냉화각주.

네 사람의 얼굴엔 긴장의 빛이 역력했다. 그들은 기습을 시도하려 했다. 하지만 미리 보낸 귀령전 무인이 급습을 당한 것을 보곤 즉시 계획을 변경했다.

"이 시각에 대부인의 결정을 전하러 온 것 같지는 않고… 급한 용무가 있으면 빨리 하고들 나가시오."

네 사람은 잠시 주춤했지만 물러서지 않았다.

"당신들은 북해에 초대받지 않은 이들. 당장 이곳을 떠나시오!"

조잔양이 언성을 높였으나 월영문주는 눈썹 한 올 까닥하지 않았다.

"나가지 않겠다면 직접 내보내 드리지."

월영문주의 곁에 있던 노인 두 명이 움직였다.

이에 예설각주가 앞으로 나섰다. 그의 손은 옆구리에 차고 있는 검집 위로 올라가 있었다.

'빙하섬검!'

이광은 예설각주의 행동에서 그가 펼치려는 무공을 짐작해 냈다.

빙하섬검은 북해검공 중 빠르기로는 단연 으뜸이다. 특히 예설각주가 펼치는 빙하섬검은 날카롭기로 정평이 나 있었다.

이광의 눈동자는 예설각주에게서 떨어지지 않았다.

노인 중 한 명의 입가에 웃음이 맺히는 찰나, 예설각주의 몸에서 빛무리가 뿜어져 나왔다.

"타앗!"

예설각주는 힘찬 함성과 함께 노인에게 달려들었다. 한데,

슈각!

날카로운 검음과 함께 무언가가 날아가 벽에 부딪쳤다. 이광은 무엇이 움직였는지 육안으로 잡아내지도 못했다.

재빨리 고개를 돌린 그는 벽에 날아가 박힌 것이 예설각주

의 몸뚱이라는 것을 볼 수 있었다.

슈우우우……!

예설각주의 검은 검집에서 채 반도 빠져나오지 못하고 하얀 서리만을 공중에 휘날렸다.

벽에 둔탁하게 부딪친 예설각주의 입에서 가느다란 선혈 하나가 흘러나왔다. 그러나 예설각주의 몸뚱이는 미동조차 않았다.

'예설각주가!'

이광은 놀란 마음을 진정시키지도 못했다. 빙하섬검의 달인인 예설각주가 눈앞의 노인을 상대로 한 수도 펼치지 못한 채 절명했다는 사실을 자신의 눈으로 보고 있으면서도 믿을 수가 없었다.

기회를 놓치지 않은 다른 노인이 임자헌에게 달려들었다.

북해에서 평생을 살았으며, 장로의 자리에까지 올라간 임자헌도 쉽게 당할 상대가 아니었다. 그는 재빨리 손을 들어 달려오는 노인과 부딪쳐 나갔다.

예설각주를 죽인 노인 역시 땅을 박차며 조잔양을 향해 몸을 쏘아냈다. 조잔양은 예설각주의 죽음을 지켜본 후, 마치 기다렸다는 듯이 노인과 마주해 나갔다.

동시에 양쪽에서 싸움이 시작되었고, 누구도 승부를 예측할 수 없는 접전이 펼쳐졌다. 이광은 시선을 어디에 두어야 할지 몰랐다. 그가 볼 수 있는 것은 여기저기서 터져 나오는

흰색 빛무리와 얼음 조각들, 그리고 두 노인의 놀랄 만한 무
위였다.

두 장로는 이곳에서 승부수를 던졌다. 그들은 북해빙궁을
대표해서 적천회를 공격했다. 이길 가망성은 없지만 이들이
움직임으로 하여금 다른 북해 무인들을 자극시킬 수는 있다.

분명 두 가지 영향이 있을 것이다. 의기투합이 되지 않는
북해빙궁 무인들의 전의를 불태우든지, 그렇지 않으면 그 남
아 있던 전의마저 상실시키든지.

장로들, 그리고 죽은 예설각주와 냉화각주가 바라는 것은
분명 전자였다.

하지만 상황은 그들의 바람대로 되지 않았다.

"……!"

이광은 두 다리가 바닥에 붙어비린 듯 지리에서 꼼짝도 하
지 못했다. 반면 그의 몸은 사시나무처럼 바들바들 떨리고 있
었다.

예설각주의 죽음은 큰 충격이었지만, 장로들이 점점 밀리
고 있는 모습 역시 이광에게는 전혀 생각지 못한 일이었다.

이광은 급히 고개를 돌려 월영문주를 바라봤다. 월영문주
는 이들의 싸움에 눈길도 주지 않은 채 서탁에 앉아 다 식어
버린 차만 홀짝거리고 있었다.

순간이었지만 이광은 월영문주가 인간처럼 느껴지지 않았
다.

이런 일을 예상치 못한 것은 아니었다. 하지만 원인 모를 두려움과 불안함이 이광의 전신을 감쌌다.

한동안 월영문주를 바라보던 이광이 다시 고개를 돌렸을 때, 눈앞에 펼쳐진 상황은 너무도 처참했다.

그곳에 서 있는 사람은 세 명밖에 없었다. 적천회의 노인 두 명, 그리고 냉화각주.

냉화각주는 장로들의 죽음 앞에서도 전혀 흔들림이 없었다. 그녀는 작게 한숨을 쉬더니 검집에서 검을 꺼냈다.

"죽는 한이 있더라도 당신들에게 순순히 복종할 수는 없지. 용서하지 않아. 빙령전주, 특히 자넨 각오하는 게 좋을 것이다. 하앗!"

냉화각주의 마지막 외침이 집무실을 흔들었다.

2

"……!"

막부동은 전서를 와락 구겨 버렸다.

북해를 코앞에 둔 채 날아온 난데없는 전서는 혈궁과의 싸움에서 가져다준 희열을 송두리째 앗아갔다.

"아무도 월영문이 움직이고 있다는 말은 하지 않았어!"

'아무도'는 밀당을 뜻하는 말이었다. 지난 흑사방의 일은 밀당이 와해되기 직전이었으니 몰랐다고 하자. 하지만 탁산이 현재 재건하고 있는 밀당은 북해가 돌아가는 것을 전보다 더욱 확실하게 눈여겨보고 있었다.

게다 월영문주가 적천회주라는 말도 안 되는 사실을 어떻게 믿어야 좋을지 막막했다.

막부동은 단여랑을 쳐다봤다. 단여랑이 전에 말한 이야기가 다시금 기억 속에서 떠올랐다.

자신들이 모르는 커다란 세력이 오래전부터 북해에 침투했을지도 모른다는…….

"이대로 강행군을 계속하는 게 좋겠습니까? 어쩌면 저희가 북해도에 들어오는 것을 견제하고 있는지도 모릅니다."

해도주 류선은 북해도뿐 아니라 다른 열두 개의 섬마저도 걱정이 되었다. 가장 걱정이 되는 것이라면 역시 해도이겠지만.

"적천회? 그따위 것들이 대수냐? 대북해빙궁의 지부 심온 어디로 갔어?"

사공필은 적천회를 모른다. 그가 태어나기 훨씬 전에 적천회는 자취를 감추었기에 들리는 것이라곤 소문뿐. 사공필은 무엇이든 눈으로 직접 보기 전엔 믿지 않았다. 그러하기에 저리도 쉽게 말이 튀어나온 것이다.

"중원은 아직 조용해. 적천회가 부상한 것을 모른다는 뜻이지. 만약 적천회가 모습을 드러냈다는 사실이 중원에 퍼지면 큰 파동이 일어날 거야. 그들의 이름만으로도 조용히 숨죽이고 있던 사도 무리들이 서서히 일어설 테니까."

요수는 문제를 심각하게 보았다. 하오문에 있을 당시엔 듣고 싶지 않아도 여기저기서 들리는 말들이 많았다. 그중엔 중원무림의 정과 사에 관한 내용도 있었고, 사도가 잠잠한 이유는 적천회가 모습을 감춘 것과도 무관하지 않았다.

그런 적천회의 등장은 구파일방으로 하여금 사대궁의 싸움보다도 더욱 큰 위협이 될지도 몰랐다.

"그렇다고 가지 않을 순 없잖아? 요수, 너 같으면 도둑놈들이 너희 집 안방을 차지하고 앉아 있는데 무섭다고 들어가지 않을 수 있냐?"

"들어가야겠지. 하지만 다른 방법을 강구해야 해."

"방법? 만약 적천회라는 작자들이 인간의 한계를 넘어서는 고수들이라면 유령전이라고 한들 상대가 될까? 북해도 사람들은 고작 열한 명한테 완전히 제압당했다며?"

"그것은 빙령전과 파동각 때문에 어쩔 수 없었다."

막부동이 사공필을 흘겨보며 말했다.

"서로 피 보기 싫다, 이거군. 누가 선이고, 누가 악인지 모르겠네."

"악과 선의 구분이 모호해. 월영문주… 아니, 적천회주가 북해를 점령코자 마음먹었다면 못할 것도 없겠지."

모두의 고개가 단여랑에게로 돌아갔다.

"칠장로, 삼장로, 예설각주, 냉화각주가 당했다고 했나? 네 명의 성격으로 미루어보면 분명 먼저 싸움을 시작했을 가능성이 커. 적천회주는… 도전해 오는 자는 처절히 응징하되, 일부러 나서서 부딪칠 생각은 없는 듯해."

"그렇다면 적천회주에게 다른 목적이 있다는 말인가?"

막부동은 의아함을 감추지 못했다.

"무언가를… 기다리는 것 같아."

"……?"

"무언가… 그가 필요로 하는 무언가가 있어."

"설마 빙백신공?!"

"그럴지도."

"그들이 널 기다리고 있다는 말이냐?"

"잠적한 조부가 나타날 때까지 기다리는 것일지도 모르지."

"소궁수께선 북해에 가시면 안 뇌겠군요."

류선의 걱정스러운 말에 단여랑은 그를 바라보며 빙그레 웃었다.

"가야 합니다. 그들의 목적이 빙백신공이 아닐 수도 있으니까요. 솔직히 적천회주라는 고수가 빙백신공이 쉽게 배울 수 없는 무공이라는 것 정도는 알고 있지 않겠습니까?"

"다른 누군가에게 전수해 주려 한다면……?"

"그렇다면 단우인일 가능성이 크겠군. 강제적으로 빙백신공을 뺏어 단우인에게 전수해 준 뒤, 그를 궁주의 자리에 앉히겠다는 속셈인가?"

"전주, 그건 아닌 것 같은데?"

"……?"

"단우인이 무공에 자질이 없다는 것을 적천회주가 모를 리 없겠지."

아무리 머리를 굴려도 명확한 이유를 알아낼 수 없었다. 진정 적천회주가 원하는 것은 무엇이란 말인가.

"우리는 이대로 북해로 갑니다."

"적천회를 상대하겠다는 소립니까?"

"그것은 나중에. 유령전은 적천회보다 먼저 월영문을 상대해야 할지도 모르겠군요."

"월영문이 북해에 있다는 소리는 들어보지 못했는데?"

"월영문이 몇 명인지는 오직 월영문만이 알고 있다고 들었어. 월영문주가 북해도에 갔으니 월영문 또한 그곳으로 향하고 있겠지. 내가 만약 적천회주라면……."

단여랑은 잠시 말을 끊은 뒤 다시 이어나갔다.

"유령전이 북해도에 들어서는 것을 원하지는 않을 거야. 분명 유령전은 피해를 감수하며 그들을 상대하려 할 테니까."

맞는 말이었다.

유령전은 적천회가 북해도를 장악했다는 말을 듣자마자 분개했다. 막부동은 그 어떤 피해를 입는다 해도 적천회를 상대할 생각을 하고 있었다. 막부동은 자신의 생각을 너무 쉽게 들킨 것 같아 괜한 헛기침을 토해냈다.

"싸움은 북해도로 가는 길목에서 있을 거야. 일호. 그들은 우리가 전혀 모르고 있을 거라 생각하겠지. 계획을 조금 알았으니 승기는 우리가 거머쥔 거야. 무엇보다 수전(水戰)에는 월영문보다 우리가 강할 테니까."

유령전 무인들이 눈을 반짝였다. 그들의 들끓는 혈기는 벌써부터 발산되고 있었다.

"재미있겠군. 나는 수전에 자신없으니 뱃전에서 구경이나 해야겠네."

사공필은 마치 남의 일처럼 중얼거렸다.

"유령전은 월영문을 상대한 후, 북해도 근방에서 만나지. 해도주는 저를 도와주시겠습니까?"

"무엇을 말씀이십니까?"

"적천회주가 간과한 것이 있습니다. 북해도에 있는 무인들만이 북해빙궁의 전력이 아니라는 것을."

류선의 두 눈이 부릅뜨였다. 그는 단여랑이 무슨 이야기를 하는지 알고 있었다.

"자신있어?"

예서하가 물었다.

얼음장같이 차가운 음성이었지만 단여랑은 그녀의 목소리가 참 곱다고 생각했다.

한때는 예서하를 찾기 위해 여러 곳에 수소문을 한 적도 있
었다.

왜 그토록 예서하를 찾으려고 노력했을까. 보리마군에 대
한 마지막 예의라고 생각했던 걸까, 아니면 비슷한 인간이라
는 생각에 동정을 한 것일까.

중요한 것은 갈피를 잡지 못해 붕 떠 있던 마음이 어느 정
도 진정되었다는 것이다. 예서하가 자신의 앞에 나타난 이후
로 쭉.

"무슨 자신?"

"적천회주는 만만한 사람이 아니야. 보리마군… 아버지도
한 땐 적천회주의 밑에 있던 사람이었어."

그럴듯한 말이었다.

보리마군의 벽파일월편법은 정공이었지만 중원은 그의 무
공을 마공으로 분류했다. 이곳저곳에서도 환대받지 못한 보
리마군이 갈 곳은 한 군데밖에 없었다.

그를 받아주는 곳은 무공이 마공이든 정공이든 개의치 않
고 오직 실력만 있으면 되는 곳, 바로 사도 무림이었으니까.

"우습지? 아버지의 무공은 마공이 아니야. 마군이라고 불
릴 이유가 하나도 없어. 무림은 비정해. 남의 실력이 자신보
다 월등하면 없는 이유를 만들어서라도 지탄해. 그럴 만한 능
력이 있는 사람일수록 더더욱."

"아주 오래전 보리마군이 북해빙궁 장로의 사위를 죽였다

고 들었어. 지탄을 받다 못해 피할 곳이라도 마련할 생각이었나?"

예서하의 서늘한 눈동자가 단여랑에게 향했다.

그녀의 두툼한 입술이 벌어졌다 닫혔다 반복하길 여러 번, 작은 한숨과 함께 그녀의 입이 열렸다.

"난 그냥 두어도 얼어 죽을 만큼 어린아이에 불과했어. 하지만 아버지가 북해에 간 이유를 조금은 기억해. 아버지는 쫓기다가 그곳으로 간 것이 아니야. 적천회주… 의 명을 받고 간 거야."

"무슨 명?"

"태상궁주, 너의 조부에게 무언가를 전해야 한다고 했어."

"……!"

단여랑은 예서하를 직시했다.

이것은 무슨 소리인가? 보리마군을 통해 적천회주와 태상궁주가 무엇을 주고받는 사이라면…….

"조부와 적천회주는 안면이 있는 사람이었군."

"아마도."

점점 수수께끼 속으로 빠져드는 기분이었다. 그럴수록 적천회주가 북해도를 밟은 이유를 알아내는 것은 멀어져 갔다.

"적천회주가 강하다지만 북해빙왕만큼은 아니겠지."

단여랑의 말에 예서하는 어이없다는 듯 웃었다.

“북해빙왕은 신이야. 세외 세력이기에 중원에선 별 신경을 쓰진 않았지만, 만약 북해빙왕이 중원에 있었다면 중원은 이미 평정이 된 후겠지.”

“자신이 있냐고 물었지?”

“응?”

“네가 방금 거론한 신이라 일컬어지던 북해빙왕. 나는 그분의 피를 이어받았어.”

“자신있다는 소리야?”

“무슨 대답을 원해?”

예서하와 단여랑의 눈이 마주쳤다.

삼 년이 훌쩍 넘는 시간이 지났다. 한 사람은 외향이 변화하고, 다른 한 사람은 말문이 트였지만 두 사람은 아주 오래전부터 알고 지내던 이들처럼 서로에게 편안함을 느꼈다.

“걱정이 되나?”

“걱정? 내가 왜 너를 걱정해야 하는데?”

“말과 눈빛이 따로 노는군. 좋아, 걱정하지 않아도 돼. 서운해하지 않을게.”

잠시 어색한 침묵이 맴돌았다.

예서하는 냉정하게 말한 자신의 행동을 급히 후회했다.

그가 걱정되지 않았다면 단태붕에게서 도망치면서까지 달려오지는 않았을 게다. 빙옥조가 시작되었다는 말을 듣고 단여랑을 찾기 위해 중원 곳곳을 돌아다니지도 않았을 것이다.

일가붙이 하나 없는 그녀가 의지할 곳은 아무 데도 없었다.

단여랑에게선 묘한 동질감이 느껴졌다. 남과 여, 신분의 차이에도 불구하고 단여랑에게 정이 가는 이유는 무엇일까.

"걱정… 되니까 물어봤지."

단여랑의 고개가 빠르게 돌아왔다. 그의 눈가엔 어느새 실웃음이 맺혀 있었다.

"걱정하지 마. 설마 무슨 일이야 있겠어? 만약 나에게 무슨 일이 생긴다면 네가 도와주면 되잖아? 보리마군의 진전을 이어받은 여고수이니 말이야."

"난 북해로 가지 않아."

"어째서?"

"비록 어쩔 수 없는 선택이었다고 하지만, 북해는 내 아버지를 죽였어."

"아아, 기억난다. 예전에 내가 너에게 이런 말을 한 적이 있지. 북해를 향해 복수의 칼날을 갈아보라고."

예서하는 고개를 끄덕였다.

"복수의 대상이 내가 될지도 모르는데?"

"복수의 대상은 중요하지 않아. 난 무슨 일이 있어도 북해빙궁을……."

"북해빙궁을 뭐?"

"북해빙궁을……."

예서하는 다시 벙어리가 된 듯 입을 꾹 닫았다.

"북해빙궁을 상대할 능력이나 되고?"

예서하의 아랫입술이 부르르 떨렸다.

"집착이야."

"뭐?"

"북해빙궁에 복수를 해서 네가 얻을 수 있는 건 뭐지?"

생각해 본 적이 없었다.

삼 년 동안 북해빙궁에 복수를 하겠다는 일념으로 살아왔지만 그로 하여금 그녀 자신이 얻을 수 있는 건 아무것도 없었다.

마음이 후련해지기라도 할까?

그도 아니다. 설혹 운이 좋아 복수한다 하여도 그 후엔 홀로 우뚝 설 자신이 없었다. 목표를 이룬 자들이 느끼는 허무함처럼.

대답이 궁색해진 예서하는 눈을 치켜뜨며 단여랑을 쏘아봤다.

"그러는 너도 빙궁에 복수를 하려던 거 아냐?"

"복수는 이미 했어."

"……?"

"마음속으로."

"……."

"정확한 시기를 말하자면 혈궁을 치러 가기로 마음먹었을 때… 아니, 어쩌면 그보다 훨씬 전일 수도 있겠군."

어디선가 불어온 미풍이 단여랑의 머리를 쓸었다.

"몸에 상처를 입히고, 짓밟고… 그것도 복수의 방법이 될 수 있겠지만 남을 원망하고 증오하는 것은 결국 내 자신에게도 득이 되지 않아."

"그… 래서 증오하는 마음을 접었다는 소리야?"

"증오해. 아마도 죽는 날까지 증오하겠지. 하지만 자제하고 있을 뿐이야. 하하! 이걸 왜 이제야 깨달은 거지? 진정한 복수란 그들이 보고 있는 앞에서 내가 원하는 걸 하는 것인데……."

단여랑은 조용히 눈을 감았다.

자신이 진정 원하는 것. 이루고자 하는 것.

그가 정한 목표를 이루고 성공하는 모습을 보여주는 것도 복수의 한 방편이 될 수 있다. 용서를 하지 못할 바에는 좀 더 신사적인 복수를 선택하겠다.

예서하는 단여랑의 말속에서 처음 그를 대했을 때의 느낌이 되살아났다.

외모는 몰라볼 정도로 변했지만 내면은 삼 년 전의 장난스럽던 모습과 한 치도 다르지 않은… 겉으로는 강한 척하지만 속은 여리고 착한, 선천적으로 선한 마음을 가진 사내.

어쩌면 자신과 비슷한 인간일지도 모른다고 생각하지 않았던가. 다만 다른 점이 있다면 그녀는 아픔을 겉으로 드러내는 반면, 단여랑은 슬픔은 가슴속에 고이 묻어둔다는 점이다.

'내가 북해빙궁에 할 수 있는 복수……'

아마도 보리마군은 그녀가 북해빙궁에 복수하는 것을 원치 않을 게다.

비록 친딸은 아니었지만 그녀를 친딸보다 더 아껴주었던 보리마군이 지금 살아 있다면 무엇을 원했을까. 평범한 여인으로 한 남자를 만나 평범한 가정을 이루며 행복하게 살길 원했을까?

"서하, 나와 같이 북해로 가자."

상념에 잠기던 예서하가 단여랑을 바라봤다.

"말했지만 난……."

"네가 복수를 하고 싶다면 해. 네가 복수할 능력이 될 때까지 기다려 줄게."

단여랑은 알고 있다, 이대로 예서하를 혼자 두어서는 안 된다는 것을. 보리마군에 대한 예의도 아니지만 그녀가 고생하는 모습을 보고 싶지 않았다.

예서하는 입을 닫았다. 무언의 긍정인 셈이다.

하나 단여랑의 약속도, 예서하의 수긍도 아주 나중의 일이라는 것을 두 사람 모두 알고 있었다. 적천회주를 만나 살아남은 후에야 이루어진다는 것을.

第三章
일호전(一湖戰)

1

집으로 돌아왔지만 반겨주는 사람이 없다는 것은 참 슬픈 일이 아닐 수 없다. 아니, 반겨주는 사람이 아예 없는 편은 그래도 나았다. 반겨줄 사람이 시신이 되어 눈앞에 있는 기분은 말로 형용할 수 없을 만큼 분노를 일으켰다.

"사망 시각은?"

"추정 시간은 세 시진 전입니다."

다른 유령전 무인도 거들었다.

"모두 일검에 당했습니다. 반항한 흔적이 전혀 없는 것으로 보아 암습인 것 같습니다."

막부동은 시신을 한 구 한 구 직접 살폈다.

"월영문에게 당한 것이 맞군. 꼭 이렇게까지 해야 할 필요가 있었나?"

일호 연안에서 배를 대던 무인들은 전멸했다. 말이 좋아 무인이었지, 그들이 할 수 있는 것은 오로지 배를 모는 것뿐이었다.

일호 어딘가에 있을 지혜원주가 직접 명령을 내린 자들이었다. 병력을 동원할 수는 없었다. 지혜원주는 무공은 형편없어도 배 모는 솜씨가 좋은 자들만 추려서 단여랑 일행을 마중케 했다. 하지만 지혜원주도 이들이 이렇게 처참하게 당하리라곤 전혀 예상하지 못했을 게다.

막부동은 착잡한 마음을 억누를 길이 없었다. 마음이 무겁기는 단여랑 역시 마찬가지였다.

배는 한 척도 남아 있지 않았다. 무인들을 공격한 월영문의 목적은 그들이 북해도까지 타고 갈 배였다.

단여랑은 월영문이 북해도에 가려 한다는 것을 예상했지만 무인들이 변을 당할 것이라곤 생각지 못했다.

"세 시진 전에 떠났다면 내일 아침이면 유도(酉島)에 도착하겠군."

"전주, 유령전 무인들은 수전에도 강하다고 알고 있어."

"하지만 남아 있는 배가 없다. 가까운 부족에서 배를 빌려 온다 하더라도 역시 세 시진은 족히 걸릴 텐데, 그렇다면 너무 늦지 않나?"

“뗏목을 만들어.”

“뭣?”

“나무를 구해서 뗏목을 만들어야지.”

“제정신으로 하는 소리냐? 북해도까지 가려면 족히 삼 일
은 걸릴 텐데, 이 많은 인원들이 뗏목으로 버틸 수 있을 것 같
으냐?”

“뗏목으로 북해도까지 가자는 소리가 아냐. 다섯 명씩 조
를 만들어서 자기들이 타고 갈 뗏목을 하나씩 만들어. 뗏목을
이용하는 건 월영문을 만나기 전까지야. 월영문에게서 배를
다시 되찾아야 해. 승기는… 이미 우리가 거머쥐고 있어.”

전혀 농담이라고 받아들일 수 없을 만큼 단여랑은 진지했
다.

뗏목을 만드는 일은 무인들에게는 일도 아니었다.

그들은 검법과 장법을 동시에 익혔다. 나무를 잘라 평평하
게 만드는 것은 검법을 이용했고, 나무와 나무 사이를 엮는
밧줄 대신 장법을 이용하여 붙였다.

세인들은 감히 상상도 할 수 없는 방법이었다. 얼음으로 나
무와 나무를 붙인다는 게 가당키나 한 소리던가. 하지만 북해
빙궁 무인들에게는 얼음을 이용하는 일이 일상생활이나 진배
없었다.

북해도 정상에 우뚝 세워져 있는 북해빙왕의 동상이나, 입

구를 지키는 이백구십이 개의 계단 역시 녹지 않는 인공 얼음으로 만들어졌으니 나무를 붙이는 일 또한 불가능한 일이 아니었다.

하지만 시간이 촉박하여 정교하게 만들진 못했다. 급조하여 만든 뗏목은 보기엔 튼튼해 보였지만 일호에서 얼마나 견딜지는 아무도 알 수 없었다.

스물네 개의 뗏목은 삽시간에 만들어졌다. 다섯 명씩 탈 수 있는 뗏목엔 각각 네 개의 노까지 준비되었다.

첨벙…… 첨벙!

뗏목들이 하나둘씩 일호로 던져졌다. 유령전 무인들은 균형이 맞춰지며 착지한 뗏목을 보곤 서슴없이 연안 절벽에서 뛰어내렸다.

단여랑의 뗏목엔 해도주와 해도구귀 중 살아남은 철영, 예서하, 그리고 유령전 무인 하나가 올라탔다.

"도주, 월영문과 만나게 될 시간을 예상하고 있습니까?"

"아마도 내일 새벽이 아닐까 생각합니다. 그전에 만나지 못하면 유도가 위험하겠지요."

북해도로 가기 위해선 유도를 반드시 지나가야만 한다.

월영문이 유도에 들를 확률은 반반이다.

적천회주의 명이 급하다면 북해도로 바로 갈 것이고, 그렇지 않다면 유도에 들를 것이다.

월영문은 살수 집단이다. 적천회는 사도의 중심적인 역할

을 했지만 그들이 중원에서 활동하며 정체를 숨긴 곳은 월영
문이다.

단언하건대, 월영문도들은 순수하게 청부 살인만을 주업
으로 한 자들이다. 그런 사람들은 배를 모른다. 아는 사람도
있겠지만 수박 겉 핥기식의 지식만을 갖고 있을 게 분명하다.

그들이 유도에 닿기까지 하루도 안 되는 시간. 처음 배를
모는 사람은 섬이 보이면 반드시 정착을 하게 되어 있다.

어쩌면 유도에선 월영문에 대한 정보를 알지 못할 게다. 연
안에 있던 무인들이 모두 도륙당했는데 어찌 알 수 있겠는가.

준비도 되어 있지 않은 상태에서 월영문을 맞이하게 되면
유도는 큰 타격을 입게 될 것이 자명한 일.

지금 할 수 있는 일은 월영문이 유도를 그냥 지나치기를 간
절히 바라는 수밖에 없다.

"만에 하나라도 월영문을 만나지 못하는 날엔 우리 모두
일호의 귀신들이 되겠군."

철영이 혼자 중얼거리는 말을 단여랑은 물론이고 주위 뗏
목에 있던 유령전 무인들까지 모두 들을 수 있었다.

그의 말은 사실이었다. 만약 미리 출발한 월영문과 길이 엇
갈리기라도 한다면 철영의 말처럼 될 게다. 어쩌면 유도에 도
착하기도 전에 뗏목이 가라앉을 수도.

뗏목을 튼튼하게 만들어 북해도까지 가느냐, 빨리 만들어
월영문의 발길을 붙잡느냐. 단여랑은 후자를 선택했고, 유령

전은 따랐다.

삐이익—!

호각 소리가 길게 울렸다.

"출발!"

스물네 대의 뗏목이 서서히 움직이기 시작했다.

가산평(賈山平)은 끊임없이 펼쳐진 일호의 넓이에 치를 떨었다.

월영문에게 물은 익숙하지 않았다. 간혹 살수행 중에 물과 친숙한 자를 죽여야 할 때도 있었지만 직접 물에 들어간 적은 없었다.

배를 모는 것은 능숙한 솜씨를 요구했으나, 그런 솜씨를 지닌 자는 월영문에 존재하지 않았다.

월영문 살수들은 무작정 북해도가 있는 방향을 향해 나아갈 뿐이었다.

그렇게 반나절이 넘도록 쉬지 않고 배를 저었지만 북해도는커녕 조그마한 섬 하나 보이지 않았다. 번갈아 가며 노를 젓던 월영문 살수들은 하나둘씩 지치기 시작했다.

비상식량을 미리 준비하지 않은 탓도 있었다. 월영문주가 빠진 지금 월영문을 이끄는 가산평의 계획대로라면 북해도로 가는 도중 작은 섬에 들러 약탈을 할 생각이었다.

계획대로 된다면 약탈뿐만 아니라 자신들을 대신하여 노

를 저어줄 북해 무인들도 데려갈 참이었다.

하지만 지금 당장은 막막하기만 했다. 언제 나타날지 모를 섬을 찾아 무작정 가기엔 월영문도들은 너무 지쳤다.

'일호엔 스물일곱 개의 섬이 있다. 하나라도 발견하지 않은 게 이상하지. 이쯤이면 나타날 때도 되었건만.'

가산평은 지친 수하들을 추스르며 계속해서 배를 움직였다.

어스름하게 날이 밝아올 무렵, 일호를 감싼 안개는 한 치 앞을 내다볼 수 없는 상황에까지 이르게 했다.

'큰일이군. 이래선 코앞에 섬이 있어도 발견하지 못할 텐데……'

월영문이 탄 배는 모두 여덟 척. 열 명씩 났으니 모두 팔십에 이르는 살수들이 탄 셈이다.

가산평은 단여랑 일행의 행보를 일호에 들어서기 전에 알았다.

하마터면 단여랑 일행과 일호의 연안에서 부딪칠 뻔했지만, 월영문은 조금 더 속도를 가해 먼저 일호에 도착했다. 그리고 연안에서 대기하고 있던 무인들을 죽이고 배를 모두 빼앗았다.

단여랑과 유령전이 일호에 도착한다 해도 남은 것은 무인들의 시신뿐, 배는 한 척도 찾을 수 없을 게다.

그들이 뗏목을 만들어 따라올지도 모른다는 생각은 했지만 뗏목을 만들기에는 시간이 얼마 없다. 뗏목을 엮어 묶을 밧줄도 필요하고 설혹 빠른 시간 안에 뗏목을 만든다 하여도 월영문이 탄 배의 속력은 따라오지 못할 게 분명했다.

'놈들은 신경 쓰지 않아도…….'

가산평은 단여랑 일행의 일을 머릿속에서 지웠다. 그에게는 현재 눈앞을 가득 메운 안개를 어떻게 벗어나느냐 하는 게 문제였다.

'이럴 줄 알았으면 문주께 부탁해서 빙령전 놈들을 보내 달라고 하는 건데…….'

일호의 지도는 손에 넣었다.

거리를 가늠할 수 없게 그려진 지도였지만 가산평이 지금 의지할 것은 지도밖에 없었다.

"조금만 더 가면 섬 하나가 나타난다. 모두 젖 먹던 힘까지 짜내어 노를 저어라!"

섬이 나타난다는 말에 월영문 살수들의 손동작이 빨라졌다. 그러나 해빙기가 끝이 났는 데도 둥둥 떠다니는 유빙에 부딪치지 않기 위해 그들의 손놀림은 극히 조심스러웠다.

동쪽에서 해가 떠오르기 시작했다.

눈부신 광명은 밤새 한잠도 자지 못한 월영문 살수들의 눈을 부시게 했다. 그렇지만 아직도 안개는 거둬지지 않았다.

온몸이 물에 젖은 듯 축축한 느낌.

안개가 옷 속에 스며들며 뼈를 에이게 했다. 일호도 일호였지만 북해의 추위 역시 월영문에게는 전혀 반갑지 않았다.

옷깃을 단단히 여민 가산평은 뱃전에서 일어나 안력을 돋웠다. 혹시라도 보이게 될 섬을 찾기 위해.

그가 탄 배가 기우뚱한 것은 바로 그때였다.

두웅—!

배 한쪽이 물속으로 가라앉았다가 높이 떠올랐다.

차아앗!

허공으로 떠오른 바닥이 다시 호수면에 부딪치며 물을 튕겨냈다. 물살의 파장을 일으킨 배는 옆에 있던 배들까지 흔들리게 했다.

"헛!"

"어억!"

월영문도들이 당황하기 시작했다.

"모두 침착해라! 배를 멈춰라!"

당황 속에서도 가산평의 외침을 들은 월영문도들은 일제히 노를 놓았다.

가산평은 재빨리 주위를 살폈지만 안개로 인해 아무것도 볼 수 없자 그는 두 귀를 열었다. 미세한 잡음까지도 놓치지 않으려 청력을 돋웠지만 아무런 소리도 들리지 않았다.

"……"

일호는 고요했다.

가산평은 노를 젓던 무인에게 고개를 돌렸다.

"유빙에 부딪쳤나?"

무인의 안색이 급변했다.

"부딪친 느낌은 전혀 없었습니다."

"……."

가산평의 얼굴이 일그러졌다.

호수 안에 살고 있는 미지의 생물에 대해선 전혀 들은 바가 없다. 위험한 생물이 살고 있다면 빙령전이 미리 귀띔을 해주었을 게다.

'고작해야 용상어뿐.'

용상어가 배를 들어 올릴 힘이라도 있었던가. 그럴 일은 없다. 작지 않은 배에는 장정 열 명이 타고 있으니.

침묵은 오래도록 계속되었다.

그 누구도 입을 열지 않았다. 살수 생활을 오래한 자들이니만큼 기다림은 익숙했다. 그리고 모두들 좋지 않은 일이 일어날 것이라는 걸 피부로 느끼고 있었다. 살수들의 직감은 여인들의 직감보다도 뛰어나니까.

가산평은 결정을 내려야만 했다.

안개를 뚫고 섬을 찾을 때까지 배를 몰 것인가, 아니면 안개가 가실 때까지 이대로 있을 것인가.

잠시 고민을 하고 있던 찰나였다.

풍덩—!

그리 멀지 않은 곳에서 무언가가 물에 빠지는 소리가 들려
왔다.

"무슨 일이냐!"

"어엇!"

풍덩!

채챙! 챙! 챙!

여기저기서 검 뽑는 소리가 났다.

"두 명이 물에 빠졌습니다!"

네 번째 배에서 살수 하나가 크게 외쳤다.

"어서 건지지 않고 뭣들 하나!"

"떠오르지 않습니다!"

"뭐, 뭣!"

가산평은 당장 네 번째 배로 뛰어가고 싶은 욕구를 억눌렀
다.

'누군가! 서, 설마 단여랑 일행?'

순간, 가산평은 자신이 간과하고 있던 사실에 등골이 오싹
해졌다.

북해 무인들은 물과 친한 사람들이다. 뗏목을 만드는 데 많
은 시간이 걸렸다고 해도 자신들을 따라잡는 일은 어쩌면 쉬
운 일일지도. 게다가 월영문이 배를 몰아본 경험이 전무한 것
으로 미루어보면 가능한 일이었다.

'수전! 잘못하면 전멸이다!'

가산평은 목청을 드높였다.

"모두 배를 꽉 잡아라. 물에 몸이 닿는 순간, 죽는다는 것을 명심해라!"

살수들은 즉시 가산평의 명령을 좇았다.

가산평은 다시 잠잠해진 일호를 불안한 눈으로 지켜보았다.

"수전에 자신있는 자만."

"무공을 펼칠 수 있겠는가?"

"저들이 빙장을 쏘아낸다 하여도 여전히 물입니다. 물속에서 휘두르는 검의 속력은 우리를 따라갈 사람이 없지요."

수하는 벌써 몸에 밧줄을 두르고 있었다.

"이곳에서 모두 전멸하는 것을 원하십니까? 기습은 우리가 유리할지 몰라도 전면전으로는 이길 수 없습니다. 차라리 이대로 죽을 바에는 싸워라도 보는 게 차라리 나을지도 모르잖습니까?"

가산평은 고개를 끄덕였다.

고지가 얼마 남지 않았다. 섬에 닿는 즉시 기습을 가하면 월영문이 이길 수 있다. 하지만 수전은 불가능하다. 그럴 바에야 차라리 부딪치는 편이 피해를 감소시킬 수 있으리라.

월영문 살수들은 두 명씩 함께 움직였다.

한 사람의 몸에 밧줄을 묶고, 다른 사람은 밧줄의 끝을 배에 묶었다.

밧줄을 몸에 묶은 자는 물속으로 들어간다. 안개 속에서 싸우나, 물속에서 싸우나 모두 매한가지.

물속에 들어간 자가 밧줄을 잡아당겨 신호를 보내면 위에 있는 자는 재빨리 밧줄을 끌어올리기만 하면 된다.

"그럼!"

수하는 가산평에게 읍을 취한 뒤 물속으로 뛰어들었다.

풍덩! 풍덩!

다른 배에 있던 자들도 뛰어내렸다.

"전속력으로 전진한다!"

배 위에 남아 있는 자들은 한 손에 밧줄을 두르고 즉시 노를 저었다.

월영문 살수들의 절반은 배를 전진시키고, 나머지 반은 밧줄을 몸에 묶은 채 수전을 펼치기 시작했다.

제일 먼저 자처하여 몸에 밧줄을 묶은 월영문 살수 교담(皎儋)은 전신을 에이는 물의 온도에 깜짝 놀랐다.

추워도 이렇게 추울 수가 없었다. 그래도 물속은 따뜻할 줄 알았는데 그건 오만한 착각이었다. 물속에 들어온 지 촌각도 안 되었건만 벌써부터 뛰쳐나가고 싶은 충동이 역력했다. 잠시라도 정신을 놓는다면 유령전 무인들과 부딪치기도 전에 물귀신이 되는 것은 시간문제였다.

교담은 진기를 빠르게 돌렸다.

월영문 살수들의 운공법은 특이했다. 기감을 안으로 갈무리하여 마치 죽은 듯, 그러나 언제라도 공격을 펼칠 수 있게 온몸은 만반의 준비를 갖추고 있었다.

'제길!'

몸은 준비가 되었건만 마음은 아직 준비가 되지 않았다. 추위는 차치하더라도 물속에서 눈조차 제대로 뜰 수 없었다.

어렵게 눈을 떠도 시야가 뿌옇게 가려져 한 치 앞을 내다볼 수 없었다. 게다가 빠른 속도로 전진하는 배에 끌려가다시피 한 몸은 자유를 구속당했다.

오로지 기감으로, 느낌으로 다가오는 물체를 상대해야 할 판국이었다.

그때, 물고기처럼 유영을 펼치는 커다란 물체 하나가 빠른 속도로 교담에게 다가오고 있었다.

교담은 두 눈을 부릅떴다. 빠르게 다가오고 있는 물체는 다름 아닌 사람이었다. 그것도 아무것도 입지 않은 알몸의 사람. 그러나 교담의 머릿속에는 위험을 알리는 경종이 울렸다.

비록 물속이었지만 알몸과 대조되는 빛깔을 띤 기다란 물체 하나가 사람의 손에 들려 있었다. 그것이 무엇인지는 생각하지 않아도 알 수 있었다.

교담은 더 이상 생각을 잇지 않고 검을 휘둘렀다.

"……!"

검이 휘둘러지는 속력에 교담은 다시 한 번 놀랐다.

어릴 적, 처음 무인이 되고자 수련을 했을 무렵에 물속에서 검 휘두르는 연습을 한 적이 있다. 처음에는 어려웠지만 오랜 시간을 반복한 끝에 물속에서도 빠른 속도로 검을 휘두를 수 있었다. 쾌검법을 구사하는 무인들이 자주 이용하는 수련 방법이었다.

그러나 그런 수련도 지금은 모두 허사가 되었다.

첫째로 물살의 흐름에 검을 맞출 수가 없었다. 물살은 뒤로 뻗어가지만 교담의 검은 반대쪽으로 휘둘러져야 했다. 만약 물의 흐름에 맞추려 한다면 공격하는 자에게 고스란히 등을 내주어야 할 판이었다.

'안 돼!'

생각은 행동으로 즉시 이어졌다.

교담은 있는 힘을 다하여 몸에 묶인 밧줄을 잡아당겼다. 위에서 신호를 받은 무인이 빠른 속도로 밧줄을 끌어당기기 시작했다.

'빨리!'

휘잉―!

유령전의 검은 아슬아슬한 차이로 교담의 다리 밑을 비껴 나갔다. 그러나 그게 끝이 아니었다. 비껴 나간 검을 아주 쉽게 회수한 유령전은 위로 끌려 올라가는 교담을 쫓아 헤엄쳐 왔다.

‘더 빨리!’

촤아아!

“푸악! 푸학!”

교담은 마음 놓고 숨을 고를 시간적인 여유조차 없었다.

“빨리 끌어올…… 크윽!”

교담은 다리에서 전해지는 날카로운 충격에 부르르 몸을 떨었다. 이에 위에 있던 살수들이 재빨리 교담을 건져 올렸다.

방금까지 교담이 머물던 물 주위가 금세 피로 얼룩졌다.

월영문 살수들은 서슴없이 물속으로 검을 찔러 넣었다. 그러나 그들은 애꿎은 물만을 베어냈다.

“다, 다리가!”

교담은 미치기 일보 직전이었다.

다리 한쪽이 발목부터 절단되어 있었다. 잠시 후 절단된 발목이 호수 표면으로 떠올랐다.

가산평은 교담의 잘려진 다리를 보며 큰 충격에 휩싸였다.

물속에서의 싸움.

검으로 상대를 해하고자 할 때, 몸을 베거나 찌를 수는 있어도 절단시키기는 무척이나 힘들다는 걸 그도 알고 있었다.

뼈마저 깨끗하게 잘라 버린 솜씨. 도대체 얼마나 힘이 세다는 말인가. 게다가 교담의 잘린 발목 부위는 손을 대기만 해도 붙어 버릴 것처럼 꽁꽁 얼어붙어 있었다.

‘북해 무공!’

가산평의 생각은 아직도 물속에서 유령전의 노리개가 되어 있을 수하들에게로 미쳤다.

'절대 이길 수 없어. 절대!'

"지금 당장 끌어올려! 빨리! 어서!"

배 위에서 노를 젓던 무인들은 얼른 노를 내려놓고 밧줄을 잡아당기기 시작했다.

물속에 들어갔던 살수들이 끌어올려졌다.

"허! 허허허!"

가산평은 실성한 사람처럼 맥없는 웃음을 터뜨렸다.

멀쩡히 올라온 사람이 단 한 명도 없었다.

팔 또는 다리가 절단된 이들, 머리통을 잃고 몸뚱이만 올라온 이들, 어떤 곳은 끊어진 밧줄만 올라왔다.

교담의 발목은 금방 건져 냈지만 다른 이들의 잘린 몸뚱이의 일부는 물 위로 떠오르지 않았다.

배 주변은 온통 피로 물들었다. 유령전 무인들의 피는 아닐 게다.

여든 명이 넘던 월영문도의 수가 힌순간 절반으로 줄었다. 이대로 수전을 계속 펼친다면 월영문은 전멸하고 말 게다.

교담은 실신한 듯 축 늘어졌다. 가산평은 교담의 다리를 재빨리 지혈시킨 후, 배 한편에 눕혀 놓았다.

이대로 배를 전진시킬 수는 없다. 아까같이 무인들을 물속으로 끌고 들어가던가, 노를 빼앗아 버리게 된다면 영영 일호에 고립되고 만다.

유령전은 월영문을 옴짝달싹 못하게 만들어놓았다. 수전을 펼칠 수도 없고, 앞으로 나아갈 수도 없고.

그들은 마치 자신들이 먼저 항복하기를 기다리는 것 같았다.

가산평은 그렇게 느꼈다.

2

"모습을 드러내라!"

또다시 고요해진 일호를 바라보며 가산평은 소리쳤다. 이제는 물만 보아도 넌덜머리가 났다.

한 치 앞도 가늠할 수 없는 안개. 안개의 반대편에서 누군가가 자신을 바라보며 비웃는 듯한 착각도 들었다.

"모습을 드러내라!"

가산평은 또 한 번 소리쳤다. 그때,

"지금 명령하는 건가?"

아주 어린 목소리가 안개 너머에서 들려왔다.

가산평은 소리가 나는 곳을 말없이 노려보았다.

"다시 묻도록 하지. 지금 명령하는 건가?"

"……"

가산평은 무어라 대답해야 할지 고민했다. 어리지만 냉정함이 깃든 목소리는 당장이라도 자신의 목을 쳐낼 듯 위협적이었다.

"네가 어떻게 대답하느냐에 따라 남은 네 수하들의 운명도 결정지어질 것이다. 마지막으로 묻는다. 지금 명령하는 것인가?"

가산평은 수하들의 눈동자가 자신에게 향해 있는 것을 느꼈다. 그는 두 눈을 질끈 감았다. 자존심을 지키고자 수하들의 목숨을 저버릴 수는 없는 일이었다.

"부탁… 하는 게요."

"훗!"

가산평은 의미 모를 비웃음에 심한 모욕감을 느꼈다.

"진작 그럴 것이지."

가산평은 안개를 뚫고 서서히 모습을 드러내는 스무 척 남짓한 뗏목을 보며 경악했다.

'뗏목으로 여기까지 따라오다니!'

그가 더욱 놀란 것은 뗏목의 나무와 나무 사이를 이어주는 매개체였다. 그것은 밧줄이 아닌 얼음이었기에, 전혀 생각지도 못한 일이었기에……

뗏목엔 다섯 명씩 타고 있었다. 수를 합해 보아도 남아 있는 월영문의 네 배에 달하는 인원이었다.

살아서 빠져나갈 가능성은 희박했다.

'문주, 용서를……'

그 누구를 탓할 수는 없었다.

월영문주는 가산평을 믿었기에 북해도로 불렀다. 어쩌면 월영문 살수라는 이름을 벗어던지고 당당하게 중원에서 활동할 수 있을지도 모른다는 생각을 했던 가산평이다.

작은 희망은 덧없이 끝났지만 그는 월영문주에게 충성했고, 한낱 파락호로 전락해 버릴지도 모를 인생을 그로 하여금 벗어날 수 있었다.

하지만 아직 체념하기에는 일렀다. 가산평, 그를 더욱 놀라게 하는 것이 있었으니…….

"월영문을 이끄는 자인가?"

"……!"

가산평은 두 눈을 부릅떴다. 그는 눈앞에 보이는 자의 모습을 믿을 수 없었다. 손으로 두 눈을 비비고 다시 보아도 꿈은 아니었다.

하얀 머리카락, 하얀 피부, 흰 옷…….

마치 얼음귀신이라도 본 듯했다.

'비, 빙귀!'

빙귀라는 이름이 적합했다.

약관을 갓 넘었을 법한 청년은 위풍당당한 모습으로 팔짱을 끼며 가산평을 바라봤다. 그의 뒤에는 어마어마한 몸집의 장정들이 웃통을 벗어던진 채 시립해 있었다.

월영문을 물속에서 공격했던 유령전임에 틀림없었다.

"단여랑……."

"고작 일개 살수 따위가 어디서 북해빙궁주의 존함을 함부로 내뱉느냐!"

다른 장정들보다 몸집이 배는 커 보이는 자가 가산평을 보며 으르렁거렸다.

월영문 살수들 중 몇 명은 단여랑을 알아보았다. 한때 단우인을 지키기 위해 단여랑을 성검문으로부터 감시한 적이 있었다.

하지만 그때의 분위기와는 너무도 달라져 버린 단여랑의 모습에 그들도 놀라긴 마찬가지였다.

"잘 만났군. 당신들을 만나지 못했더라면 우리가 물귀신이 될지도 모를 판이었는데."

단여랑은 장난스런 미소를 던졌다.

하지만 가산평에게는 그 미소가 저승사자의 웃음과도 같았다.

"오랜만이군."

낮은 음성에 다른 배에 타고 있던 월영문 살수가 고개를 돌렸다.

목소리의 주인은 뱃전에 밀착된 뗏목 위에 서서 그를 노려보고 있었다. 한 손에는 길고 뭉뚝한 검이, 그리고 다른 한 팔은… 없었다.

살수는 이마를 찡그렸다.

“날 아나?”

“아주 잘 알고 있지. 팔 년 동안 한 번도 잊은 적이 없으니까.”

살수, 유살검의 두 눈이 가늘어졌다. 그는 팔 년 전의 기억을 되짚으려 애썼다. 하지만 외팔이 무인은 그의 기억 속에 남아 있지 않았다.

“사람을 잘못 보았군. 내 기억에 팔병신은 존재하지 않아서.”

유살검은 유령전 무인들이 지척에 깔려 있는 데도 전혀 주눅 들지 않았다.

요수는 웃었다.

그의 예상대로 유살검의 뻔뻔함은 아직도 그대로였다. 만약 유살검이 주눅 들었더라면 검을 내려놓고 싶을 정도로 실망했을지도 모른다.

“야, 이 새끼냐? 네 얼굴을 이 지경으로 만들어놓았다던 새끼가?”

유살검의 눈길이 사공필에게로 향했다가 다시 요수의 얼굴로 돌아갔다. 그는 요수의 얼굴에 난 기다란 검상을 보곤 두 눈을 번뜩였다.

“아아, 누구신가 했네. 그 창녀 같은 년의 동생이랍시고 검을 들이대던 녀석이 아닌가?"

요수의 어깨가 부르르 떨렸다. 그런 요수의 어깨를 사공필이 한 손으로 굳게 잡았다. 흥분하지 말라고, 마음을 가라앉히라고 손가락에 힘을 주어 꾹 눌렀다.

"아하? 누구신가 했네. 네가 그 금수만도 못한 놈의 밑이나 닦아주던 개자식이구나?"

유살검은 사공필을 향해 몸을 돌렸다. 그의 몸에서 살기가 무럭무럭 피어오르고 있었다. 하나 사공필은 헛바닥을 놀리는 것을 거두지 않았다.

"움찔하는 걸 보니 맞는 모양이네? 왜? 겁나냐? 표정을 보니까 완전히 겁에 질렸는데? 하긴, 금수만도 못한 놈의 밑이나 닦아주던 개자식인데 겁을 안 먹는다는 게 이상한 거지."

"뚫린 입이라고 잘도 지껄이는구나, 애송이 같은 놈."

사공필이 워낙 어려 보이는지라 유살검은 그의 나이조차 짐작하지 못했다. 그러나 유살검도 무인. 사공필 역시 입만 살아 있는 자가 아니라는 것은 충분히 느낄 수 있었다.

"난 입이 뚫렸지만 넌 뒤가 뚫렸잖아? 어우, 냄새! 아주 줄줄 흐르네, 흘러!"

사공필은 손으로 코를 막는 시늉까지 취했다.

유살검은 더 이상 모욕을 참기 힘들었다. 그는 검을 꺼내 들어 사공필을 향해 겨누었다.

"우선 네놈부터 처리해 주지. 죽더라도 원망하지 마라. 모두 네놈이 자처한 일."

사공필은 두 팔을 들어 뒤를 가리켰다.

"눈깔도 삐었냐? 안 보여? 이 많은 사람들을 네가 모두 상대할 수 있을 거라 생각해? 오늘 죽는 것은 내가 아니야, 바로 너지. 죽더라도 원망하지 마라. 모두 개자식, 네놈이 자처한 일이니까."

"놈!"

뻐억!

유살검은 배의 모서리가 부러져 나갈 정도로 세게 박차며 뛰어올랐다.

누가 말릴 틈도 없었다. 사공필은 세 치 혓바닥으로 유살검의 신경을 자극했고, 유살검은 참지 못했다.

유살검은 검을 든 채 사공필을 향해 곧장 짓쳐들어왔다. 그는 주위에 유령전 무인들이 있건 말건, 한 발만 잘못 디뎌도 강물 속에 빠지건 전혀 개의치 않았다.

빠르고 현란한 유살검의 검법 앞에 사공필의 손가락도 기이하게 꺾이며 움직이기 시작했다. 한데,

따앙!

사공필과 유살검이 몸을 부딪치기 바로 직전, 그들 사이를 가로막는 검이 있었다.

유살검은 뒤로 팅겨 나가며 다시 배로 착지했다. 사공필도 뒤로 한 걸음 물러섰다.

"내 싸움이다. 뒤로 빠져."

요수였다.

요수는 누이의 복수를 하기 위해 팔 년이라는 시간을 기다려 왔다.

말다툼 때문에 생긴 싸움이라고 하지만 감히 사공필이 가로챌 싸움이 아니었다. 하나 다른 사람 같으면 적당히 하고 이쯤에서 물러나야 정상이겠지만, 사공필은 전혀 그럴 생각이 없는 듯했다.

"싫다면?"

"……!"

주위의 당황한 눈빛들이 사공필에게로 향했다.

"이건 내 싸움이라니까!"

"다 잡은 고기를 건져 올려놓고 무슨 생색을 내려고?"

"사공필!"

"저 자식은 어차피 지금 죽게 되어 있어. 너에게 죽으나 나에게 죽으나, 여기 유령전 새끼들에게 죽으나 죽는 것은 변하지 않아. 네 싸움이면 어떻고, 내 싸움이면 어때?"

"이 자식이!"

"한 팔로 뭘 어떻게 하려고? 그런 몸으로 저놈하고 제대로 붙을 수나 있겠어? 내가 좀 도와줄 테니까 넌 마무리나 하시던가! 차앗!"

사공필은 뗏목을 박차며 유살검을 향해 몸을 날렸다.

"너 이 자식, 가만 안 둬!"

요수도 뒤질세라 사공필을 뒤따라갔다.

주위는 금세 난장판이 되었다.

뗏목과 소선은 물살을 따라 이리저리 흔들렸다.

사공필은 목표물인 유살검을 향해 두 팔을 들어 올렸다. 뱀의 혓바닥보다 빠르게 움직이는 그의 손가락은 보는 사람을 현혹시킬 만큼 현란했다.

서서히 맺히는 차가운 기운.

사공필은 이 느낌이 좋았다.

북해에서 펼치는 빙공은 중원에서 펼치는 것과는 천양지차였다. 중원은 높은 기온 때문에 빙공을 사용하는 데 많은 제재가 따랐다. 진기를 끌어올려 기껏 손가락으로 주입시키면 터져 나가는 얼음은 금세 녹아내리고 말았다.

사공필 정도의 능력이었으니 중원에서 이름을 드날렸지만 다른 빙공 무인들은 이름 석 자도 못 내미는 형편이었다. 그러니 중원인들, 그리고 북해빙궁 무인들이 무시할 만도 했다.

쉬이익!

손가락 끝에서 맺혀진 얼음들은 곧장 유살검을 향해 쏘아져 갔다.

유살검은 검으로 포물선을 그리며 얼음 조각들을 막아냈다. 정해진 길을 만들며 그려진 포물선이었지만 곁에 있는 사람들에게는 그냥 검을 막무가내로 휘두르는 것처럼 보였다.

"내 싸움이랬지!"

연신 얼음을 쏘아내는 사공필을 뒤쫓아온 요수가 한쪽 어깨로 그를 힘껏 밀쳐 냈다.

"어, 엇!"

풍덩!

사공필은 흔들리는 몸의 중심을 잡지 못하고 일호 속으로 곤두박질쳤다.

"푸악! 너, 이 새끼! 날 죽이려고 작정했어! 올라가면 넌 죽었어!"

사공필은 요수에게 독설을 퍼부으며 유령전 무인들의 도움을 받아 다시 뗏목 위로 올라섰다.

사공필이 잠시 일호에 빠져 있는 사이, 요수의 검은 허공을 가르며 유살검의 정수리를 노렸다.

묵직하면서도 빠른 검법이었다. 뭉뚝한 검신은 바람의 저항을 많이 받기에 빠르게 휘두르기에는 무리가 따랐다. 하지만 요수의 검법은 쾌검법의 달인인 유살검이 보기에도 간이 오그라들 정도로 쾌속했다.

유살검의 검이 요수의 검과 부딪쳐 나갔다.

쉬잉!

너무 빨라 허공에 잔재만을 남겨둔 두 쾌검은 상대의 몸에 닿기도 전에 거두어졌다.

"실력이 제법 늘었구나!"

유살검은 요수를 다시 보게 되었다.

그리고 팔 년 전에 있었던 싸움을 다시 회상했다.

그때의 유살검은 낭인들 중에서도 실력이 두드러져 제법 명성을 날리는 자였다. 심성이 올곧지 못해 적도 많았지만, 그의 기개를 높이 산 뭇 고수들과도 끈끈한 인연을 맺기도 했다.

그렇게 점점 명성을 쌓아가던 유살검의 앞에 검 한 자루를 쥔 무인이 나타났다. 얼핏 보기에도 초출 티가 풀풀 풍기는 그런 사내였다.

그때 의제가 여자를 강간하는 일만 없었어도…….

하지만 유살검은 두려울 것이 없었다. 사내 역시 죽여 버리면 그만이었다. 그렇지 않아도 살수의 길로 접어드려 마음을 먹던 참이었다. 사람 죽이는 일 정도는 대수롭지 않게 생각해야 했다.

사내는 분명 초보였다. 무공도 형편없었고, 다부진 몸도 아니었다.

하지만 방심을 했다. 그 결과 유살검은 사내의 얼굴에 긴 검흔을 남기는 것으로 만족해야 했다.

'어차피 신경 쓸 필요도 없는 놈.'

그렇게 유살검의 기억에서 요수라는 사내는 잊혀져 갔다.

그런데 팔 년 후, 그가 다시 눈앞에 나타났다. 묵직하고 빠른 검법을 동반한 채.

유살검은 검을 굳게 말아 쥔 손에서 살짝 힘을 뺐다. 자유자재로 움직이는 연검이었다면 더욱 좋았겠지만, 지금 가지고 있는 검에 속도를 붙이는 데는 이만한 방법도 없었다.

길게 횡으로 그어내던 유살검의 검이 방향을 틀며 수직으로 요수의 미간을 향해 날아들었다. 그런데,

"비켜!"

파앙!

순간, 유살검은 가벼운 충격을 받았다. 아니다. 가벼운 충격이 아니었다. 머리는 멀쩡했는데 눈앞에 별이 번뜩이는 것 같았다. 그리고,

"아… 아악! 내 팔! 아악!"

자신의 왼팔을 내려다보던 유살검은 자지러지게 비명을 내질렀다.

왼팔의 감각이 없었다. 왼팔은 마치 원래부터 몸의 일부가 아닌 것처럼 제멋대로 흔들거렸다. 하얀 연기가 모락모락 피어오르는… 유살검의 왼팔은 빙장에 맞아 굳어가고 있었다.

"에이씨! 왜 저놈이 맞고 지랄이야!"

사공필은 안타까운 듯 유살검을 바라보다 요수에게로 고개를 휙 돌렸다.

"너, 감히 나를 죽이려고 했어?"

"흥! 누가 할 소리!"

요수는 사공필의 말을 가볍게 무시하곤 다시 유살검을 향

해 검을 휘둘렀다.

요수는 방금 전에 벌어진 일을 회상하며 식은땀을 흘렸다. 방향을 예측할 수 없는 유살검의 검은 정확히 요수의 미간을 노렸다. 복수고 뭐고 꼼짝없이 죽는 줄로만 알았다.

그때, 사공필이 요수의 어깨를 거칠게 밀어냈다. 그가 아니었다면 유살검의 검에 머리가 꼬치처럼 꿰뚫려 있는 사람은 바로 자신이었을 게다.

휘익!

요수는 유살검이 펼치던 쾌검을 즉각 운용했다. 팔이 얼어버린 유살검의 넋이 잠시 빠져나간 사이 미간을 노릴 작정이었다. 그런데,

"이 새끼야!"

퍼억!

사공필은 이번엔 요수의 복부에 머리를 들이밀었다.

"커헉!"

요수는 배를 구부리며 옆으로 쓰러졌다. 유살검의 미간을 향하던 검 역시 방향을 바꾸며 아래쪽으로 곡선을 그려냈다.

서걱!

"으아악!"

귀가 따가울 정도로 비명을 내지른 사람은 유살검이었다. 사공필 때문에 옆으로 방향을 바꾼 요수의 검은 유살검의 옆구리를 길게 베어냈다.

가뜩이나 팔이 얼어버려 정신을 놓기 직전인 유살검은 옆구리에 화끈한 통증을 느끼며 입에 거품을 물어버렸다.

"이 돌대가리가!"

요수는 검을 던지고 주먹으로 사공필을 가격했다.

퍼억!

요수의 커다란 주먹에 얼굴을 맞은 사공필은 뒤로 넘어지면서 오른발로 요수의 가슴을 세게 걷어찼다.

원래 요수와 유살검의 싸움은 이제 요수와 사공필의 싸움으로 번져 갔다.

고래 싸움에 새우 등 터진 격으로 유살검은 두 사람의 싸움으로 인해 피해를 입었다. 터진 옆구리에서 피와 내장들이 줄줄 새어 나왔다.

유령전 무인들은 맨주먹으로 다투고 있는 요수와 사공필을 말릴 생각조차 못했다. 그들은 무공도 제대로 펼치지 못한 채 추하게 죽어가고 있는 유살검을 동정 어린 눈빛으로 바라보기만 했다.

쿵!

단여랑은 오른발로 뱃전을 세게 굴렀다.

"하나. 일호 연안에서 배를 대는 무인 스무 명을 죽인 죄."

쿵!

"하나. 북해빙궁의 소선을 도둑질한 죄."

쿵!

"하나. 허락도 없이 일호에 침입한 죄."

단여랑은 여전히 팔짱을 끼며 도도하게 가산평을 노려보았다.

"무엇을 원하시오?"

가산평의 물음에 단여랑은 피식 웃었다. 그리고 팔짱을 풀어 가산평의 옆을 향해 손가락을 튕겨냈다.

푸쉭…… 파악!

"컥!"

가산평의 옆에 있던 살수가 단말마의 비명을 터뜨리며 뒤로 넘어졌다. 쓰러진 후 몸을 들썩이지도 않고 기척이 없는 것으로 미루어보아 즉사다. 겨우 손톱만 한 얼음 조각 하나를 맞고선…….

"잔인한가? 무공도 모르는 빙궁 무인들을 죽인 당신들이 잔인한가, 아니면 내가 더 잔인한 건가?"

가산평은 애써 침착함을 유지했다. 월영문주를 대신하여 월영문이란 살수 집단을 이끌어온 그였다.

'죽이려면 빨리 죽일 것이지…….'

그는 단여랑이 정확히 무얼 요구하는지 몰랐다.

단여랑은 판관처럼 자신들의 죄를 하나하나 짚어냈다.

"이 자리에서 처리하고 싶지만 기회를 주지. 제안에 응할 텐가?"

"후후! 우습군. 제안에 응해도, 응하지 않아도 어차피 죽일
것 아닌가?"

"당신은 살수이기 이전에 무인이라 생각했는데 살수가 맞
나 보군. 죽을 때 죽더라도 사내답게 죽어야 하진 않겠어?"

가산평의 어깨가 가느다랗게 떨렸다. 동시에 싸워보고 싶
다는 욕구가 고개를 내밀었다.

단여랑의 말대로 가산평은 살수이기 전에 한 사람의 무인
이었다. 무공이 좋아서 무인이 되었지만 살수가 되지 않으면
안 될 피치 못할 이유가 있었다.

"제가 대신……."

월영문 살수 하나가 가산평에게 바싹 다가가 작게 속삭였
다.

가산평은 단여랑에게 눈을 고정시킨 채 그저 고개를 좌우
로 내저었다. 살수는 즉각 물러섰다.

"제안에 응할 생각이군."

"대신 부탁이 있소."

"부탁? 무슨 부탁?"

"나와 싸움이 끝난 뒤, 여기 남아 있는 월영문도들은 살려
보내 주시오."

"당신이 싸움에서 졌을 때? 아니면 이겼을 때?"

"둘 다."

"정말 뻔뻔하군."

말을 받은 사람은 류선이었다.

가산평은 죄 없는 무인들을 죽인 사람치고 너무 뻔뻔했다. 만약 류선이 단여랑의 입장이라면 가산평의 청을 들어주지 않을 게다. 제의란 것도 없이 보자마자 목을 비틀어 버렸을 것이다.

그렇지만 단여랑의 입에선 의외의 대답이 튀어나왔다.

"좋아, 약속하지. 하늘에 맹세코 당신 수하들은 손끝 하나 대지 않고 보내주겠어."

"소궁주!"

류선은 당황하여 단여랑을 바라봤지만 이미 그의 뜻을 막을 수 없다는 걸 알았다.

"사내 대 사내의 약속이오. 반드시 지키시오."

"걱정하지 말래도. 좋아, 그럼 시작하지. 갈 길이 바쁘니 일 합에 끝냈으면 좋겠는데?"

가산평은 품에서 작은 주머니가 모습을 드러냈다. 그는 단여랑이 지켜보고 있는 데서 주머니를 펼쳐 안에 있는 물건을 끄집어냈다.

"권추(拳錐)인가? 날카롭게 생겼군."

가산평의 주무기는 권추다. 주먹을 쥐었을 때 손가락이 접히는 부분에 뾰족한 쇠가 박혀 있다.

빠른 보법을 지닌 가산평은 보법만으로는 공격력이 크게 떨어진다는 것을 알았다. 불행 중 다행히도 그는 보법뿐만 아니라 뛰어난 주먹을 가졌다.

권추는 살수행에도 자주 쓰였다. 그가 내지르는 일권은 바위도 으스러뜨릴 만큼의 거력을 지녔다. 살수행에 권추를 써도 정체를 들키지 않았던 이유는 그가 중원에 이름을 알리기 전에 월영문의 살수가 되어버렸기 때문이다.

중원에 나가면 권법으로 이름을 날리고 싶었는데…….

가산평은 권추를 손에 끼고 주먹을 말아 쥐었다. 손에 착 감기는 권추의 느낌이 좋았다.

이런 느낌으로는 단여랑에게 질 것 같은 생각은 들지 않았다. 하지만 단여랑을 죽이게 되면 월영문을 곱게 보내주겠다고 약속한 자가 사라지고 만다.

이겨야 하는 싸움인가, 져야 하는 싸움인가.

잠시 고민하던 가산평은 마침내 최선을 다하기로 결심했다. 단 일 합에 승부가 나는 만큼 자신의 무공을 모두 펼쳐야 원이 없을 것만 같았다.

"셋에 같이 공격하지."

단여랑은 두 팔을 아래로 축 늘어뜨렸다.

가산평은 단여랑의 가슴 중앙을 노려보았다. 목표는 미리 정해놓는 게 좋았다. 가슴은 공격하기 어려운 부위이지만 성공하면 무조건 즉사다. 여태껏 가산평에게 가슴을 맞고 살아남은 자는 단 한 명도 없었다.

가산평은 단여랑과 눈이 마주치자 신형을 움직였다.

'그토록 수련하던 천무심결이 무용지물이 되다니. 살수로 몇십 년을 살았지만 최후엔 무인 대 무인으로서의 싸움을 하게 되는군.'

그의 다리에서 펼쳐지는 보법은 빠르고 경쾌했다.

'가슴만 노린다!'

소선과 뗏목.

가산평은 빛이 번쩍이는 속도로 그 짧은 거리를 순식간에 좁혀갔다. 그때까지도 단여랑은 두 팔을 아래로 축 늘어뜨리고만 있었다.

'됐어!'

가산평은 모든 신경을 주먹으로 집중해 단여랑의 가슴팍을 사정없이 내려쳤다.

휘익― 빠각!

뼈가 으스러지는 둔탁한 소리. 손에서 느껴지는 묵직한 감각.

가산평은 단여랑의 가슴을 쳐내고 말았다는 생각에 희열이 솟구치는 듯했다. 그런데,

"됐어?"

"……!"

"끝났나?"

"어, 어떻게!"

가산평은 믿을 수 없는 눈으로 단여랑과 자신의 권추를 번

갈아 보았다.

일권은 정확히 단여랑의 가슴을 쳐냈다. 권추는 바위도 부 쉬 버릴 만큼 단단하다. 가슴뼈가 으스러진 사람이 멀쩡히 서 있는 모습을 보았는가? 별일 아니라는 듯 가슴을 툭툭 쳐내며 말을 하는 모습을 보았느냔 말이다.

가산평은 오늘 하루 동안 받은 충격 중 지금의 충격이 가장 컸다. 무엇보다 자신이 자부하던 권법이 단여랑 앞에서 솜방 망이가 되었다. 그 무엇과도 비교할 수 없는 자괴감이 가산평 을 짓눌렀다.

차라리 죽는 게 이것보다 나을지도 몰랐다. 단여랑에게 먼 저 당해 죽었다면 자신의 권법이 이토록 비참하게 무너지는 모습은 보지 않아도 되었을 테니까.

"내가 졌나. 죽여라."

가산평은 배에 털썩 주저앉았다.

"죽일 순 없지. 난 일 합에 끝내자고 했고, 당신은 일권을 펼쳤지만 난 펼치지 않았어. 싸움은 어차피 끝난 것이고, 우 리는 배를 되찾으러 왔으니 배를 돌려주고 어서 가봐."

"우, 우리를 보내주는 것이냐?"

단여랑은 고갯짓으로 뗏목을 가리켰다.

어느덧 해는 완전히 모습을 드러냈고, 안개는 거의 거둬졌 다. 가산평은 단여랑이 가리킨 뗏목을 뚜렷하게 볼 수 있었다.

뗏목 위에는 수전에서 죽은 월영문 무인들의 떨어져 나간

팔다리들이 널브러져 있었다.

"일호가 더러워지는 것을 참을 수 없어서. 호수에 피가 고이는 건 원치 않아. 어서 가져가."

"소궁주! 정말 이대로 보내실 작정이십니까?"

"약속은 약속."

류선은 단여랑의 속마음을 알 수 없었다. 단여랑은 표정 하나 변하지 않은 채 다시 소리쳤다.

"빨리 눈앞에서 사라져! 마음 변하기 전에!"

가산평을 비롯한 살아남은 월영문도들은 주춤거리며 일어나서 뗏목으로 옮겨갔다. 뗏목에 있던 유령전 무인들은 월영문에게서 다시 소선을 되찾았다.

단여랑은 월영문도들이 점이 되어 사라질 때까지 그들을 노려보았다.

류선은 안타까운 얼굴로 단여랑에게 말을 건넸다.

"자비이십니까, 동정이십니까? 저들은 연안의 무인들을 모두 죽였습니다. 그런데 어떻게 살려서 보내실 수 있습니까?"

류선의 목소리에는 조금의 원망이 담겨 있었다.

"도주, 제가 저들을 그냥 보낼 것 같습니까? 일호를 마음대로 들어왔어도 나가는 것은 마음대로 할 수 없지요."

"……?"

"뗏목."

"아!"

류선은 그제야 단여랑의 뜻을 짐작할 수 있었다.

월영문이 타고 간 뗏목은 몇 시진 후엔 산산조각이 날 게다. 나무와 나무를 엮은 얼음들이 벌써부터 녹아내리기 시작했다.

단여랑은 가산평과의 약속을 지켰다. 어쨌든 월영문을 손끝 하나 대지 않고 보내주었으니까.

뗏목이 부서진 후, 나무토막에 의지하여 물속에 빠지는 것은 모면할 수 있으나 얼음처럼 차가운 호수 한가운데서 몇 시간 동안 살아남을 사람은… 아무도 없다.

第四章

회유

1

단여랑은 북해도로 곧장 가지 않고 가장 가까운 섬인 유도
에 들렀다.

절반의 유령전 무인들은 해도귀 철영과 함께 해도로 먼저
떠났다. 해도에 고립되어 있을 밀당부주 탁산을 구할 목적이
었다.

지혜원주는 오도에 있었으나 습격을 받기 전, 비밀 통로로
오도를 빠져나갔다고 들었다.

단여랑은 나머지 절반의 유령전 무인들을 유도 주변에 대
기시킨 후, 해도주 류선과 유도 땅에 올랐다.

가장 남쪽에 있어 그나마 북해에서 가장 따뜻한 섬이었지

만 그런 말이 무색해질 만큼 공기는 무척이나 싸늘했다.

"섬을 지키는 사람이 아무도 없군요."

단여랑은 오래전 홍자경을 만나러 처음 오도에 발을 들여놓았을 때의 느낌이 절로 들었다.

"이런 일이 없었는데……."

류선도 의아하게 여겼다.

유도는 다른 열한 개의 섬에 비해 경계가 가장 삼엄한 곳이었다. 지리적인 요인으로 볼 때 중원에서 가장 가까운 곳에 위치하였기에 더더욱 그랬다.

북해도 못지않게 커다란 섬인 유도는 도민들의 수만도 천여 명에 육박했다. 모두 어릴 적 북해도에서 수련을 받은 무인들이었다.

섬 주변엔 항상 보초를 서는 이들이 있었고, 섬 근처에 수상한 배라도 나타나면 사방에서 무인들이 뛰어나오기도 했다.

그런데 너무도 조용했다. 이유는 금세 알 수 있었다.

부스럭!

단여랑은 발걸음을 우뚝 멈췄다.

류선도 단여랑을 따라 걸음을 멈췄다.

휙!

단여랑은 소리가 들려온 소나무 숲을 향해 주저없이 몸을 날렸다. 이윽고,

“아얏!”

아주 어린 꼬마 아이의 목소리가 들렸다.

류선은 단여랑이 숲에서 끌고 나온 어린아이의 모습을 보았다.

“이거 놔! 이 나쁜 살수 놈아! 이거 놓으란 말이야!”

여덟 살도 채 되지 않았을 법한 작은 사내아이는 단여랑의 손에서 벗어나기 위해 발버둥 쳤다.

“꼬마, 우리는 살수가 아니다.”

류선의 말에 아이는 콧방귀를 뀌었다.

“흥! 웃기지 마! 할아버지가 살수들이 온다고 했단 말이야! 이거 놔!”

단여랑과 류선은 서로를 마주 보았다.

경계를 하는 부인들이 하나도 없던 이유를 어렴풋이 짐작할 수 있었다.

월영문 살수들이 펼치는 천무심결은 눈을 뜨고 있어도 보지 못할 정도로 은밀하다고 들었다. 유도 무인들은 기습에 당하지 않기 위해 뻔히 보이는 경계를 서지 않은 것이다.

그렇다면 유도 무인들 역시 어딘가에 숨어서 경계를 하고 있다는 말인데…….

“동주, 이 녀석! 글글… 집에 얌전히 있으라니까… 글글…….”

난데없이 들려온 노인의 목소리에 단여랑은 너무 놀라 아

이를 잡고 있던 손을 놓고 말았다. 놀라긴 류선도 마찬가지였
다.

잔뜩 신경을 세우고 있던 두 사람의 기감엔 아무런 기척도
느껴지지 않았다. 두 고수의 눈을 속이고 이토록 가깝게 접근
할 수 있는 사람.

류선은 노인의 가래 끓는 목소리에 그 노인의 정체를 쉽게
파악할 수 있었다.

"도주, 그간 강녕하셨는지요."

"이게 누구… 글글…… 해도주 아니신가……."

노인은 허리도 제대로 펴지 못해 지팡이에 겨우 몸을 의지
했다. 그러나 단여랑은 이 범상치 않은 노인에게서 두 눈을
뗄 수 없었다.

"함께 온 사람은… 글글… 누구?"

"소궁주이십니다."

찰나였지만 노인의 퇴색해 흐린 두 눈동자에서 광망이 터
져 나왔다.

"소궁주가 왜… 글글… 이곳에……. 우선 안으로 글글…
들어가자고…… 글글."

노인은 한 손으로 지팡이를 짚고, 다른 손으론 꼬마의 손을
잡은 채 느릿느릿 걷기 시작했다.

"해도주, 오래간만입니다."

유도주의 아들 여설상(閭禼尙)은 류선을 반가이 맞았다. 그는 따뜻한 차를 직접 내와 류선과 단여랑에게 내밀었다.

"소궁주께서 들르신다는 말씀은 전혀 듣지 못했습니다."

여설상은 단여랑에게 꽤나 호의적이었다. 분명 열두 개의 섬도 갈래가 나뉘어져 있었다. 빙옥조가 시작되기 이전부터 단태붕, 단우인, 그리고 단여랑을 지지하는 세 갈래로.

여설상의 태도를 보면 유도는 단여랑의 세력 같았지만 유도주의 표정에선 읽을 수 없는 감정이 엿보였다.

"경계하는 무인이 아무도 없더군요."

"월영문이 올지도 모른다는 전갈을 받고서⋯⋯."

전갈은 분명 지혜원주로부터 받았을 게다. 지혜원주는 일호 연안에서 가장 가까운 유도를 걱정했다.

"월영분은 전멸했습니다."

"그렇⋯ 군요."

여설상은 차를 들어 한 모금 마신 후 다시 입을 열었다.

"혈궁의 이야기도 들었습니다."

"여기 계신 소궁주께서 행하신 일입니다."

여설상, 그리고 유도주의 시선이 동시에 단여랑에게로 향했다. 여설상의 눈빛은 여전히 호의적이었지만 유도주의 눈빛은 무슨 뜻이 담겨 있는지 알 수 없었다.

또한 궁금증을 가슴속에 묻어두거나 답답함을 참을 수 있는 단여랑이 아니었다.

"유도주께 여쭤볼 것이 있습니다."

"글글… 말씀해… 글글… 보시게."

"단도직입적으로 묻도록 하지요. 단태붕입니까, 단우인입니까?"

"……."

"……."

순간의 정적이 방 안을 맴돌았다.

여설상과 류선도 전혀 예상치 못한 단여랑의 질문에 난감한 기색을 보였다. 그런 들춰지기 꺼리는 부분을 서슴없이 내뱉다니.

"크, 크크… 글글! 크크크!"

유도주의 불편한 웃음소리가 정적을 깼다.

가뜩이나 축 처진 눈꺼풀이 눈을 뒤덮고 있어 잘 보이지 않던 눈이 웃음과 동시에 완전히 살에 파묻히고 말았다.

단여랑은 그가 웃음을 멈출 때까지 기다렸다.

"글글… 단태붕…… 글글!"

시원한 질문처럼 시원한 대답을 해주는 유도주였다.

"단태붕이 죽은 사실도 알고 계십니까?"

"소궁주가 글글… 그랬다는 것도… 글글… 알아."

"그럼 다시 한 번 여쭙겠습니다. 아직도… 이십니까?"

"흐음……."

유도주는 이번엔 대답을 회피했다.

웃던 그의 얼굴엔 다시금 불편한 기색이 떠올랐다. 주름살이 한층 더 깊어지는 것을 보니 인상을 잔뜩 찡그리고 있는 게 분명했다.

대답은 그의 아들이 대신했다.

"저희 아버님은… 아니죠. 저희 아버님뿐만 아니라 유도 주민 모두가 같은 생각입니다. 물론 저도 포함해서요."

"……?"

"북해빙궁에 신뢰를 잃었습니다."

류선은 고개를 돌려 버렸고, 유도주는 두 눈을 감아버렸다.

"태상궁주는 잠적해 버렸고, 북해빙궁의 내분으로도 모자라 이제는 적천회한테까지 점령당하고……. 해결해 줄 사람이 하나도 없는 마당에 어찌 빙궁을 신뢰할 수 있겠습니까?"

여설상은 자신이 말해놓고도 걱정이 치비는지 고개를 숙인 채 들지 못했다.

단여랑은 여설상의 마음, 유도주, 그리고 유도 주민들의 마음을 이해할 수 있었다. 자신도 한때는 북해빙궁을 신뢰하지 못했으니까. 죽도록 미워하고 증오했으니까.

"해결할 수 있는 사람이 있어도 한 번 금이 간 신뢰는 회복되지 못하겠군요."

여설상이 놀라 고개를 들었다.

"해결할 수 있는 사람이 있습니까?"

그는 단여랑에게 묻고 있었다. 그런 사람이 있느냐고.

여설상은 설마 그 사람이 단여랑이라고는 절대 생각하지 못했다.

혈궁을 멸궁시킨 것도 단여랑이 계획을 세웠으되 유령전의 도움을 받은 것이라 알고 있다. 단여랑이 혈궁주와 직접 싸우고 그를 죽인 것을 여설상이 몰라서 하는 소리였다.

"험, 험!"

류선의 헛기침에 여설상이 의아함을 드러냈다. 그때,

"도주, 빙궁을 살리겠습니다. 도와주십시오."

단여랑은 유도주를 직시하며 또박또박 말했다. 순간 유도주의 눈에 기이한 빛이 떠올랐다 금세 사라졌다.

"내가 도와줄 능력이… 글글! 어디에 있다고… 글글!"

유도주는 괜한 엄살을 부렸다. 일천여 명의 도주민을 지휘하는 자가 능력이 없다는 것은 말도 안 되는 소리였다.

단여랑은 유도주가 자신을 떠보기 위해 하는 말임을 알았다. 하지만 지금은 유도주와 신경전을 벌일 만큼 여유롭지 못했다.

"시간이 촉박합니다. 전 이곳 말고도 가야 할 곳이 열한 군데나 더 있습니다. 만약 도와주실 의향이 있으시다면 닷새 후, 북해도에서 뵙도록 하겠습니다."

유도주는 단여랑의 시선을 외면하며 고개를 가로저었다.

"보다시피… 글글! 난 뛰어다닐 힘조차 없는… 글글… 늙은이라……."

단여랑은 짜증이 확 치밀었다.

"아무것도 하지 않고 가만히 앉아서 북해빙궁에 신뢰를 잃었다고 말할 자격이 있습니까? 신뢰를 잃기 전에 믿음은 주었습니까? 주었다면 어떤 식으로 주었는지 궁금하군요. 무언가에 실망을 하기 전에 자신은 어떤 행동을 했는지 먼저 돌아보시길 권합니다. 전 바빠서 이만."

단여랑은 뒤도 돌아보지 않고 자리를 박차고 일어났다.

도와달라는 말이 꼭 병력을 지원해 달라는 말은 아니었다. 병력은 유령전으로도 충분하다. 북해도에 도착하면 적천회주는 단독으로 상대할 생각이었다. 병력까지 동원하여 그를 제압할 생각은 없었다.

유도주에게 도와달라고 한 것은 믿음을 달라는 말이었다. 북해도만 평정하면 무엇을 하셨는가. 다른 열두 개의 도민들도 모두 북해빙궁 사람들이거늘.

자리를 박차고 나간 단여랑을 따라 류선도 엉거주춤 일어섰다. 그도 유도주에게 조용히 인사를 한 뒤 단여랑을 따라나섰다.

유도주는 단여랑이 나간 후에도 한참이나 그가 앉아 있던 자리를 말없이 응시했다. 그의 눈빛은 기이하게 번뜩였다.

"이곳은 제가 다녀오겠습니다."

그렇지 않아도 께름칙한 곳이었다. 굳이 들어가고 싶은 곳이 아니라 이곳은 해도주 본인이 직접 해결해야 할 섬. 단여랑에게는 오직 홍자경과의 추억이 남겨져 있는 곳이었다.

오도주는 해도주와 막역한 지기였다. 그런 지기가 빙궁의 내분으로 하여금 하루 만에 사이가 멀어져 버렸다. 상처 입은 자도, 상처 입힌 자도 모두가 오랜 지기를 믿었던 마음을 다쳤다.

한 번 지기는 죽을 때까지 지기라고, 류선은 오도주에게 다시는 보지 않겠노라 선언했지만 이런 식으로 지기를 잃는 것은 싫었다. 그것은 오도주 역시 마찬가지리라.

해도주가 들어간 후, 혼자 일호를 바라보던 단여랑의 곁으로 예서하가 다가왔다.

"믿지 못했는데, 정말 용서할 생각이구나."

누구를 용서한다는 말인가.

직접적으로 단여랑에게 피해를 주었던 소수의 사람들을 제하곤 특별히 맺힌 원한은 없었다.

한때는 치기 어린 마음에, 꽁하게 틀어박혀 있던 사고방식 때문에 북해 사람들을 하나의 부류로 엮고 죽일 듯 미워했었다.

이것은 용서가 아니다.

미워했던 마음을 접어버리고 그들에게 손을 내민 것이다.

영웅은 사람들이 알아서 따르는 것이 아니었다. 먼저 손을 내밀어 믿음을 주었을 때 비로소 내 사람이 생기는 것이다.

"예전에 누군가가 그랬지. 사내는 모름지기 남을 용서하
되, 용서받을 행동을 해선 안 된다고."

"그래서 이들을 용서하기로 한 거야?"

"아니, 내 자신을 용서하기로 한 거야."

차가운 호숫물은 매우 고요했다.

삼 년 만에 돌아온 북해.

단여랑은 홍자경의 바람대로 빙귀가 되어 돌아왔다.

하지만 외향은 빙귀이되, 마음은 그 어느 누구보다 따뜻해
졌다.

마음을 풀어놓으니 세상이 긍정적으로 보였다.

무언가에 쫓기듯 급박했던 마음은 순식간에 평화를 되찾
았다.

북해도가 얼마 남지 않았지만 적천회가 누렵지도 않았다.

적천회주가 원하는 것이 정확히 무엇인지 곧 알게 될 것이
다. 무력을 남용하여 심각한 분위기를 조성하고 싶지는 않았
다. 가능한 한 적천회주가 원하는 것을 들어주고자 하는 선에
서 해결할 생각이다. 끝까지 의견이 맞지 않는다면 어쩔 수
없이 무력을 사용해야 하겠지만, 그것은 최후의 보루로 남겨
두리라.

다만 빙궁을 배신한 빙령전과 파동각에 대해선 엄격하게
처리할 생각이었다.

배신한 행동이 믿었던 사람들에게 얼마나 커다란 상처를

주는지 누구보다도 잘 알고 있으니까.

"북해는 여전히 추워. 삼 년 전보다 더 추워진 것 같아."

"이제 곧 가을이 오면 다시 결빙기가 시작될 거야. 그럼 더 추워지겠지."

"꼭 너 같아."

"……?"

"한없이 차가워. 북해라는 이름만 들어도 벌써부터 추워지는걸. 너도 마찬가지야. 삼 년 동안 너에 대한 기억이라곤 쌀쌀맞고, 냉정한 모습밖에 떠오르지 않아."

"지금도 그래?"

"후후! 지금은 마치 다른 사람과 이야기하고 있는 기분이랄까?"

"서하, 그건 너도 마찬가지야. 난 네가 정말로 벙어리인 줄 알았으니까. 보리마군의 연기도 뛰어났지만, 네 연기는 이미 수준급이던데?"

두 사람은 서로 급속하게 친해지는 느낌을 받았다.

서로 간에 다가설 수 없을 정도로 높이 쌓여진 담벼락은 얼음이 녹듯 스르르 녹아내리고 있었다.

"생각해 봤는데, 내가 있을 곳은 북해인 것 같아."

단여랑의 고개가 예서하에게로 돌아갔다.

청초한 얼굴. 예서하의 붉고 도톰한 아랫입술은 안으로 말려 들어가 이빨로 지그시 깨물려 있었다. 그녀의 결정이 오랜 고민 끝에 내려진 것이라는 걸 증명이라도 하듯.

"아버지가 이곳에서 돌아가셨어. 아버지를 죽일 수 있는 사람은 역시 태상궁주밖에 없다는 결론을 내렸지. 아마도… 얼어서 돌아가셨겠지?"

예서하의 가냘픈 어깨가 가느다랗게 떨렸다.

"조부라면 아마도. 빙공 말고는 그가 펼칠 수 있는 무공은 없을 테니까."

"정말 어셨다면, 시신을 되찾고 싶어. 지금이라도 장례는 제대로 치러야 마음이 편할 것 같아."

"북해에 남겠다는 이유가 그것 때문인가?"

"아니……. 춥지만, 그리고 좋은 기억은 남아 있지 않지만 중원에 있을 때보다는 마음이 편해. 길들여져서 그런가?"

"내가 있어서 그렇겠지."

예서하의 고운 아미가 위로 찡긋 올려졌다.

"웃기는 소리 하지 마."

"웃고나 그런 말을 하던가."

"말은 잘하지."

단여랑은 예서하의 얼굴에 웃음이 맺히는 것을 볼 수 있었다. 항상 무표정이던 얼굴에 웃음이 번지니 화사하다 못해 눈부시도록 아름다웠다.

"뭘 봐?"

"네가 웃는 모습."

예서하는 황급히 표정을 원상복귀시켰다.

"웃는 게 예뻐. 앞으로 계속 웃어."

"누, 누구 좋으라고?"

"서하… 내 옆에 남아줘."

"……!"

단여랑의 손이 천천히 예서하의 팔목을 거머쥐었다. 예서하는 뿌리치지 않았다. 완강한 손의 힘에 뿌리칠 수도 없었지만 뿌리치고 싶은 생각도 없었다.

단여랑의 얼굴이 너무도 진지했던 탓이었다.

예서하는 단여랑의 부탁을 거부할 수 없다는 것을 알았다. 곁에 있어달라는 의미가 어떠한 것인지도 알고 있다.

어쩌면 단여랑과의 추억은 지금이 마지막일지도 모른다.

북해도로 들어서는 순간, 어떠한 일이 벌어질지는 그녀도 예측할 수 없었다.

지금 그녀가 할 수 있는 것은 심심한 위로보다도 단여랑의 청을 응하는 것.

"그럴 거야. 곁에 있어줘야지."

단여랑은 금세 얼굴에 미소를 띠었다.

"죽는 날까지 복수를 하기 위해서?"

"물론이지. 넌 나보다 먼저 죽어선 안 돼. 난 반드시 널 죽이고 죽을 테니까."

"고운 입에서 나오는 소리는 칼날보다도 섬뜩하군."

"각오하는 게 좋을 거야."

예서하는 그제야 단여랑의 손을 밀어냈다.

두 사람은 그렇게 말없이 오도를 바라봤다. 한결 가벼워진 마음으로.

해도주 류선이 모습을 드러낸 것은 그로부터 반 시진이 조금 넘은 시간이었다.

걸어 들어갈 땐 혼자였지만 나올 때는 오도 무인들의 배웅을 받으며 나왔다.

류선의 발걸음은 묵직했다. 워낙 덩치가 커서 멀리서도 한눈에 들어왔다.

무거운 발걸음으로 두 주먹을 굳게 말아 쥔 채 배에 오른 류선은 단여랑에게 아무런 말도 하지 않았다.

단여랑도 무슨 일이 있었는지 물어보지 않았다. 의사는 분명 전했을 것이다.

의사에 응한다면 오도주의 얼굴은 북해도에서 보게 될 게다.

류선은 뱃전 한구석에 앉아 팔짱을 끼고 두 눈을 감았다. 작은 한숨을 내쉰 류선의 표정은 편안해 보였다.

아마도 오랜 우정은 앞으로도 계속 이어 나가기로 한 모양이다.

도주를 잃어버린 진도는 오랜 기간 동안 어수선했다.

하지만 진도 주민들을 설득시키는 것은 수월했다. 진도 주민들은 도주이자 빙옥조를 옮긴 마영조의 성격을 닮아 온화하고 부드러웠다.

단여랑이 내민 손을 아무런 고민 없이 덥썩 받아준 사람들은 진도가 유일했다.

다른 도주들을 회유하는 데는 힘들었다.

축도주(丑島主)는 처음부터 끝까지 인사는 물론, 단여랑에게 한마디 말도 하지 않았다. 단여랑은 마치 벽을 보고 혼잣말을 하다 나온 기분이었지만 의사는 똑똑하게 전달했다.

신도주(申島主)는 공격적이었다.

반격하지 않은 단여랑의 앞을 막은 사람은 류선이었다. 덕분에 류선과 신도주는 한차례 무공을 주고받아야 했다.

사도주(巳島主)는 오랜 고민 끝에 고개를 살짝 끄덕이는 것으로 대답을 했고, 미도주(未島主)는 애매모호한 표정을 지었다.

해도와 진도를 제외한 열 개의 섬.

그들에게 어떤 요구도, 기대도 하지 않았다.

하지만 단여랑은 그들 한 명 한 명을 만날 필요성을 느꼈다.

새로이 등극할 궁주가 누구인지 보여주는 것보다 허공에 붕 떠버린 도주들의 마음을 하나로 엮어줄 계기가 필요했기 때문이다.

단여랑의 제의에 도주들이 수긍을 할지 안 할지는 장담할 수 없다. 북해도에 도착하기 전까지는 미지수였다.

2

북해빙궁 사람들은 내원에 버려진 네 구의 시신을 보고 모두 할 말을 잃었다.

분노를 참지 못하고 오열하는 이들, 복수를 하겠노라 무기를 가지고 날뛰는 자들을 옆에 있는 사람들이 겨우 말렸다. 무턱대고 들어갔다가 이 시신들처럼 되지 않으리란 보장이 없었다.

모순되게도, 각각 단태붕과 단우인을 지지하며 상대에겐 서로 말조차 건네지 않던 북해빙궁 사람들은 언제 그랬냐는 듯 한마음이 되었다.

적천회주가 등장함으로 인해 북해에 그나마 도움을 준 것이 있다면 바로 이 부분이었다.

결국은 한마음이 될 것이었으면서 왜 그토록 서로를 미워했을까.

장로들 역시 매일 회의를 가졌다.

항상 분분한 의견이 끊이지 않던 회의가 이제는 의견 일치로 끝나기 일쑤였다.

장로들이라고 해서 뾰족한 방법이 있는 것은 아니었다.

그들은 적천회주가 잠자코 있는 것은 능가연의 대답을 기다리는 것이라 생각했다.

능가연 혼자만의 생각을 전달할 수는 없었다. 장로들끼리의 회의가 치러진 후 그녀에게 결과를 보고해야만 했다. 어쨌거나 지금 북해빙궁에서 가장 지위가 높은 건 그녀였다.

하지만 장로들은 능가연에게 모든 일을 믿고 맡길 수 없었다. 능가연에게 일을 맡기는 것보다 차라리 둘째 부인인 야현이 더 믿음직스러웠다. 적어도 적천회주와 대면을 시키기에는 야현이 더 안전할 테니까.

수뇌부를 제외한 북해도 사람들은 외부의 일을 알지 못했다. 월영문이 일호에 들어왔다가 차가운 시신이 되어버린 일도, 단여랑과 유령전이 섬들을 돌아다니며 도주들을 회유시키던 일도… 아무것도 알지 못했다.

밀당의 정보는 끊어진 지 오래다.

밀당주 역시 북해도 안에 있지만 몸을 숨기기에 급급했다. 아니, 그는 사람들 앞에 얼굴을 들고 서 있을 만한 용기가 없을 게다.

정보 하나만으로 자신만만해하던 밀당이 적천회의 존재를 모르고 있었다는 게 말이나 되는가.

그래도 밀당주는 끝까지 자신의 임무를 저버리지 않았다.

그는 현재 북해도에서 일어나고 있는 일들을 소상히 적어 누군가에게 알렸다.

그 누군가는 지혜원주였다.

우스운 노릇이었다.

살아날 길이 막막하니 이제 와 태상궁주에게 충성하려는 의도를 보였다.

하지만 지혜원주는 이리 붙었다 저리 붙었다 박쥐처럼 구는 밀당주의 정보를 말없이 받아주었다. 지혜원주도 태상궁주에게 보고할 정보가 필요했고, 지금 해도에 있는 밀당부주 탁산의 정보도 도움이 되지 않았던 터였다.

오늘도 장로들의 회의는 뚜렷한 결과 없이 끝이 났다.

그들은 며칠이 지나도록 적천회주가 무엇을 원하는지 알아낼 수 없었다. 사람을 들여보내지 않은 것도 아니다.

들어간 사람들은 아무것도 알아내지 못한 채 촌각도 안 되어 다시 나왔다. 적천회주의 축객령이 있었겠지만, 사실 그의 기세가 두려워 잠시라도 그곳에 머물 수 없었을 게다.

북해빙궁의 두 장로와 두 각주를 손쉽게 처리하는 괴물 같은 이들.

빙궁 사람들은 네 사람의 죽음에 깊은 애도를 표했다.

이제 빙궁도들에게는 분노의 마음보다 두려운 마음이 자리 잡기 시작했다. 그들이 간절히 바라는 것은 하루 빨리 태상궁주가 앞으로 나서주는 것이었다.

믿고 의지할 수 있는 사람이 없다는 것은 참으로 슬픈 일이었다.

모두는 말을 잃었다.

항상 활기차던 북해빙궁은 급격히 내려간 기온처럼 싸늘하기만 했다.

"성검문에 연락을 취했어?"

능가연의 상태는 좋지 못했다.

그녀는 잠에서 깨어나기 무섭게 머리를 헝클어뜨리고 손톱을 마구 물어뜯었다. 불안해서 잠시라도 가만히 있지 못했다.

요즘은 잠이라도 잤지만, 처음 며칠간은 잠도 이루지 못하고 밤새도록 방 안을 서성였다.

"어떻게 되었어? 즉시 이리로 온다고 해?"

그녀의 정신 상태는 반쯤 나간 듯했다.

귀령전주는 기대에 차 있는 능가연의 얼굴을 차마 일그러뜨릴 수 없었다. 그는 조용히 고개를 끄덕였다.

'어찌하여……'

걱정스러운 한숨이 새어 나왔다.

성검문에 연락을 취했으며, 그들이 오고 있다는 말은 모두 거짓이었다. 성검문은커녕 일호 연안과도 정보를 주고받을 수 없는 상황이었다.

빙령전과 파동각은 모든 연락망을 차단했다.

분개한 유사야는 빙령전주를 직접 만날 생각으로 찾아간 적도 있었지만 빙령전주는 항상 자리에 없었다. 그는 아마도 자나 깨나 적천회주의 곁에서 시중을 들고 있을 게다.

빙령전 무인들을 무력으로 제압하기도 곤란했다. 무력에는 반드시 희생이 따른다.

유사야도 적천회 때문에 북해 사람들이 다치는 것을 원치 않았다. 그저 빙령전이 다시 마음을 되돌리기만을 바랄 뿐이었다.

"그래, 아버지가 오시면 뭐든 해결될 거야. 뭐든."

능가연은 다시 불안한 듯 손톱을 깨물었다. 저래선 손톱이 남아나지도 않을 것 같았다.

'미안하오. 성검문은 이 일을 모르고 있소.'

만약 성검문에 도움을 요청했다면 받아들였을까? 상대가 적천회인 것을 알면서도?

대답은 '아니오'였다.

단태붕이 죽을 때도 눈썹 하나 까닥하지 않던 성검문이었다. 외손자가 구파일방의 손속 아래 유명을 달리했는 데도 움직이지 않던 성검문이 능가연과 북해빙궁을 도우러 북해로 온다?

지나가던 개가 웃을 일이었다. 성검문은 정도라는 허울을 뒤집어쓴 실속만 챙기는 집단이었다.

‘유령전이라도 있었다면 상황이 바뀌었을 수도.’

유사야는 유령전주가 살아 있다는 소식을 이미 들어 알고 있었다.

천운이었다. 복부를 뚫고 등 뒤까지 솟아나온 검을 맞고도 살아날 수 있는 사람이 세상에 몇이나 될까.

마라궁의 최면술에 걸렸다 풀려났을 때에도 유령전주는 정말로 죽은 줄로만 알았다.

어쩔 수 없이 막부동과 싸워야 했지만 그는 유령전주가 죽길 바라지 않았다. 무인의 입장에서 보았을 때 막부동이야말로 진정한 무인이었다.

‘가만! 단여랑은……?’

잠시 가만히 서 있던 유사야의 생각이 단여랑에게 미쳤다.

마지막으로 그의 소식을 들은 것은 적천회가 북해도에 오기 직전이었다. 단여랑은 유령전을 이끌고 혈궁을 초토화시켰다.

어쩌면 귀령전이 했어야 할 일을 단여랑이 해주었다. 눈엣가시처럼 여기던 녀석이 혈궁을 몰살시키다니……. 놀라움과 동시에 기특한 마음이 들었다.

단태붕이 단여랑의 성품을 반만이라도 닮았더라면 빙옥조를 쉽게 구할 수 있었을 텐데.

단여랑과 유령전은 어디에 있는 것일까.

그들은 아마도 북해도로 향하고 있을 게다. 단여랑이 쉽게 북해도에 들어오리라고는 생각지 않는다. 만약 일호를 건너다가 월영문이라도 만나는 날엔…….

유사야는 더 이상 생각하고 싶지 않았다.

단여랑이 온다고 해도 달라질 것은 없을 게다. 그가 아무리 뛰어난 실력을 지녔다고 해도 적천회주를 상대로는 조족지혈에 불과할 테니까.

유사야는 단여랑에 대한 생각마저 접었다.

"전주, 빨리 나 좀 일으켜줘. …아니지. 이럴 때가 아니야. 어서 나가서 성검문을 맞이할 준비를 해. 딸이 되어서 아버지를 마중하지 않을 수 없는 노릇이잖아?"

능가연은 침상에서 일어나 정신없이 방 안을 서성이기 시작했다.

유사야는 능가연이 더 이상 여인으로 보이지 않았다. 정신이 반쯤 나간 여자, 야망만을 추구하다 망가져 버린 인간의 모습은 추할 뿐이었다.

'빙령전주를 만날 수 없다면 파동각주라도 만나야겠지. 아니, 밀당주는 태상궁주가 어디에 있는지 알고 있을지도 몰라. 그도 모른다면 지혜원주의 행방부터 찾는 게 우선.'

유사야는 갑자기 해야 할 일들이 많아졌다.

그는 정신없이 헤매고 있는 능가연을 뒤로한 채 방에서 빠져나왔다. 아마도 다시는 능가연의 처소에 들르는 일은 없으리라.

기대도 하지 않았건만 결과는 너무나도 초라했다.

그러나 초라한 결과 앞에서도 단여랑은 낙담할 수가 없었다.

북해도 근방에 모인 사람들의 수는 너무 적었다. 진도에서 나선 무인 이백여 명과 사도주가 보낸 무인 역시 백여 명.

그뿐이었다. 열한 개의 섬을 들른 대가가 고작 삼백 명뿐이라니……. 하지만 단여랑은 이만큼이나마 모인 사람들에게 감사했다.

"소궁주, 무사하셨군요!"

밀당부주 탁산은 무척 야위어 있었다. 제비집처럼 쭉쭉 뻗었던 머리카락의 숱도 많이 줄었다.

지난 세월 동안의 빙궁 문제는 그에게도 골칫거리였다. 하지만 탁산은 단여랑이 중원에 나가 있는 동안 그를 돕는 큰 공로를 세웠다.

북해에서 가장 고생을 한 사람을 꼽으라면 두말할 것도 없이 탁산이었다.

"어디 다치신 곳은 없으십니까?"

"덕분에… 그보다 부주의 건강이 별로 좋아 보이지 않는군요."

"그것이……."

탁산은 난처한 듯 뒷머리를 긁었다.

"최선을 다했지만 적천회가 북해도에 들어간 사실을 미리 알아낼 수 없었습니다. 빙령전이 밀당의 정보를 사전에 차단해 버렸습니다. 덕분에 제가 맡고 있던 밀당 역시도……."

"일호 연안에 있던 무인들을 제외하고 그 누구도 몰랐습니다."

탁산의 잘못이 아니었다.

"이곳에 모인 무인들로 적천회를 상대하실 생각이십니까?"

단여랑은 가만히 고개를 내저었다.

"이들에게 희생을 하도록 강요할 수는 없지요. 유령전과 여기 모인 분들은 빙령전과 파동각의 경계만 저지해 주시면 될 것 같습니다."

"숫자가… 부족하지는 않겠습니까?"

"귀령전이 어떻게 나올지는 모르겠지만, 해볼 수 있는 데까진 해봐야겠지요."

단여랑은 쉽게 장담할 수 없었다.

빙령전과 파동각이 단여랑 일행을 고이 북해도에 오르게 할 거라 생각하진 않는다.

진도와 사도 무인들은 묘혜를 착용했다. 묘혜가 없는 무인들은 묘혜를 신은 무인들의 몸에 밧줄을 연결해 하나가 되었다.

이백구십이 개의 계단은 햇빛을 받아 눈부시게 빛나고 있었다. 친근하게만 느껴지던 계단은 귀기스러운 분위기를 자아냈다. 괜히 죽음의 계단이라 불리겠는가.

곳곳에 숨어 있을 빙령전 무인들을 상대하려면 피를 봐야 할지도 모를 일이었다.

"곧바로 출발하시겠습니까?"

단여랑은 북해도 반대편으로 시선을 돌렸다.

더 이상 인원은 충당될 것 같지 않았다. 도주들의 선택은 도주들에게로만 맡겼다. 그들이 어떤 선택을 하건 강압적인 것이 아니기에 뭐라 할 수는 없는 노릇이다.

혹시 모른다. 차후에라도 단여랑이 하는 행동을 보고선 마음을 돌릴지도.

"출발하도록 하지요."

수십 척의 배는 북해도를 향해 뻗어 나갔다.

"드릴 말씀이 있습니다."

탁산이 조용히 다가와 조심스레 속삭였다.

단여랑은 잠시 그의 말을 기다리다가 중요한 일임을 알고 곁에 있던 류선과 막부동을 물렸다.

"얼마 전, 지혜원주께 연락을 받았습니다."

"지혜원주는 기습을 받아 오도를 떠났다고 들었습니다만?"

"현재 지혜원주는 태상궁주와 함께 계십니다."

“…그렇군요.”

“지혜원주가 태상궁주께서 계신 곳의 위치를 가르쳐 주셨습니다.”

“……!”

단여랑은 혹시나 누가 들었을까 봐 빠르게 주위를 살폈다. 다행히도 탁산의 목소리가 작아 아무도 들은 사람은 없었다.

“어디에 계십니까?”

탁산은 품속에서 여러 번 접힌 종이 한 장을 꺼내 단여랑에게 내밀었다. 단여랑은 종이를 재빨리 소매 속에 갈무리했다.

“소궁주께서 태상궁주를 뵙고 싶어 한다는 것은 알고 있습니다. 한데 이번엔 반대인 것 같습니다. 태상궁주께서 소궁주를 뵙고 싶다고 하셨답니다.”

“…….”

단여랑은 말로 형용할 수 없는 이상한 감정을 느꼈다.

한 번도 보지 못한 조부가 자신을 찾고 있다는 말이 생소하게 들렸다.

“길을 열어드리겠습니다. 북해도에 오르시면 중앙각으로 들어가십시오. 뒤는 저희가 처리하겠습니다.”

탁산은 두 눈에 힘을 주며 결의를 다졌다.

저벅, 저벅!

제일 먼저 북해도에 발을 디딘 사람들은 유령전 무인들이었다.

북해도에 도착한 소선들의 수가 너무 많아 모두 다 배를 댈 수는 없었다.

죽음의 계단 앞에 배를 댄 유령전 무인들은 삼삼오오 짝을 맞춰 죽음의 계단으로 걸어가기 시작했다.

그때, 서른 명 남짓한 무인들이 그들의 앞을 막아섰다.

"감히 빙령전이 유령전의 앞길을 막겠다는 것이냐!"

노한 막부동의 음성이 쩌렁 울렸다.

막부동은 예전 귀령전 무인들이 그에게 예를 취하지 않을 때와는 비교도 되지 않을 만큼 화가 나 있었다.

막부동, 그리고 유령전의 생활 터전은 북해도다. 태어나 자란 곳, 자신의 집마저 마음대로 들어가지 못하게 길을 막았다는 것은 매우 불쾌한 일이었다.

"송구합니다만, 지금은 출입할 수 없습니다."

"뭣이!"

쫘악!

칼같이 매서운 막부동의 손이 허공을 가르며 무인의 뺨에 작렬했다.

뺨을 맞은 무인은 비틀거리다가 다시 자세를 바로 잡았다. 그는 저항할 의사가 없어 보였다.

"네놈들이 감히 북해빙궁에 등을 돌려?"

배신의 대가는 죽음으로 갚는다 해도 부족하다. 막부동은 같이 살아온 정이고 가족이고 뭐고 간에 눈앞에 있는 빙령전 무인들을 죽이고 싶었다. 살아오면서 지금처럼 살기가 폭발한 적은 단연코 없었다.

하지만 막부동은 손을 놀릴 수가 없었다. 빙령전과 충돌하지 말라는 단여랑의 간곡한 부탁 때문이었다.

"길을 열어라! 길을 열어준다면 방금 있었던 일은 잊어주겠다."

"송구합니다."

무인은 단호했다.

막부동은 무서운 눈으로 빙령전 무인들을 노려보았다.

한두 명 죽인다고 해서 해결될 일이 아니었다.

유령전을 비롯한 삼전. 빙령전, 그리고 귀령전 무인들에게는 각각의 전주들이 하늘이었다.

전에 들어갈 때부터 그렇게 교육시켜 왔다. 전주의 위치는 부모보다 위였고, 전주의 명은 천명이나 다름없었다. 전주가 죽으라면 죽어야 했으며, 부모를 죽이라면 서슴없이 죽여야 했다.

그들이 삼전이다.

빙령전 무인들은 죽는 한이 있어도 눈 하나 깜짝 않고 길을 막을 것이라는 막부동의 예상은 적중했다.

그들은 무공을 펼칠 생각이 없었다. 그것이 유령전주를 대하는 최소한의 예의였다. 선을 넘어갈 경우에는 빙령전은 빙령전주가 하명한 대로 압박을 가해올 게다.

"어떻게 너희들이!"

"전주."

막부동은 자신의 어깨를 잡는 익숙한 손길에 급히 화를 식혔다. 어느새 배에서 내린 단여랑이 그들 앞으로 나섰다. 그런데,

"소궁주를 뵙습니다."

빙령전 무인들이 단여랑을 향해 깊이 읍을 취했다.

막부동을 비롯한 유령전 무인들은 어찌 된 영문인지 몰라 서로를 바라봤다. 단여랑 역시 놀라 눈살을 찌푸렸다.

"안으로 안내하겠습니다. 드시지요."

빽빽이 앞을 가로막던 빙령전 무인들은 단여랑이 지나갈 수 있도록 길을 열어주었다.

단여랑은 막부동을 한 번 바라본 다음 빙령전 무인들이 열어준 길로 발을 내딛었다.

막부동 또한 단여랑의 뒤를 좇았다. 한데,

"무슨 짓들이냐!"

빙령전 무인들이 또다시 막부동의 앞길을 막았다. 단여랑에게는 계속 길을 열어둔 채.

"소궁주만을 모시라는 엄명입니다."

"뭐, 뭣이!"

앞으로 걸어가던 단여랑이 발걸음을 우뚝 멈췄다.

“나만 들어오라? 누구의 명령인가?”

“전주의 명령이십니다.”

“빙령전주의 명령이었다? 빙령전주는 북해빙궁의 무인이 아니었던가? 감히 누가 누구한테 명령을 한단 말인가!”

단여랑의 목소리가 쩌렁 울렸다.

“주인을 못 알아보는 개는 죽어야 마땅하지! 그 개를 따르던 자네들 또한! 이 일은 차후에 추궁하도록 하겠다! 그래, 나를 보고자 하는 자가 누구냐!”

막부동의 놀란 얼굴이 단여랑에게로 향했다. 단여랑의 소리 지르는 모습은 그를 오래 알고 지낸 막부동에게도 무척이나 낯설었다.

“적천회주… 이십니다.”

무인 하나가 앞으로 나서며 말했다. 입술을 비집고 새어 나오는 무인의 목소리는 가느다랗게 떨리고 있었다. 또한 단여랑의 얼굴을 똑바로 보지도 못했다.

“하하! 적천회주……. 불청객이 남의 집 안방을 떡하니 차지하고선 집주인에게 오라 가라?”

“나도 따라가겠다!”

막부동은 철통같은 수비를 밀치고 계단에 올라서려 했다. 그러다가 단여랑과 눈이 마주쳤다.

단여랑은 막부동을 보며 미미하게 고개를 가로저었다.

혼자 들어가겠다는 소리였다.

"미쳤나? 널 절대 혼자서 들어가게 할 수 없다!"

"걱정하지 마, 전주. 어차피 적천회주를 만나야 했어."

"너 혼자서 그들을 상대하겠다는 말이냐?"

"아무 일 없을 거야. 믿어도 좋아."

"단여랑, 너……!"

"그럼 이렇게 하지. 만 하루가 지나도 내가 나오지 않으면 그땐 전주도 올라와."

"미친 자식……!"

막부동은 안으로 들어가려던 행동을 멈췄다. 대신 그를 가로막고 있던 빙령전 무인들을 거세게 밀쳤다.

단여랑은 막부동을 바라보며 그럴 줄 알았다는 듯 웃었다. 단여랑은 다시 고개를 돌려 계단을 바라봤다.

이백구십이 개의 계단.

이곳을 오르면 드디어 북해빙궁이다.

단여랑은 천천히 발을 내딛었다.

第五章
마지막 만남

1

'단여낭을… 기나린나라?'

이광은 앞에 앉아 있는 적천회주의 뒷모습을 조용히 응시
했다.

적천회주는 며칠이 지나도록 처소에서 움직이지 않고 있
었다.

두 장로와 두 각주가 들어와 한차례 소란이 일어난 후로는
막무가내로 적천회주를 찾는 북해빙궁도는 더 이상 없었다.
가끔 귀령전 무인들이 찾아오기는 했지만 그들은 아무것도
얻지 못한 채 쫓겨나다시피 돌아갔다.

적천회주는 이광의 처소에 머문 이후로 하루 종일 서탁에

앉아서 차만 홀짝거리고 있었다. 측간에 가는 시간을 제외하고 항상 적천회주의 곁을 지키는 빙령전주에게는 굉장히 무료한 시간이었다.

이틀 전, 적천회주가 말했다.

"단여랑이라는 아이가 오면 길을 막지 말고 안으로 들이게. 단, 그 아이 혼자여야만 하네."

그때는 적천회주가 왜 갑자기 단여랑에 대해 이야기하는지 알 수 없었다. 지금 생각해 보니 적천회주는 단여랑이 북해도에 들어설 시간을 계산하고 있었던 것 같다. 그리고 얼추 시간이 맞아떨어졌다.

이광은 단우인 쪽으로 돌아선 밀당원들을 관리하는 것을 소홀히 하지 않았다. 밀당원들은 북해도뿐만 아니라 일호 안에서 일어나는 일들을 소상히 알려주었다.

첫째로 놀랄 만한 일은 월영문의 전멸이었다.

뗏목을 타고 반나절을 저어 세 시진이나 앞섰다던 월영문을 추격하다니……. 기가 막힐 노릇이었다. 게다가 타고 왔던 뗏목에 살아남은 월영문도들을 태워 돌려보냈다?

빙령전주는 어이가 없어 웃음이 터져 나올 뻔했지만 꾹 참고 적천회주에게 상세히 보고했다.

그러나 월영문의 전멸 소식을 들은 적천회주의 얼굴에선

아무런 변화도 없었다. 몇십 년이나 함께했던 수하들이 모두 죽었다는 데도 마치 남의 일처럼 듣는 둥 마는 둥 관심조차 갖지 않았다.

두 번째로 놀라운 소식은 단여랑이 십이 개 도주들을 한 명씩 찾아다녔다는 것이었다. 그리고 그들에게 회유와 도움을 요청했다.

십이 개 섬 중에선 빙령전이 관여하고 있는 섬이 세 개나 된다. 그 섬의 도주들은 단여랑의 말을 귓등으로 흘려들었을 게다. 그리고 이광에게 보고했다.

만약 다른 도주들이 단여랑을 도와주겠다고 병력을 지원한다고 치자. 단여랑은 그 많은 병력으로 무슨 짓을 하려는 속셈인가. 같은 가족인 빙령전과 파동각을 공격이라도 하겠다는 말인가?

이광은 자신이 맨 처음 북해빙궁을 등 돌린 사실을 모두가 알았을 때도 두려워하지는 않았다.

귀령전, 그리고 다른 집단들도 빙령전을 공격하지는 않을 것이라는 걸 예상했다. 내분으로 휩싸여 서로를 죽일 듯 이를 갈아대던 사람들이었지만 마음속 깊은 곳에는 모두가 한 가족이라는 생각이 뿌리 깊이 박혀져 있었으니까.

'도대체 단여랑은 무슨 일로… 설마 빙백신공을 알아낼 요량인가?'

이광은 적천회주가 단여랑을 만나고자 하는 것에 무척이

나 찜찜한 기분이 들었다.

빙백신공은 단여랑, 그리고 태상궁주만이 알고 있다.

태상궁주는 모습을 드러내지 않고 있으니 그렇다고 치지만, 단여랑은 아직 어리고 적천회주가 손쉽게 요리할 수 있는 상대다.

적천회주가 실력으로 제압하여 단여랑에게 빙백신공을 알아내지 않을 거라는 보장은 하지 못했다.

똑! 똑! 똑!

이광이 복잡한 고민에 빠져들고 있는 사이 누군가가 문을 두드렸다. 그는 재빨리 다가가 문을 살짝 열었다.

문틈 사이로 보이는 밀당 무인 하나가 서신 한 장을 이광에게 건넸다. 서신에는 '월영문주 전(前)'이라 똑똑히 적혀 있었다.

"지혜원주가 보낸 서신입니다."

그 어떤 말에도 미동하지 않던 적천회주가 지혜원주라는 말에 고개를 들었다. 그리곤 서신을 받아 천천히 펼쳤다.

서신을 읽어 내려가는 적천회주의 눈빛이 시시각각으로 변하기 시작했다. 그리고 서신의 끝 부분을 읽은 그는 남은 차를 마저 다 마시고 자리에서 일어섰다.

빙령전주는 그가 움직이는 모습을 처음 보았다. 황급히 곁으로 다가오는 빙령전주를 적천회주는 간단히 손을 들어 막았다.

"잠깐 다녀올 곳이 있네."

"제가 안내해 드리겠습니다."

"그럴 필요 없네. 혼자서 가야만 하는 곳이니까. 잠시 자리를 지켜주게."

적천회주는 뚜벅뚜벅 걸어 처소를 빠져나갔다.

잠깐이었지만 빙령전주는 적천회주가 없는 사이, 혹여나 누군가가 자신에게 위해를 가하러 들어올지도 모른다는 생각에 간담이 서늘해졌다.

중앙각, 그리고 밀실.

적천회주는 중앙각과 연결된 기다란 통로를 따라 천천히 걸었다. 지혜원주가 보낸 서신에는 미로처럼 엮인 통로를 자세히 그려놓았다.

그리고 통로의 가장 끝에는 '북해빙왕'이라 적혀 있었다.

적천회주는 그 북해빙왕이 무엇을 뜻하는지 알고 있다.

북해빙왕의 무덤, 그리고 북해빙궁의 현 태상궁주가 아무도 모르게 머물고 있는 곳이었다.

적천회주는 반 시진이 넘는 통로를 걸으면서 많은 생각들을 했다.

그가 북해에 찾아온 이유는 북해빙궁을 장악하기 위해서도 아니고, 빙백신공을 얻고자 하는 마음도 아니었다. 딸 야현이나 손자 단우인 때문에 온 것도 아니었다.

그가 풀어야 할 업보.

태상궁주 단학설과 적천회주, 단둘이서 풀어야 할 오해 때문이었다. 그리고 단여랑…….

적천회주는 통로 끝에 다다라서야 발걸음을 멈추었다.

"……."

그토록 만나고 싶었건만, 아직도 마음의 준비가 필요했다.

가느다란 눈으로 통로 끝을 바라보던 적천회주는 훅하고 불어오는 칼바람을 맞으며 천천히 걸음을 떼어놓았다.

북해빙왕의 무덤이 눈앞에 보였다. 전설로만 칭해지던 북해빙왕. 이제는 사도 무리의 전설이 된 적천회주. 그러나 북해빙왕의 무덤 앞에서는 적천회주도 위용을 떨칠 수가 없었다.

이미 이 세상 사람이 아닌 북해빙왕이지만 적천회주는 도저히 넘을 수 없는 산을 대하고 있는 듯했다.

적천회주는 옆에서 들려오는 인기척에 몸을 돌렸다.

"지혜원주……."

"월영문주…… 아니, 이제는 적천회주라 불러야 합니까?"

적천회주를 대하는 홍자경의 태도는 전혀 부드럽지 않았다.

홍자경은 공과 사가 분명한 사람이었다. 적천회주가 태상궁주의 손님이라고는 하지만, 그는 북해빙궁의 사람들을 죽였다. 그러니 고운 말이 나올 리가 없었다.

“들어가 보시지요. 기다리고 계십니다.”

묵야혼과 도감태 장로도 적천회주의 등장을 불편해하는 기색이었다.

적천회주는 쓴웃음을 머금으며 그들이 안내해 준 곳으로 걸음을 옮겼다.

그들이 가리키고 있는 곳은 비석 뒤, 동혈처럼 생긴 북해빙왕의 무덤이었다.

“많이… 늙었군.”

적천회주는 울컥하고 치미는 마음을 애써 진정시켰다.

단학설은 태사의에 앉아서 꼼짝도 하지 않았다.

그의 상태는 보기 안타까울 정도로 위중했다.

밥도 먹을 수 없는시 몸은 비쩍 말랐으며, 꽁꽁 얼어붙은 몸은 태사의와 하나가 된 듯 붙어버렸다.

백옥같이 하얀 피부, 얼음처럼 투명해져 버린 머리카락과 수염. 보기만 해도 한기가 몰아치는 듯했으며, 곁에만 가도 순식간에 얼어버릴 것 같았다.

“이 정도까지일 줄은 전혀 생각하지 못했네.”

단학설을 바라보는 적천회주의 눈빛은 마치 오랜 지기처럼 다정했다. 그리고… 실제로도 두 사람은 막역한 지기였다.

반쯤 감겨져 있던 단학설의 눈꺼풀이 천천히 들려졌다. 퇴색되어 버린 회색 눈동자가 적천회주를 발견하곤 심하게 혼들렸다.

"자네가… 올 줄… 알았네."

단학설은 꽁꽁 얼어붙은 입술을 간신히 떼어내며 힘겹게 말했다.

적천회주는 흥분되는 마음을 쉽게 진정시키지 못하고 좁은 무덤 안을 서성였다.

"자네도… 많이 늙었구먼."

"이십일 년이나 되었으니까."

대화는 다시 끊겼다. 적천회주는 무슨 말부터 먼저 꺼내야 할지 막막했다.

할 말이 너무나도 많았는데……. 묻고 싶은 말도 많았고, 화도 내려 했는데……. 이십일 년 만에 만난 지기의 모습은 그동안에 쌓인 감정들을 눈 녹이듯 순식간에 잠재웠다.

그런 적천회주의 마음을 아는 듯 단학설이 다시 입을 열었다.

"이십일 년 전의 일은… 모두 내 잘못이네."

"후후! 자네가 잘못을 인정할 줄도 아는가? 한없이 다정하다가도 한없이 냉정하던 자네가 말일세."

단학설은 힘겹게 미소 지었다. 그러나 그의 미소는 적천회주의 마음을 더욱 아프게 짓눌렀다.

"잘못은 우리 둘 다 했지. 자네에게 갑자기 연락을 끊어버린 나도 잘못했고, 내 아이를……."

적천회주는 차마 뒷말을 잇지 못했다.

"옥련이가 자네의 친딸이라는 것을 알았다면……."

단학설도 말을 흐렸다.

두 사람 다 한 여인에게 못할 짓을 해버렸다. 한 사람은 여인의 아버지였고, 한 사람은 여인의 시아버지였다.

"언제 알게 되었나?"

"자네 부인이 죽고 난 후."

질문은 적천회주가, 대답은 단학설이 했다.

"요화(妖嬅) 그 사람, 몹쓸 짓을 하고 갔어. 나에게도, 자네에게도."

"그리고 셋째 아가에게도……."

요화는 적천회주의 아내였다.

누 사람 사이에서 태어난 자식은 없다. 야현은 요화가 혼인할 때 데려온 그녀의 자식이었으니 적천회주와는 피 한 방울 섞이지 않은 부녀지간이다.

적천회주에게도 친딸이 있었다.

요화를 만나기 훨씬 이전, 그가 정말 사랑했던 여인과의 사이에서 태어난 소중한 딸.

그러나 적천회주는 그렇게 사랑하던 여인과 딸을 잃었다.

당시는 구파일방과 사도의 신경전이 한창일 때였다.

짓누르는 압박감과 숱한 싸움으로 정신없었던 적천 회주는 구파일방과의 큰 충돌을 겨우 모면하고 집으로 돌아왔다.

하지만 딸과 아내를 전쟁으로 인해 잃어버린 후였다.

적천회주는 사방으로 수소문을 하고 다녔지만 그녀들은 하늘로 솟은 듯 행방이 묘연했다.

단학설에게도 두 아들이 있었다.

큰 아들은 홍자경의 태음양화를 배우다 그 기운을 이기지 못해 죽어버렸고, 작은 아들은 전 궁주였던 단영찬.

청년 때부터 서로 마음이 통한 적천회주와 단학설은 서로의 아이들을 혼인시키기로 약조했다. 또한 그 둘 사이에서 태어난 아이를 장래 북해빙궁의 궁주 자리에 올리기로 했다.

오랜 기간 동안 친딸과 아내를 찾지 못한 적천회주는 요화를 아내로 맞았다. 그리고 요화의 딸인 야현을 단학설의 아들인 단영찬에게 첩으로 보냈다.

모든 일은 순조롭게 진행되었다, 단영찬이 세 번째 부인을 맞이하기 전까지는.

적천회주가 무림에서 잠적한 시기도 그때 즈음이었다.

사도 무림은 구파일방과의 무마된 싸움에 굴욕감을 느꼈고, 적천회주에게 큰 기대를 가졌다.

당시에 적천회주는 구파일방을 상대할 자신이 없었다. 그에겐 힘을 키우기까지의 시간이 필요했다. 그래서 잠적한 후, 월영문을 만들었다.

적천회주는 단학설과의 연락도 끊었다. 혹여나 구파일방

의 여파가 북해빙궁에 미치는 것이 두려웠기 때문이다.

안으로 잠적한 적천회주를 대신해 밖에서 움직일 수 있던 사람은 그의 아내였던 요화.

요화가 단학설을 만나러 갔을 때부터 의심했어야 했다.

그녀의 행동은 확실히 이상했다. 적천회주의 직속 수하인 사율(蛇栗)과 심각한 이야기를 나누는가 하면, 북해빙궁과 연락도 자주 취했다. 하지만 요화 역시 이미 오래전에 세상을 떠났다.

그리고 적천회주는 잃어버린 딸과 아내의 행방을 얼마 전에 들었다.

놀라웠다.

딸과 아내는 모두 이 세상 사람이 아니었다. 하지만 그보다 더욱 놀라웠던 사실은 자신의 친딸이 어엿한 숙녀로 성장해 시집을 가고 건장한 사내아이까지 낳은 후 세상을 떠났다는 것이었다.

적천회주의 친딸은… 북해빙궁주 단영찬의 세 번째 부인으로 들어갔다.

적천회주의 본명은 자태성(慈太星). 그리고 그의 친딸은 단여랑의 어미이자, 북해빙궁의 세 번째 부인이었던 자옥련.

병이 들어 죽을 날이 얼마 남지 않았던 사율은 죽기 전에 적천회주에게 모든 것을 털어놓았다.

전쟁 때, 잃어버린 적천회주의 아내와 딸의 행방을 가장 먼저 발견한 사람이 바로 사율이었다. 그러나 그는 적천회주에게 그들을 찾았다는 이야기를 할 수 없었다. 이미 적천회주에게는 요화가 있었기에.

적천회주와 단학설의 사이를 잘 알고 있던 사율은 마지막 안배로 자옥련과 단영찬의 만남을 주선하고 혼인까지 시켰다.

하지만 이런 사율만의 비밀을 어쩌다가 요화가 알아채 버린 것이다.

요화는 자신의 손자가 북해빙궁주의 자리에서 밀리게 될까 걱정했다. 적천회주의 친손자가 궁주가 될까 두려웠다.

요화는 단학설을 따로 만났고, 자옥련에게 온갖 누명을 씌워 그녀를 쫓아내 달라 부탁했다.

단학설은 아무것도 몰랐다. 자옥련이 적천회주의 친딸이었다는 것도, 단여랑이 친손자라는 것도.

세월이 흘러 요화가 죽은 후, 단학설은 사율에게서 모든 사실을 들었다. 후회가 막급했지만 이미 단영찬과 자옥련은 세상을 등진 후였고, 남아 있는 것은 두 사람의 아이인 단여랑뿐.

단학설은 막부동을 시켜 단여랑을 빙궁으로 들이게 했다. 빙백신공은 물론 적천회주와의 약조대로 단여랑을 궁주의 자리에 앉힐 생각이었다.

그리고 자신은 잠적했다.

냉정하기로 소문난 그였지만 너무도 큰 죄책감으로 인해 단여랑의 얼굴을 똑바로 볼 자신이 없었다.

"조금만 더 일찍 연락을 취해주었더라면……."

"너무 화가 나. 아직도 울분을 삼키기가 힘이 들어."

적천회주는 목이 메어왔다.

따지고 보면 단학설의 잘못이 아니었다. 단학설은 야현 도 적천회주의 딸이라 생각했기에 요화의 말을 믿었을 뿐이 다.

적천회주는 가까스로 눈에 힘을 주며 말을 꺼냈다.

"아이가… 어땠는지 말해주겠나?"

"옥련은… 아주 예뻤지. 자넬 닮아 검은 피부가 매력적인 아이였어. 흑요석 같은 눈동자는 맑고 깊었다네. 사려 깊으 며, 예의 바르고 현숙한 아이였지."

"날 닮은 건 피부뿐… 모두 그 사람을 닮은 모양이구먼."

적천회주는 더 이상 감정을 자제할 수 없었다. 기어코 그의 눈에서 한줄기 눈물이 흘러내렸다.

"아이를 며느리로 받아주어 고맙네."

"오히려 내가 고마워해야지. 그런 아이를 나의 며느리로 주어서. 그리고…… 정말… 미안하네."

단학설도 복받치는 감정에 음성이 떨리기 시작했다.

이십여 년 동안을 쌓아온 죄책감. 한 번의 실수로 여러 사 람을 아프게 한 자신의 행동은 평생 벌을 받아도 모자랄 것 같았다.

"용서해 주게. 나를… 용서해 주게."

"자넨 충분히 벌을 받았어. 그리고 나 역시도 벌을 받았고."

두 사람은 더 이상 말을 잇지 못했다.

큰 세력을 이끌어온 두 사람이었지만, 그래서 어느 누구보다도 냉정하고 흔들림이 없어야 했지만 지금 이 순간만큼은 한 명의 평범한 인간으로 되돌아와 슬픔이라는 감정을 느끼고 있었다.

누가 잘못을 한 것이며, 누구를 탓해야 옳은 것일까.

잘못을 알았다고 해도 모든 것을 원상복귀시킬 수야 없지 않은가. 시간이 되돌아가 준다면 몰라도.

오랜 시간이 흘렀다.

마음이 안정될 때까지 두 사람은 서로 다른 곳을 응시하는 걸로 족해야 했다.

한참 만에야 단학설이 입을 열었다.

"보리마군의 일은… 유감이네."

"아닐세. 장로의 사위를 죽였다고 들었네. 자네 입장에서 어쩔 수 없었다는 걸 알아."

"보리마군은… 날 대신해 여랑이에게 빙백신공을 전수했다네."

"여랑… 단여랑……. 어떤 녀석인지 궁금하군."

침묵은 또다시 두 사람 사이를 휘감았다.

적천회주와 단학설, 두 사람의 보물.

단여랑의 성격이 망나니였어도, 나쁜 짓만 저지르고 다니는 후레자식이라 하더라도 두 사람에게는 소중한 보물이었다.

지금 이 자리, 세 사람이 함께했다면 얼마나 좋았을까. 하지만 하늘은 매정하게도 세 사람의 운명을 엇갈려 놓았다.

"현아는 아직도… 모르고 있나?"

적천회주는 고개를 저었다.

"아직도. 그 아이는 내가 자신의 친아버지라 철석같이 믿고 있네. 요화, 그 여자… 많은 사람의 마음을 다치게 했어."

"사실을 알게 되면 큰 충격을 받게 되겠구먼."

다행히도 야현은 자신의 어미인 요화를 닮지 않았다. 여우 같은 성격의 요화와는 다르게 야현은 침착한 편이었다. 겉으로는 강한 척하지만 속은 여린 여자였다.

그리고 그런 사실을 단학설도, 적천회주도 알고 있었다.

"현아에게는 말하지 않을 생각이네. 우인이에게도."

"그건 안 되네. 우인이와 여랑이가 외조부와 친조부가 같은 사람이라는 사실을 알게 되면 어떤 파장이 일어날지 자네가 더 잘 알고 있지 않은가?"

적천회주는 쓴웃음을 머금으며 말했다.

"물론 여랑이에게도 내가 외조부라는 사실을 말하지 않을 생각이라네."

"자, 자네……!"

"사실은, 너무도 화가 나서 복수하러 왔어. 빙옥조가 시작되기 훨씬 이전부터 어떻게 복수를 해야 좋을지 고민 끝에 찾아왔네. 여랑이 녀석으로 인해 혈궁이 멸궁했다는 소식을 들었을 때 마음의 결정을 했지. 자네가 보는 앞에서 빙궁을 제압해 내 것으로 만들고 여랑이를 데려갈 생각이었네."

적천회주는 자신이 북해빙궁에 찾아온 목적을 허심탄회하게 털어놓았다.

"이광이라고 했던가? 빙령전주를 꾀었지. 꽤나 굳건한 사람 같아 보였는데 빙백신공을 준다고 하니 본색을 드러내더군. 그런 자는 곁에 두어선 안 돼."

"물이 고이면 썩게 되는 법. 빙궁 안에만 갇혀 있어서 답답했을 게야. 자네도 무인이니 알고 있지 않은가. 더욱더 높은 무공을 갈망하는 것은 모든 무인들의 공통점이라는걸."

"그렇지 않아도 내분 때문에 빙옥조도 와해되었는데……. 괜히 나 때문에 더 큰 내분이 일어나지 않을까 걱정이군."

"걱정하지 말게. 여랑이가 다 알아서 할 테니까."

"녀석을 만난 적도 없으면서 철석같이 믿는군."

"그야, 내 손자니까. 자네는 믿지 않는가?"

"믿지. 암, 믿고말고. 자넬 닮았다면 냉정하기 짝이 없는 녀석일 게고, 날 닮았다면 굉장한 미청년이 되어 있을 테니까."

"원, 농담도 참……."

두 사람은 옛날로 돌아온 기분이 들었다.

예전에는 서로의 무공도 봐주고 보완할 부분도 지적하며 친형제처럼 지내었다. 너무도 오래전 일이라 희미한 기억밖에 없지만 서로를 대하는 느낌은 그때나 지금이나 똑같았다.

"하지만 아직 순순히 물러설 생각은 없네."

"……?"

"그동안 쌓인 울분이 한순간에 사라져 버릴 거란 기대는 하지 말게나."

"역시… 자네답군."

"녀석을 만날 생각이야. 시험해 봐야지. 만약 내 기대에 못 미친다면 단칼에 녀석을 죽일 생각이네."

"……."

단학설은 적천회주의 말을 허투루 듣지 않았다. 그는 하고자 하면 반드시 하는 사람이었다.

단여랑이 아무리 소중한 보물일지라도 무인으로 성장한 이상 기대 이상은 되어주어야 한다. 그래야 단학설과 적천회주가 마음 편히 세상을 떠날 테니까.

"하나, 기대 이상이라면……."

적천회주는 자리에서 일어섰다.

"자네가 부럽군. 녀석을 만날 수 있어서."

"가지 않을 텐가?"

단학설은 고개를 저었다.

적천회주도 알고 있다. 단학설이 한 발자국도 못 움직이는 처지라는걸. 그리고 지금 이 순간이 그와의 마지막 만남이라는 것도.

"먼저 가시게. 나도 늙었으니 곧 자넬 따라가겠지."

"자네와 알고 지낸 시간들… 행복했었네. 그리고… 미안하네."

"미안하면 저승에서 벌주 석 잔이나 마시게. 그리고 훌훌 털어버리자고."

단학설은 희미한 미소를 지으며 고개를 끄덕였다.

"그럼…… 잘 가게."

적천회주는 뒤도 돌아보지 않고 성큼성큼 걸어 무덤을 빠져나갔다. 굳게 말아 쥔 두 주먹은 떨리는 어깨를 보이지 않으려는 듯 힘겨워 보였다.

2

"엇!"

단여랑을 가장 먼저 발견한 사람은 냉화각 여인들이었다.

신비한 용모에 처음엔 귀신인 줄 알았다가 잠시 후에야 사

람이라는 걸 알게 된 여인들은 진정 자신들이 본 것을 믿을
수가 없었다.

"저, 저, 저……!"

단여랑의 얼굴을 알아본 한 여인은 입을 다물지 못했다. 그
녀는 자신이 단여랑에게 손가락질을 하고 있다는 사실조차
자각하지 못했다.

"서, 설마 저 사람이 세 번째 소궁주?"

자신이 본 것을 확인이라도 하듯 다른 여인이 중얼거렸다.
아무도 그 여인의 말이 귀에 들어오지 않았다. 아니, 천둥소
리처럼 크게 들렸지만 신경 쓸 겨를이 없었다.

지나가던 무인들은 발걸음을 멈추었다. 빙궁 내원에 있던
사람들의 고개가 미리 약속이라도 한 듯 자동적으로 단여랑
에게로 향했다. 그들의 일굴에 공통적으로 떠오르는 표정은
경악의 수준을 넘어선 것이었다.

'표정들하고는…….'

단여랑은 오래전에 이런 상황을 겪었던 기억이 어스름히
떠올랐다.

그는 항상 빙궁 사람들의 시선을 한 몸에 받았다.

수를 셀 수 없는 눈동자들이 그의 전신에 달라붙어 떨어질
생각을 않았다.

예전에 받은 질시와 미움이 담긴 눈빛은 그런 대로 익숙했
다. 그러나 지금은 경악, 그리고 괴물 보듯 두려움이 가득 깃

든 눈빛들은 단여랑에게 부담을 안겨주었다.

삼 년 전과 다른 점이 그것이었다.

빙령전에 둘러싸여 내원으로 걸어 들어온 단여랑.

무인들은 여전히 단여랑에게서 눈을 떼지 않은 채 저들끼리 무어라, 무어라 속삭이기 시작했다.

갑자기 소란해진 내원으로 사람들이 모이기 시작했다. 빙령전 때문에 밖에는 한 발자국도 나오지 않던 이들까지 무슨 일인가 궁금해하며 모습을 드러냈다.

"다, 단여랑!"

누군가가 더듬거리는 말투로 단여랑의 이름을 외쳤다. 단여랑은 너무도 익숙하며 반가운 목소리에 급히 고개를 돌렸다.

"사, 살아 있, 있었구나!"

너무 순진해 다른 아이들의 놀림거리가 되었던 단여랑의 지기인 공소명은 예전 모습과 하나도 변하지 않았다.

"너 머, 머리가 왜 그……!"

공소명은 반가운 마음에 단여랑에게 뛰어오려다가 멈칫하며 눈치를 보았다. 빙령전 때문에 마음대로 움직이지 못하는 형편이었다.

단여랑은 공소명에게 다가가지 않았고, 공소명의 앞길을 막는 빙령전을 나무라지도 않았다.

아무런 표정 없이 침묵을 지키며 앞으로만 걸어갈 뿐이었다. 그러나 공소명을 외면하려 고개를 돌리기 직전, 짧고 강한 눈짓을 공소명은 똑똑히 보았다.

공소명뿐만이 아니었다.

단여랑의 눈에는 아주 익숙한 얼굴들이 하나둘씩 보이기 시작했다.

매일 다투기만 하던 구화용, 반항을 일삼는 자신을 끝까지 책임지고 가르치려던 청설원주, 자신을 비웃던 아이들과 탐탁지 않게 생각하던 장로들.

의미심장한 눈으로 말없이 노려보고 있는 귀령전주, 그리고… 사람들 틈바구니 속에서 얼굴이 새파랗게 질려 부들부들 떨고 있는 능가연의 얼굴도 보였다.

단여랑의 발걸음은 북해빙왕의 동상 아래에서 멈췄다. 빙령전주의 거처에서 누군가가 단여랑 쪽으로 급하게 뛰어오는 것과 거의 동시였다.

급히 뛰어온 빙령전 무인이 단여랑을 안내하던 무인에게 무어라 소곤거릴 때, 단여랑은 고개를 들어 북해빙왕의 동상을 보고 있었다.

'북해빙왕, 당신이 그토록 자신해하던 빙백신공을 내가 안고 왔어. 사라질 뻔한 당신의 저주스러운 무공이 한 사람을 죽이고, 나에겐 고스란히 전수되었지. 이제 만족하나?'

동상에게 무슨 대답을 기대할 수 있으랴. 북해빙왕의 동상은 근엄한 표정으로 북해도 주위에 펼쳐진 일호 어딘가를 웅

시하고 있었다.

'내가 궁주가 될지, 될 수 없을지 판단해 줘. 처음이자 마지막으로 운명을 맡겨보도록 하지. 당신이 정말 북해빙궁을 사랑했다면 이 사람들이 슬퍼하는 모습은 원치 않을 거야. 그렇지?'

동상은 여전히 말이 없었지만 단여랑은 마음이 조금 편안해지는 느낌이 들었다.

"잠시 기다리셔야 할 것 같습니다."

빙령전 무인이 단여랑에게 말했다. 달려온 무인이 보고를 할 때부터 어느 정도 눈치는 채고 있었다.

"잠깐 들르고 싶은 곳이 있군."

단여랑은 발길을 돌렸다.

'무섭게 성장했군.'

군중들 속에 끼어 있던 단우인은 가느다란 눈으로 단여랑을 주시했다.

무공엔 상대가 되지 않을지라도 자신이 궁주가 되어 빙백신공만 전수받을 수 있다면 단여랑 따위는 손쉽게 처리할 수 있을 거라 믿었다. 불과 얼마 전까지만 해도.

하지만 단여랑은 그의 예상보다 훨씬 더 성장해 버렸다.

단신으로 유령전 무인들을 이끌고 혈궁을 초토화시켰을 때만 하더라도 별일이 아니라 여겼다. 자신이 빙령전을 이끌고 갔더라도 혈궁은 괴멸했을 테니까.

그러나 단우인이 지금 느끼는 감정은 질투심 이상의 분노였다.

무공이 약한 대신 뛰어난 두뇌를 가진 단우인 본인, 무공에 탁월한 재지를 보였지만 성급하고 머리가 나빴던 단태붕.

그에 비해 단여랑은……

하늘은 공평하지 않았다.

단여랑은 마치 하늘이 선택한 인간 같았다. 모든 신들의 축복을 한 몸에 받은 인간.

질투하지 않을 수 없었다.

빙백신공을 익혀 완벽한 빙우가 되어버린 단여랑이 북해빙궁주로 등극하는 것은 이제 시간문제였다.

이제 단우인이 할 수 있는 일은 그가 가신 두뇌를 이용해 상황을 뒤집는 것만 남았다.

자신의 조부가 적천회주라는 사실은 놀라웠지만, 어쩌면 기회가 될 수 있을 거라는 생각도 들었다.

설마하니 자신의 핏줄인데 궁주의 자리를 내어주지 않을 리가 있을까.

빙령전과 파동각이 북해빙궁을 등지고 조부를 선택했을 때는 웃음이라도 터뜨리고 싶었다. 누가 누구의 편이 되었든 단우인에게는 중요하지 않다.

그에게 중요한 것은 조부가 적천회주라는 것. 빙궁의 주도 권을 잡기 위해 북해도에 침입했다는 사실뿐이었다.

단우인은 살아오면서 그 누구에게도 의지하지 않았다고 자부했지만 이번만큼은 조부를 믿어보기로 작정했다.

단여랑은 놀라울 정도로 고수가 되었다. 하지만 조부에게는 어림도 없을 것이다.

조부가 거느리는 열한 명의 노고수. 그들은 북해빙궁의 장로 두 명과 두 각주를 깔끔하게 처리했다. 그러니 조부의 무공은 어떻겠는가.

단여랑의 처리는 조부가 맡아서 해줄 것이다. 단여랑이 조부와 싸워 십여 초라도 받아낸다면 꽤나 선전한 것일 게다. 하지만 결말은 보지 않아도 알 수 있었다.

단여랑이 조부의 손에 죽고 나면 세 소궁주 중 살아남은 사람은 오직 단우인 자신뿐.

조부가 북해를 손에 넣어도 북해빙궁의 전통이 뼛속까지 인이 박힌 북해 사람들은 단우인을 궁주로 손꼽을 게다. 무엇보다 조부는 빙백신공을 익히지 않았으므로 궁주가 될 수 없다.

단우인이 인정받을 수 있는 것은 딱 하나다. 빙옥조.

'아직 빙옥조는 끝나지 않았어.'

만에 하나 조부가 단여랑에게 패한다 해도 빙옥조를 먼저 찾는 사람은 자신이 될 것이다.

'후후후!'

단우인은 하얗게 웃었다. 아직 그에게는 조그마한 희망이 남아 있으니까.

단여랑은 신고 있던 신발을 벗었다.

뽀드득, 뽀드득!

눈을 밟는 감촉이 발바닥을 통해 생생하게 전달되었다.

그는 중원에 나가 있는 동안 가장 그리웠던 장소를 찾았다.

해성폭.

"……."

시원스레 물줄기가 내리꽂히는 소리는 들을 수가 없었다.

해성폭은 꽁꽁 얼어 있었다.

해성폭이 얼면 빙궁에 재앙이 닥친다는 전설은 더 이상 전설이 아니었다. 단여랑이 직접 봄으로 겪었으니까.

투명한 얼음이 되어버린 물줄기는 금방이라도 녹아내려 힘차게 흐를 것만 같았다. 아니, 그러길 간절히 바라고 있었다.

지금이라도 물속에 들어가 첨벙거리며 헤엄치고 싶었다. 외롭고 힘든 빙궁 생활에서도 유일하게 단여랑의 마음을 안정시켜 주었던 곳이니.

얼어버린 해성폭은 단여랑의 마음까지 아프게 했다.

"머리가 그게 뭐야? 꼭 노인네처럼."

잠시나마 사색에 잠겨 있던 단여랑의 귓가에 또랑또랑한

여인의 목소리가 들려왔다.

"뭘 봐. 사람 처음 봐?"

"말하는 것은 예나 지금이나 변하지 않았구나."

"고작 삼 년밖에 안 되었어. 꼭 몇십 년 지난 것처럼 말하지 말아줄래?"

구화용은 항상 그래왔듯 단여랑의 곁으로 다가와 바위에 걸터앉았다. 주위에 빙령전 무인들이 있었지만 그녀는 그들을 전혀 아랑곳하지 않았다.

단여랑도 구화용의 곁에 다가가 앉았다.

구화용은 많이 변했다. 삼 년이라는 시간은 짧았으나 구화용을 소녀에서 숙녀로 변신시키기에는 충분한 시간이었다.

서늘한 눈매는 여전했지만 곁에서 풍기는 분위기는 여성스러움이 물씬 풍겨났다.

"해성폭이 얼은 모습은 처음이지?"

구화용은 단여랑을 바라보지 않고 해성폭으로 고개를 돌렸다.

"네가 빙궁에서 나가던 그날 이후로 단 한 번도 녹은 적이 없었어. 아예 녹을 기미조차 보이지 않는걸. 지금도 그렇고."

"재앙이 끝나지 않았나 보지."

"재앙? 지금보다 더욱 큰 재앙이 남아 있기는 한 걸까? 어쩌면… 네가 죽는 순간 다시 녹아 흐를지도 모르겠지. 아니면 영원히 녹지 않던가."

"해성폭은 녹을 거야."

"나도 그러길 바라."

구화용은 단여랑이 적천회주와 부딪칠 것이라는 걸 예상했다.

단여랑이 홀로 빙령전 무인들에게 이끌려 왔을 때 그럴 것이라 짐작했다.

승산이 없다는 건 알고 있다. 적천회주를 상대하기에는 단여랑은 너무 어리고 경험이 부족했다.

여인들 중 가장 강하다는 냉화각주마저 그렇게 쉽게 죽임을 당했는데 단여랑이라고 오죽하겠는가.

"빙백신공을 익히면 너처럼 되는구나."

"글쎄⋯⋯. 예전엔 빙백신공을 익히길 간절히 바랐는데, 지금은 잘한 일인가 아닌가 구분할 수가 없어."

"혹시 태상궁주가 잠적한 이유도 너와 같이 변해서가 아닐까?"

구화용의 생각만이 아니었다. 어쩌면 북해빙궁 사람들도 변해 버린 단여랑의 모습을 보고 구화용과 같은 생각을 하고 있을런지도 모른다.

"넌 예전부터 무공에 탁월한 재능을 보였지. 기억나? 네가 적설원의 극음빙한공을 훔쳐서 익혔을 때. 그때 처음으로 네가 펼치는 극음빙한공을 본 사람은 나야."

"그랬지."

"놀라웠어. 나도 너도 똑같은 사람인데, 그리고 같이 북해
무공을 익혔는데… 사람은 타고나야 한다는 걸 그때서야 처
음 깨달았어."

"그래도 너에겐 북해빙궁의 무기를 만들 수 있는 재주가
있잖아?"

"응, 그래서 빙옥검은 내가 만들기로 했어."

"……?"

"냉화각주가 나에게 넘겼지. 너나 태상궁주 둘 중 한 명이
죽을 것이라 생각하고 있었으니까."

"어쩌면 내가 죽을 수도."

"바보 같은 자식."

"입은 여전히 거칠군."

"그토록 중원에 나가고 싶어 했잖아? 그렇다면 중원에 얌
전히 있을 것이지, 왜 돌아온 거야? 죽으려고 작정한 거야?"

구화용의 언성이 높아졌다.

그녀는 단여랑이 다시 북해로 돌아와서 기뻤지만 적천회
주와 부딪치게 될 일이 마음에 걸렸다. 마음 같아선 단여랑을
당장에 북해도에서 몰아내고 싶었다.

"그야, 너를 보려고 왔지. 하하!"

단여랑은 속마음을 숨기며 농을 건넸다.

차마 구화용에게 북해를 구하기 위해 돌아왔다는 말을 할
수가 없었다.

"비밀 통로를 알아."

"뭣?"

"지혜원주가 북해도 어딘가에 있다는 사실은 알고 있겠지? 그에게서 연락을 받았어. 죽음의 계단 말고도 북해도에 들어올 수 있는 곳이 있어. 어딘지는 나도 알 수 없지만, 네가 태상궁주를 만나러 간다면 길을 알려주겠대."

"역시 북해도는 알다가도 모를 곳이야. 무슨 비밀의 통로가 그리도 많은지……."

"지금이라도 늦지 않았어. 적천회주가 돌아오기 전에 빠져나가. 이곳에 있는 빙령전은 내가 어떻게 해볼 테니까."

구화용은 발목까지 내려오는 긴 겉옷의 여미는 부분을 단여랑이 볼 수 있도록 살짝 벌렸다. 그 안에는 냉화각 여인들의 청양검이 있었다.

단여랑은 구화용의 심각한 모습을 보곤 웃음을 참을 수가 없었다.

"하! 하하하!"

"왜 웃어!"

구화용이 작게 속삭였지만 단여랑은 한참이나 웃음을 멈추지 않았다.

"구화용, 지금 나보고 동네 파락호들이나 하는 짓을 하라고? 여자를 방패 삼은 후, 혼자 도망간다? 재미있는 이야기군."

"너와 농 따위 나눌 생각 없어. 난 진심이야."

단여랑은 흥분해 일어서려는 구화용의 옷깃을 잡아 다시 바위 위에 앉혔다.

"진심은 진심으로만 받을게. 하지만 나에게 별 도움이 되지 않는 진심이야. 도망갈 생각을 가지고 있었더라면 북해엔 돌아오지도 않았어."

"그러니까 다시 생각하라는 거야!"

"몇 번을 생각해도 내 생각은 변하지 않아. 게다가 네가 죽으면 빙옥검은 누가 만들지?"

"네가 살아난다면 빙옥검을 만들 필요는 없어."

"그렇지 않아."

단여랑은 큰 한숨을 내쉰 뒤 구화용을 달랬다.

"냉화각주가 왜 너에게 빙옥검 만드는 일을 맡겼다고 생각해? 빙옥검은 아무나 만드는 게 아니야. 잘 생각해 봐. 넌 무겁고도 중요한 직책을 맡았어. 그에 따른 책임감은 가져야 할 것 아냐, 이 철딱서니 없는 아가씨야."

구화용의 입술이 뒤틀렸다. 그녀는 금방이라도 울음을 터뜨릴 것만 같았다.

단여랑은 그녀의 마음을 잘 알고 있지만 외면해야만 했다.

진심과 아직도 변하지 않은 우정을 다시 느낄 수 있게 해주어서 고마웠다. 하지만 그녀를 위험에 빠뜨릴 수는 없었다.

"걱정하지 마. 잘될 거야."

"만약 죽으면 용서하지 않을 거야. 절대로!"

"죽을 일 없어. 북해빙왕이 패한 적 봤어?"

"넌 북해빙왕이 아니잖아!"

"북해빙왕의 현신이라고 생각해. 믿어도 좋아."

구화용은 입을 다물었지만 여전히 불안한 눈으로 단여랑을 바라봤다.

더디게 흘러가던 시간이 오늘따라 너무도 빠르게 흐르는 것 같았다.

두 사람은 오래도록 이야기를 나눌 수가 없었다. 근처에서 감시하고 있던 빙령전 무인들이 두 사람의 시야에서 사라진 건 순간이었다.

그리고 등 뒤의 낯선 인기척에 단여랑은 천천히 몸을 일으켰다.

때로는 절망 속에서 희망을 발견할 때가 종종 있곤 했다.

"안 오실 줄 알았는데……."

"글글… 궁금해서……."

여전히 지팡이에 몸을 의지한 채 모습을 드러낸 자는 다름 아닌 유도주였다.

그는 자그마치 사백 명이나 되는 유도의 무인들을 북해도로 데려왔다.

유도주민 천여 명 중 사백이라는 숫자는 유도의 모든 전력을 통틀었다고 봐도 좋을 어마어마한 숫자였다. 도와줄 기미라곤 눈곱만큼도 보여주지 않았던 유도주가 의외의 결단을 내린 듯싶었다.

뿐만 아니었다.

단여랑이 북해도로 올라가고 두 시진이 채 되지 않는 시간 동안 북해도 근방에 모인 무인들의 수는 자그마치 천오백 명에 육박했고, 배만도 백오십 척을 훌쩍 넘었다.

신도, 인도, 술도를 제외한 아홉 개 도주들은 오랜 고민 끝에 단여랑의 제안을 받아들였고, 무인들을 보냈다.

도주가 직접 찾아온 곳은 유도와 오도였다.

아홉 개 도에서 온 무인들은 도주 대신 그들을 인솔하는 인솔자의 명령대로 저만큼씩 떨어져 배를 대었다. 때문에 북해도 전체가 배들에 둘러싸인 형상이 되었다.

죽음의 계단 앞에서 진을 치고 있던 빙령전 무인들의 얼굴에 경계의 빛이 잔뜩 떠올랐다. 혹시나 치고 들어오진 않을까 하는 불안감도 없잖아 있었다.

"소궁주는?"

"혼자 안으로 들어갔네."

오도주는 류선의 대답에 검미를 찌푸렸다.

"그럼 소궁주가 나올 때까지 이곳에 있어야만 하는 것인가?"

"빙령전과는 부딪칠 수 없어. 소궁주도 그것을 원치 않으셨고."

"이런… 글글! 미련한 사람들 같으니라고… 글글!"

유도주가 혀를 차며 지팡이로 바닥을 두들겼다.

"그래서… 글글… 소궁주를 저 안에… 글글… 혼자 들여보냈다는 말이야?"

유도주의 목소리가 높아지며 막부동을 질책하기 시작했다.

"소궁주가 과연… 글글! 유령전이 이곳에 남아 있길… 바랐을까? 글글!"

막부동과 류선, 오도주는 서로를 바라봤다.

"나는 또… 글글… 뭔가 재미있는 일이 있을 줄 알았더니만… 글글!"

유도주는 아쉬워하는 빛이 역력했다. 그는 만반의 준비를 하고 온 사람 같았다. 아니, 유도주만 그런 것이 아니었다. 아홉 개의 도에서 온 사람들 모두 싸우려고 온 사람들이다.

적천회라는 존재를 알면서도 북해빙궁을 위해 기꺼이 한 목숨을 바치고자 온 사람들.

단여랑은 자신 혼자서 적천회주를 상대하겠다고 했다. 그래서 따라오려는 유령전주를 물러서게 한 것이다.

막부동은 곰곰이 생각했다.

단여랑에겐 적천회주만으로도 벅차다. 그런 데다가 빙령전이나 파동각까지 혼자 도맡아서 처리하게 내버려 둘 수는 없었다.

그렇지만 싸울 수도 없는 노릇이었다. 빙령전과 파동각…
같이 살아온 나날이 어디 한두 해이던가.

싸우자니 같은 궁도끼리 피를 볼까 두렵고, 가만히 있자니
혼자 들어간 단여랑이 걱정되고…….

"어리석은 사람들… 글글! 소궁주가 위험에 처해 있어도…
멀뚱히 바라보고만 있을 사람들 같으니… 글글!"

"하지만 이대로 들어갈 수는 없는 노릇 아닙니까?"

류선은 어찌해야 할지 막막했다.

"내 생각은… 유도주의 생각과 같네."

류선의 고개가 휙 돌아갔다. 오도주에게서 전혀 예상치 못
한 대답이 튀어나왔다.

얼마 전까지만 하더라도 오도주는 단우인이 궁주가 되어
야 한다고 말했던 자다.

그새 마음이 바뀌기라도 한 것일까?

우습지만 오도주의 마음은 바뀌었다. 그 마음이 바뀌었던
때는 빙옥조 때 단우인이 단태붕으로 하여금 한쪽 눈을 잃었
을 때부터였다.

단우인은 어쩔 수 없는 선택을 하였지만 오도주의 생각은
달랐다. 단우인 정도의 머리를 가졌다면 얼마든지 위기는 모
면할 수 있었을 것이라는 게 오도주의 생각이었다.

월영문의 압박도 한몫을 했던 것은 사실이었다. 그러나 빙

옥조가 시작됨과 동시에 오도주는 야현의 관심에서 점점 멀어져 갔다.

류선과의 좋지 않은 헤어짐이 찜찜했던 오도주였다. 그리고 삼 년이 지난 지금, 류선이 다시 자신을 찾아왔을 때는 덥석 손이라도 잡고 싶었지만 그러질 못했다. 류선에게 단우인 쪽으로 마음을 기울이라고 강요했던 자신이 너무 부끄러웠기 때문이다.

"빙령전이나 파동각, 어차피 빙궁을 등진 자들이야. 소궁주가 넘어간다 하더라도 난 넘어갈 수 없네. 나 역시도 한때 태상궁주의 뜻을 등졌으니 할 말은 없지만……."

"자네나 나나… 글글! 빙궁을 위해서 내린… 판단이었으니까… 소궁주가 용서해 주겠지. 글글! 그렇지 않으면… 속이 좁은 소궁주이고…… 글글."

유도주나 오도주는 단여랑을 궁주로 등극시키겠다는 태상궁주의 뜻에 반발했다. 하지만 그것은 그들이 단여랑이라는 인간에 대해 전혀 모를 때였다. 두 사람은 오로지 북해빙궁이 잘되어야 한다는 생각에 태상궁주의 뜻을 저버린 것이었다.

하지만 빙령전이나 파동각의 경우는 달랐다. 그들은 북해빙궁 자체를 배신한 것이나 다름없었다.

"언젠가는 겪어야 할 일이야. 피를 보더라도 북해빙궁을 배신한 대가는 톡톡히 치러야겠지."

"난 소궁주가 하지 말라고 해도… 글글! 빙령전은 용서할 수가 없다네. 글글!"

　류선은 막부동에게로 고개를 돌렸다.

　막부동은 아까부터 무슨 생각을 하는지 갑판 위에 앉아 계속 바닥만 응시하고 있었다.

　아홉 개 도의 무인들은 싸울 태세를 갖췄다. 그들은 빙령전이 누구든 중요하지 않다. 하지만 유령전은 다르다.

　유령전이나 귀령전, 그리고 같은 북해도에 있는 삼각은 빙령전 무인들과는 매일 얼굴을 마주 보는 사람들. 때문에 서로에게 검을 겨눈다는 것은 매우 고통스러운 일일 것이다.

　류선은 마음을 정리했다. 그도 소궁주를 따라 북해도에 들어가고 싶었다. 이제는 막부동의 의견만 남았다.

　모두의 시선이 막부동에게 향한 가운데 드디어 그가 결정을 내린 듯 갑판에서 일어섰다.

　"모두 준비하라! 우리는 지금 북해도에 오른다!"

　백 명이 넘는 유령전 무인들이 배에서 동시에 일어섰다. 그들은 각자의 무기를 꽉 움켜잡으며 전의를 불태웠다.

第六章
운명의 장난

1

앉아 있던 바위에서 일어난 단여랑은 천천히 몸을 돌렸다.

송곳보다 날카롭고, 살을 에이게 하는 한풍과는 비교도 되지 않을 정도의 예기가 사람에게서 뿜어져 나올 수 있다는 사실을 처음 알았다.

그의 등 뒤에 나타난 노인은 단여랑이 여태껏 만나왔던 그 어떤 상대와도 대적할 수 없을 정도로 강해 보였다.

도저히 노인이라고 볼 수 없을 정도로 훤칠한 키. 군살 하나 없는 몸매는 약간 마른 편인 데도 불구하고 오랫동안 무(武)를 익힌 사람답게 균형이 잡혀 있었다.

살가죽이 얇은 마른 얼굴. 정중앙에 우뚝하게 솟은 콧날.

역팔자 눈썹 아래에 자리한 크지도 작지도 않은 눈. 하지만 눈빛 하나만큼은 누구보다도 강렬했다.

희끗희끗 샌 머리와 피부에 진 주름만 아니었으면 그가 노인이라는 걸 몰랐을 게다.

"단여랑?"

고집스러워 보이는 입술에서 낮고 위협적인 목소리가 새어 나왔다.

"여랑……."

어느새 일어선 구화용은 단여랑의 옷깃을 꽉 잡았다. 먼발치에서 본 적천회주와 이토록 가까이서 본 적천회주는 기도부터가 달랐다.

단여랑은 구화용의 손을 부드럽게 쓸어내렸다.

"돌아가 있어."

"하지만……."

"돌아가."

구화용은 불안함이 깃든 눈으로 단여랑을 바라보다가 결국 내원 쪽으로 몸을 돌렸다. 다섯 걸음에 한 번씩 고개를 돌려 단여랑을 확인하는 그녀의 얼굴은 두려움과 걱정으로 가득했다.

구화용이 사라지고 나서 단여랑은 적천회주에게서 등을 돌려 다시 해성폭을 바라봤다.

단여랑은 적천회주의 불같은 눈길을 받아내기 힘들었다.

눈빛만으로 사람을 죽일 수 있다는 말은 믿지 않았는데……. 적천회주라면 가능할 것도 같았다. 그에게선 상대를 숨 막히게 하는 기도가 뿜어져 나오고 있었으니까.

하지만 단여랑은 보지 못했다.

그가 등을 돌림과 동시에 적천회주의 살기 짙은 눈동자가 마구 흔들리는 모습을.

'완벽하게… 닮았어.'

적천회주의 심장은 단여랑을 보자마자 제멋대로 뛰기 시작했다. 몇십 년 동안 유지시켜 왔던 평정심이 하마터면 한번에 무너져 내릴 뻔했다.

단여랑은 적천회주가 너무도 사랑했던 아내의 얼굴을 쏙 빼닮았다. 짧은 순간이었지만 아내가 현신한 듯한 착각이 일 정도였다.

자신의 피를 이어받은 하나밖에 없는 손자.

북해를 점령한 뒤, 중원으로 데리고 나가려 했던 손자 단여랑인데…….

단학설에게는 단여랑을 시험한 후 마음에 들면 유유히 사라지겠다고 했지만, 속마음 같아서는 시험이고 뭐고 그냥 무작정 데려가고 싶었다.

"월영문도는 차디찬 일호에서 몰살했을 게요."

등을 진 단여랑의 음성은 말의 내용만큼이나 냉랭했다.

"훌륭한 솜씨군. 유령전, 그리고 자네. 월영문이 무사히 이곳까지 오리라곤 기대도 하지 않았네. 그들이 온다 하여도 별로 달라질 것은 없지 않나."

"수하들의 죽음에 감흥이 없으시다는 말로 들리오."

"전혀."

"잔인한 사람."

단여랑은 적천회주의 입에서 저런 말이 튀어나오자 월영문도를 괜히 죽인 게 아닌가 하는 생각도 들었다.

"빙백신공을 익힌 자의 모습은 정말 놀랍군."

이번엔 적천회주가 먼저 말을 꺼냈다.

적천회주는 이런 말밖에 할 수 없어 안타깝기만 했다.

단여랑에게 자신의 신분을 말하지 않으려 마음먹었으니 그에게 건넬 수 있는 말에는 한계가 있었다.

"예전 북해빙왕도 나와 같은 모습이었다면 믿겠소?"

단여랑은 적천회주에게 존대를 하지 않았다.

온말을 사용하는 것도 적천회주의 나이를 생각한 나름대로의 배려였다. 침입자에게 존댓말을 하며 존중해 줄 사람은 없으니까.

"북해빙왕은 절대적인 사람이었지. 인세에 한 번 나올까 말까 한 인물. 어찌 그대와 비교를 할 수 있을까."

"비교하자는 게 아니오. 어쨌든 당신이 알고 있는 북해빙왕의 피를 이어받은 사람이 나라는 건 변하지 않는 사실이니까."

‘그리고 나의 피도 이어받았지.’

적천회주는 파르르 떨려오는 눈가를 손으로 지그시 눌렀다.

단여랑의 모습을 더욱 자세히 보고 싶었지만 아무것도 모르는 손자는 등을 돌린 채 얼굴을 마주하지 않았다.

무인으로서는 납득할 수도, 이해할 수도 없는 행동이었다.

만약 적천회주가 나쁜 마음만 먹었더라면 등을 돌리고 있는 단여랑은 아마 이 세상 사람이 아닐 게다. 도대체 무슨 배짱으로 적을 등지고 서 있단 말인가.

어쩌면 적천회주 같은 무인이 비겁하게 등 뒤를 공격하지는 않을 거라는 생각을 하고 있을지도 모른다. 그것도 아니라면 순식간의 공격도 받아낼 만큼 자신감에 사로잡혀 있는지도.

“빙령전과 파동각을 자신의 것으로 만들다니. 빙령전주는 웬만한 것에는 꿈틀거리지도 않는 사람이었지. 그래, 빙백신공이라도 준다고 약속하셨소?”

“그는 빙백신공을 배울 그릇이 못 되네. 그런데 사람은 모순되게도 자신의 능력 이상의 것을 탐하곤 하지.”

단여랑은 적천회주의 대답에서 두 가지를 얻었다. 하나는 빙령전주를 빙백신공으로 꾀인 것, 다른 하나는 적천회주 역시도 빙백신공을 원한다는 것이었다.

“빙백신공을 원하시오?”

단도직입적으로 물어보지 않을 수 없었다.

"달라고 하면 주겠는가? 듣자하니 단태붕이라는 녀석에게는 쉽게 내어준 것 같은데……."

'망할 놈의 빙백신공.'

무공을 익히면서 한 번도 후회를 한 적이 없었지만 빙백신공은 단여랑을 처음으로 후회하게 만든 무공이었다.

단 한 명, 그것도 북해빙궁주밖에 전수받을 수 없다는 무공인 까닭에 빙백신공을 탐내는 인간들이 속속 나타나고 있다. 모르긴 몰라도 인간이 속마음을 숨길 수 없다면 벌써 빙백신공을 노리는 사람들이 불나방처럼 모여들고도 남았을 게다.

"내가 빙백신공을 당신에게 줄 것 같소?"

"주지 않는다면 뺏어야지."

"무슨 수로?"

"나 같은 사람은 상대와 손을 섞으면 상대의 무공 정도는 쉽게 파악할 수 있다네."

"후후!"

단여랑은 웃었다. 그것은 자만에 가득 차 있는 적천회주를 향한 명백한 비웃음이었다.

"빙백신공은 단지 손을 섞는다고 알아낼 그런 무공이 아니오."

"아직은 모르는 일이지. 손을 섞어보기 전까진."

단여랑은 싸움을 피할 수 없다는 것을 알았다.

대화로 끝내기에는 적천회주가 바라는 것이 너무 터무니 없었다.

그렇지만 자신이 없는 것도 아니었다.

적천회주는 단여랑과 싸우면서 빙백신공을 알아내겠다고 뜻을 밝혔지만, 그건 어디까지나 적천회주만의 생각이다.

빙백신공은 여타의 무공과는 차원이 다르다.

중원 어디를 찾아봐도 비슷한 심법조차 찾아낼 수 없다.

투로도 없다. 아니, 기본적인 초식은 북해빙궁 무공에 기반을 둔다. 하지만 북해 무공을 잘 알고 있는 자라 할지라도 빙백신공을 겪게 되면 처음 보는 무공처럼 생소할 것이다.

초식과 심법을 잊은 채 펼쳐지는 무공.

공격의 방향은 난해하기 짝이 없으며, 위력 또한 가늠하지 못한다. 게다가 얼음으로 펼치는 무공이라면 더더욱. 그것이 빙백신공이다.

"조건은 걸지 않겠소. 이기든 지든 당신의 판단에 맡길 테니까."

"가공할 무위를 지녔다고 너무 자신하는 것은 아닌가? 하긴, 직접 보기 전엔 빙백신공이 가공할 무위인지 아닌지 알 수 없겠지."

대화가 끝나자마자 그를 따르는 열 명의 노인 중 하나가 어느새 적천회주의 곁에 다가와 섰다.

단여랑은 몸을 돌렸다.

"직접 상대하지는 않으시겠다?"

"눈에 찰 정도라면 그땐 손을 섞어보도록 하지."

"좋으실 대로."

스스슥!

단여랑의 다리가 움직이기 시작했다.

*   *   *

"막앗!"

유령전의 갑작스런 움직임은 경계를 서고 있던 빙령전 무인들에게는 커다란 위협이었다.

"앞을 가로막는 자는 가차없이 베어라!"

막부동에게서 명령이 떨어졌다.

유령전 무인들은 배를 박차며 죽음의 계단을 향해 몸을 날렸다.

상대보다 아래쪽에 위치한 불리한 지점. 그러나 죽음의 계단을 지키고 있던 빙령전 무인 스무 명은 전투 태세를 갖춘 유령전 무인 백여 명을 상대할 수 없었다.

빙령전은 살공을 펼치는 유령전의 무위에 치를 떨었다.

귀령전이면 몰라도 유령전에게 있어 북해빙궁의 한 가족이라는 개념은 없었다. 빙령전은 오직 북해빙궁을 등진 배반의 세력일 뿐이었다.

유령전은 막부동의 명령을 좇아 앞을 가로막는 빙령전 무인들을 가차없이 공격했다.

막부동은 바로 그것을 원했다.

유령전은 수련을 함에 있어 무조건 전주의 명령을 따라야 했다. 그건 삼전 그 누구라도 마찬가지였지만, 찔러도 피 한 방울 나오지 않을 냉혈한들이 바로 유령전이었다.

결국 빙령전 무인들은 얼마 버티지 못했다.

몇몇 유령전 무인은 물리쳤지만 계속 죽음의 계단을 향해 올라서고 있는 아홉 개 도의 무인들마저 상대할 여유 따윈 그들에겐 존재하지 않았다.

막부동은 비호처럼 몸을 날려 죽음의 계단을 성큼성큼 올라섰다.

"유령전이 쳐들어왔습니다!"

수하의 다급한 외침에 이광은 집무실 의자에서 벌떡 일어섰다.

"뭐라고! 유령전이!"

전혀 예상치 못한 전개였다.

그가 듣기론 단여랑은 유령전에게 남아 있으라고 명령한 뒤, 혼자의 몸으로 북해도에 올랐다. 막부동 역시 단여랑의 명을 거절할 인간은 아니었다. 그래서 마음 놓고 있었는데……

"무엇들 하느냐! 빙령전과 파동각 무인들을 대기시키지 않
고!"

보고를 한 수하는 부리나케 집무실을 벗어났다.

'유령전이 올라왔다면, 다른 아홉 개 도에서도 왔을 거라
는 소리. 그리고……'

이광은 재빨리 머리를 굴려야 했다.

유령전과 아홉 개 도의 무인들은 차치하더라도 그가 가장
두려운 상대는 아직 북해도 안에 있는 귀령전이었다.

이미 쏘아진 화살. 유령전이 빙령전을 공격하는 데도 무시
하고만 있을 귀령전이 아니라는 생각이 이광의 심정을 더욱
압박했다.

이광은 이미 평정심을 잃었다.

혼자서 머리를 잡아 뜯던 이광은 주위의 인기척을 느끼며
고개를 들었다.

'아! 이자들……'

적천회주를 따라온 열 명의 노인 중 아홉 명.

'이자들이라면 어쩌면 그들을 상대할 수 있을지도.'

이광은 희망을 저버리지 않았다.

"도와주시겠습니까?"

노인들의 눈길이 이광에게 향했다. 그러나 그들은 하나같
이 무심한 표정이었다. 마치 남의 일이라는 듯이.

"도와주시겠습니까?"

이광은 다시 한 번 물었다.

"무얼 말인가?"

"유령전이 쳐들어왔습니다. 그들의 공격은 북해도 안에 숨죽이고 있던 사람들에게 자극이 될 것입니다. 그러면 귀령전이나 다른 집단들까지 움직이게 될 것이……."

"빙령전과 파동각이 있지 않은가?"

'늙은 여우들……!'

이들은 아쉬울 게 없었다. 북해를 장악하겠다고 쳐들어왔으면서, 그리고 이광의 도움까지 빌려갔으면서 빙궁의 싸움을 남의 일처럼 관전이라도 하려는 속셈인가.

"우리는 회주님의 명이 아니라면 움직일 수 없네."

한 노인이 긴 수염을 쓸어내리며 말했다.

이광은 뒤통수를 얻어맞은 듯 멍했다. 그래도 도와줄 줄 알았는데……. 이들이 개입하지 않는다면, 결국 북해빙궁만의 싸움이 되고 말 것이다.

이를 악물고 싸우는 북해빙궁의 무인들. 적천회는 느긋하게 구경하고 있다가 나중이 돼서야 북해를 장악하려 들 게 분명했다.

'이럴 목적으로!'

이광은 갈등하지 않을 수 없었다.

지금이라도 빙령전과 파동각을 물릴 수는 있다. 하지만 그렇게 되면 노인들이 이광을 순순히 내버려 두지 않을 게다.

이광은 이를 악물고 의자에서 일어섰다. 그는 노인들의 앞으로 가서 털썩 무릎을 꿇었다.

"도와주십시오!"

"말했네. 우리는 회주의 명이 없으면 움직이지 않네."

"저들의 목적은 빙령전이 아닙니다. 어르신들을 노리고 들어온 자들입니다. 그런데도 가만히 앉아만 계실 작정이십니까?"

"무엄하다!"

노인 하나가 자리에서 벌떡 일어섰다.

"처음부터 유령전의 경계는 자네가 맡기로 하지 않았나?"

"유령전이 노리는 사람은 제가 아니라 적천회입니다!"

짝—!

경쾌한 소리와 함께 이광의 고개가 옆으로 돌아갔다. 그러나 이광은 따귀를 맞았음에도 불구하고 머리까지 바닥에 쿵쿵 찧어대며 빌었다.

"제발 부탁드립니다. 도와주십시오!"

노인들은 서로의 눈빛을 교환했다.

애초에 회주의 명 같은 것은 필요없었다. 적천회 노인들은 몇십 년 동안 한마음 한 몸이 되어 움직였다.

한 명의 적이면 모두의 적이고, 한 명의 동지면 모두의 동지였다.

이들 중 적천회주의 무공이 가장 고강하지만, 누가 누구의 명을 좇거나 하는 그런 수직적인 관계는 아니었다.

이광의 태도에 실망을 금치 못한 노인들은 설레설레 고개를 저었다.

그들은 회주가 빠진 지금, 이 어리석은 자를 도와주어야 하나 말아야 하나 고민하고 있었다.

"유령전이 계단을 올랐다고?"

"지금 그렇게 보고가 들어왔습니다."

"경거망동하지 마라! 귀령전 무인들을 한곳으로 집합시켜라. 우리는 빙령전이나 파동각과 싸워선 안 된다."

자리에서 벌떡 일어선 유사야는 정신없이 방 안을 서성였다.

'막부동, 자네는 어쩌자고……'

유사야는 불안했다.

단여랑이 혼자의 몸으로 북해도에 오른 것은 직접 확인했지만 유령전마저 갑작스럽게 들어올 줄은 몰랐다. 수하의 말을 빌리자면 일호 아홉 개 도에서도 지원 병력이 도착했다고 하던데…….

'이건 북해빙궁 사람들끼리의 싸움이야! 결국 피를 보는 것은 우리들뿐.'

유사야가 마음만 먹었다면 빙령전, 파동각과 벌써 부딪치고도 남았을 게다. 하지만 섣불리 나서지 않은 까닭은 이광의 마음이 변하길 내심 기대했기 때문이다.

상관의 명령을 무조건 수행해야 하는 빙령전과 파동각 무인들이 무슨 잘못이 있겠는가. 그들도 북해를 등진 마음은 찝찝했을 게 분명했다.

아직은 조금 더 두고 보고자 했는데…….

'하지만 만약 그 노인들이 나서게 된다면……?

유사야는 더 이상 생각을 이을 수 없었다. 노인들까지 나서게 되면 아무리 강한 유령전이라 하더라도 몰살할 확률이 높다.

유사야는 즉시 검을 챙기며 방문을 박찼다.

"그 누가 감히 유령전의 앞길을 막느냐!"

굳게 닫혀져 있던 북해빙궁의 정문이 활짝 열렸다.

"우와아아아!"

유령전과 아홉 개 도 무인들은 열려진 정문을 지나 중앙각을 향해 달려나갔다.

빙령전, 그리고 파동각 무인들이 여기저기서 속속들이 나타났다.

파앙! 팡팡!

여기저기서 빙장 터지는 소리가 들려왔다. 빙령전과 파동각 무인들의 주 무공은 빙장이었다. 유령전이 들어올 것이라

곤 예상치 못했던 무인들은 당황했지만 침착하게 싸워 나갔
다.

처음엔 다소 망설이던 빙령전 무인들의 손속은 동료들이
죽어감에 따라 더욱 거세게 변했다.

곳곳에서 터지는 빙장, 난무하는 검기, 비명, 신음, 고함.
피가 터지고 살점이 찢겨져 나가고……

북해빙궁은 그야말로 난전을 불사케 했다.

그렇지 않아도 전투에 길들여져 있던 삼전의 싸움. 허공에
피가 뿌려질수록 흥분하는 무인들은 점점 늘어갔다.

"당장 싸움을 멈추어라!"

뒤늦게 나온 장로들이 멈추라고 고함을 질렀지만 악귀와
같이 변해 버린 무인들을 말릴 수 있는 사람은 막부동을 제외
하곤 아무도 없었다.

"귀령전과 예설각은 어찌 되었소?"

장로들은 더 이상의 피해가 있어선 안 된다고 판단했다.

차디찬 땅에 몸을 눕히는 빙령전 무인들과 마찬가지로 유
령전 무인들의 숫자도 줄기 시작했다.

이래선 양패구상. 북해의 전력을 송두리째 잃는 것과 무엇
이 다르랴. 이렇게 될 바엔 장로들은 어느 한쪽이 제압당하는
편이 낫다고 생각했다.

"귀령전이 소집되었지만 아직 움직일 기미는 없는 듯하
오."

"유령전주 저 사람, 기어이 사고를 치는구먼."

장로들은 씁쓸함을 감출 수 없었다.

막무가내로 빙령전을 쓸고 있는 유령전도 걱정이었지만, 빙궁을 등진 빙령전 역시 무모하긴 마찬가지였다.

"어서 귀령전주와 삼당주들을 부르시오!"

"그럴 필요 없소이다."

"……?"

뒤에서 들려온 목소리에 장로들이 모두 등을 돌렸다.

적천회 노인 아홉 명. 그들은 이미 장로들의 곁을 지나 유령전과 빙령전이 싸우는 곳으로 걸어가고 있었다.

'빙령전, 유령전… 모두 끝이야.'

장로들의 안색은 하나같이 하얗게 탈색되었다.

2

치이익……!

목표를 잃은 얼음이 허공에 흩날렸다.

노인은 무기를 지니지 않았다. 겉으로 보기엔 분명 그랬다. 그래서 단여랑도 빙옥검을 꺼내지 않았다.

노인은 암기를 사용했다. 버드나무 잎사귀처럼 가늘고 얇은 유엽비도(柳葉飛刀)가 노인의 무기였다.

암기를 다루는 솜씨는 지극히 뛰어났다. 파공성조차 들리지 않는 유엽비도는 순식간에 하늘을 가득 메우는가 싶더니 단여랑을 향해 곧장 쏘아져 들어왔다.

단여랑은 자동적으로 몸을 돌렸다.

처음 노인을 보았을 땐 전혀 살기를 느끼지 못했다. 그가 단여랑을 향해 양손을 떨쳤을 때도 마찬가지였다. 노인에게서 소름 끼치도록 무서운 살기를 느낀 것은 유엽비도가 눈앞에 보인 그 짧은 순간이었다.

촤르르륵!

팽이처럼 몸을 돌린 단여랑의 손에는 어느새 뽑아낸 빙옥검이 들려 있었다.

따당땅땅!

빙옥검에 부딪친 유엽비도 몇 자루가 튕겨 나갔다.

그러나 육안으로 판별할 수 없는 빠르기의 유엽비도 수십 자루를 모두 피하기에는 무리가 따랐다.

푹! 푸욱!

유엽비도가 살갗을 파고드는 느낌이 생생했다.

"……."

잠시 싸움은 중단되었다.

말이 없는 노인.

"손속에 사정을 두었군. 당연히 독이 묻어 있을 거라 생각했는데……."

단여랑은 몸에 박힌 유엽비도를 뽑아냈다.

예전처럼 아픔은 전혀 느껴지지 않았다. 게다가 유엽비도
가 뽑힌 자리에서는 피 한 방울도 새어 나오지 않았다.

멀찍이 서서 관전하고 있던 적천회주는 흥미로운 눈으로
단여랑을 주시했다.

"특이하군. 암기가 몸에 박혔는 데도 멀쩡할 정도라면."

"이런 암기조차 상대하지 못한다면 빙백신공이 아니지."

"독이 묻어 있다면 이야기가 달라지려나?"

"아니오. 독에 민감한 반응을 나타냈다면 내 목숨은 열 개
라도 부족할 테니까."

"아주 재미있어."

적천회주는 작게 코웃음을 쳤지만, 단여랑을 공격했던 노
인은 굵은 눈썹을 꿈틀댔다.

단여랑과 적천회주의 대화는 무엇인가. 암기에 독이 묻혀
있다고 한들 단여랑을 죽일 수는 없다는 말 아닌가.

노인에게 있어 유엽비도는 화려한 몸동작에 지나지 않았
다. 암기의 효력이 전혀 없는데 무슨 싸움이 되겠는가.

"심장을 노리는 수밖에. 만독불침지체, 아무리 얼음인간이
되었더라도 인간인 이상 심장이 관통당하면 살아날 재간은
없겠지."

노인은 적천회주의 말을 곧바로 알아들었다.

한껏 인상을 찌푸리던 노인의 얼굴이 다시 차분해졌다.

"싸우겠다는 것인가? 상대에게 공격 부위를 미리 알려주

다니. 대단한 자신감이오. 하지만 상대도 상대 나름이라는
것.”

단여랑은 조금 이상한 느낌이 들었다.

노인이 단여랑을 죽이려 했다면 처음부터 암기에 독을 발
라두었을 게다. 하지만 독은 전혀 묻어 있지 않았다. 그리고
이제는 적천회주가 먼저 공격할 부위를 알려준다.

‘심장을 공격할 테니 방어할 준비를 해라’ 이런 뜻이 아니
고 무엇이겠는가.

노인은 두 팔을 겹쳐 양쪽 소매에 집어 넣었다. 잠시 눈을
감고 있던 노인이 다시 움직이기 시작한 것은 적천회주가 짧
게 고개를 끄덕이는 순간이었다.

쉬쉬식!

단여랑과의 사정거리를 지켜오던 노인의 발이 빠르게 움
직였다.

단여랑은 긴장했다.

아직도 노인의 무공을 가늠할 수는 없다. 하나 한 가지 목
적만은 알았다. 이들에게는 자신을 죽이려는 의도가 전혀 없
다는 것. 문득 의아함이 치밀었다.

그러나 그런 의아함은 곧 사라졌다.

순식간에 팔 하나 닿을 정도로 거리를 좁힌 노인이 양손을
소매에서 꺼냈다. 이번에 노인의 손에 들린 것은 유엽비도가
아닌 작은 수리도(袖裏刀)였다.

슈아악!

수리도는 곧장 단여랑의 심장을 겨냥하며 짓쳐들어왔다.

"……!"

단여랑의 눈이 부릅뜨인 것은 바로 그때였다.

방금 전까지와는 비교할 수 없는 살기가 담긴 움직임이었
다. 무슨 뜻에서인지는 잘 모르겠지만 아까와는 차원이 다른
공격이었다.

정말 죽이고야 말겠다는…….

맨 처음의 공격은 그저 시험에 지나지 않았던 것일까.

따당땅!

빙옥검은 유려한 곡선을 그리며 수리도와 맞서 나갔다.

수리도는 이 촌을 겨우 넘는 짧은 비도. 하지만 심장에 정
확히 틀어박히면 즉사다. 암기술이 뛰어난 노인이 수리도를
비도로 사용하지 않고 무기로 사용했다는 것은 혹시라도 단
여랑이 피하게 되는 사태를 우려했기 때문이다.

노인은 직접 수리도를 잡고 접전을 선택했다.

수리도는 근거리의 공격을 요하고, 빙옥검은 원거리의 공
격을 해야 했다.

노인은 단여랑과의 거리를 좁히기 위해 자꾸만 달려들었
다. 단여랑은 뒤로 계속 물러섰다. 빙옥검을 휘두를 수 있는
찰나의 순간을 만들기 위해. 하지만 노인은 그럴 틈을 주지
않았다.

쉬식!

수리도 휘두르는 소리가 섬뜩하게 들려왔다. 심장을 비껴나간 수리도의 위력 때문에 단여랑의 옷깃이 찢어져 너덜거렸다.

단여랑은 눈앞의 상대인 노인, 그리고 관전하는 적천회주 두 사람을 번갈아 보았다.

적천회주의 애매모호한 눈빛이 계속 신경 쓰였다. 하지만 눈앞의 노인에게서도 시선을 뗄 수 없었다.

노인은 필사의 의지를 보였다.

동귀어진도 기꺼이 감수하겠다는 의지. 빙옥검에 의해 팔이나 다리, 혹은 머리가 잘려 나간다 하더라도 반드시 단여랑의 심장에 수리도를 틀어박고 말겠다는 뜻이 역력했다.

따당! 땅! 땅!

순식간에 열 차례의 공격과 방어가 오고 갔다.

다행스러운 점은 일반인의 육안으로는 식별조차 할 수 없는 노인의 빠른 손과 발이 단여랑에게는 뚜렷하게 보인다는 것이었다.

슈욱!

수리도가 일직선으로 단여랑의 가슴을 찔러 들어왔다.

"헛!"

단여랑은 급히 상체를 뒤로 꺾었다. 그리고 되튕기듯 위로 솟구쳤다.

타닥!

이번에는 발과 함께였다.

허공으로 높이 솟아오른 단여랑은 곧바로 한풍신비를 전개했다.

빠른 발놀림으로 허공을 마음대로 돌아다니는 단여랑. 그러나 그를 더욱 경악하게 만든 것은 노인의 행동이었다.

분명 아래에 있어야 할 노인이 자신의 눈앞에 있다는 것은…….

'음!'

노인 역시 허공으로 솟아올랐다. 그가 뛰어오르기 직전, 소매가 양옆과 뒤로 뻗어졌다.

언뜻 보면 허공에 두둥실 떠 있는 것 같지만, 노인은 눈에 보이지 않는 얇은 금빛 실 위에 몸을 의지했다.

'금잠사(金蠶絲)?'

단여랑은 빙옥검을 치켜들고 노인을 향해 달려나갔다. 노인도 금잠사를 발로 디디며 단여랑과 맞섰다.

콰앙!

한 번의 충돌.

노인의 왼팔이 빙옥검에 의해 길게 찢어졌다. 그러나 단여랑도 무사하지는 못했다. 가까스로 심장은 비꼈으되, 팔뚝을 깊게 찔렸다.

찌르는 것으로도 모자라 한 뼘 정도를 베어냈다.

살이 너덜거렸다. 하지만 역시 아픔은 느낄 수 없었다.

그 순간, 적천회주의 두 눈이 번뜩였다.

베어진 단여랑의 피부 사이로 보이는 것은 분명 얼음이었
다.

'설마 단학설처럼 변해간다는 것은……?'

적천회주는 다시금 단여랑을 위아래로 뜯어보았다.

그러고 보니 하얗게 새어버린 머리하며, 실핏줄이 보일 것
같은 투명한 피부, 겉으로 뿜어져 나오는 기도. 단여랑의 외
모는 단학설과 다를 바 없었다.

'녀석도 빙우가 되어간다는 것인가!'

그러나 궁금한 점도 있었다.

단학설은 온몸이 굳어져 가 몸을 움직이지 못하는 데 반해,
단여랑은 살아 있다는 것이 실감날 정도로 생동감있게 움직
이고 있다.

타닥!

충돌로 인해 몸의 균형을 잃은 단여랑은 다시 바닥으로 착
지했다. 노인도 금잠사에서 떨어져 내렸다. 빙옥검에 베인 노
인의 팔에선 피가 뚝뚝 흘러나왔다. 그러나 인상 한 번 찌푸
리지 않았다.

땅에 착지한 노인은 여전히 단여랑의 심장을 노리며 달려
들었다.

단순한 움직임 같아 보이나 노인의 무공은 결코 평범한 것

이 아니었다.

순식간에 거리를 좁혀오는 빠른 몸놀림은 전광석화와도 같았다. 상대의 시선을 옭아매는 현란한 보법 역시 겉만 그런 것이 아니라 실전에서도 경쾌하게 움직였다.

더군다나 몸 자체에서 뿜어내는 짙은 살기는 움찔할 정도로 소름을 돋게 만들었다.

노인의 계속되는 공격에 단여랑은 좀처럼 빙옥검을 전개하지 못했다. 아니, 못하는 것이 아니라 하지 않고 있었다.

슈욱! 슉! 슉!

연속적인 세 번의 움직임.

단여랑은 종이 한 장 차이로 노인의 수리도를 피해냈다. 타고난 감각을 지니지 않고선 불가능한 몸놀림이었다.

적천회주의 두 눈이 가늘어졌다.

그가 보기에 단여랑의 행동은 이상해 보였다. 하지만 곧 그 이유를 알 수 있었다.

"아직도 움직일 힘이 남아돌고 있나? 빙옥검을 맞고도 대단하군."

단여랑에게선 여유가 뿜어져 나왔다. 반대로 노인의 움직임은 현저하게 느려지고 있었다.

쉬이익……!

번개 같은 몸놀림은 온데간데없이 사라지고, 몸의 균형마저 제대로 잡지 못해 기우뚱거리기 일쑤였다.

노인은 계속해서 움직이려고 했지만 수리도를 잡은 손이 급격하게 떨리고 있었다.

빙옥검을 맞은 팔의 움직임이 느려지고, 가슴으로, 허리로, 그리고 다리까지…….

세 살박이 어린아이도 따라 할 수 있을 정도로 느려진 노인의 행동은 얼마 가지 못했다.

슈악!

젖 먹던 힘까지 짜내어 마지막 일격을 가한 노인의 동작은 그대로 우뚝 멈춰졌다.

타오르는 눈동자는 여전히 단여랑을 쏘아보고 있었다.

"이제 그만 하지."

단여랑은 더 이상 피하지 않았다. 그는 노인의 곁을 지나 적천회주에게 다가갔다.

노인이 꿈틀거렸다. 그러나 이내 석상처럼 굳어져 버렸다.

"아악!"

"크허억!"

사방에서 들려오는 비명 소리. 누가 적군이고, 누가 아군인지 구분도 가지 않았다.

전장으로 뛰어든 아홉 명의 노인은 유령전과 빙령전 무인들의 싸움을 압도적으로 제압했다.

그들 아홉 명의 눈에는 빙령전, 유령전의 구분이 없었다.

그냥 눈앞에 보이는 자는 닥치는 대로 베어넘겼다.

빙령전을 상대로 검을 휘두르던 유령전 무인들도, 유령전을 상대로 빙장을 쏘아내던 빙령전과 파동각 무인들도 기습적으로 가해오는 공격에 속수무책으로 당했다.

시퍼런 검광이 번뜩일 때마다 목숨이 끊어졌다.

"타앗!"

장로들 중 가장 먼저 뛰어든 사람은 오장로 매원지였다.

우렁찬 함성과 함께 한 노인에게로 달려든 그녀는 쾌속하게 검을 내뻗었다.

따앙!

노인은 등 뒤로 검의 방향을 바꿔 뒤에서 찔러 들어오는 매원지의 공격을 무마시켰다.

매원지는 놀랄 틈도 없이 뒤로 몸을 물려야 했다.

빙령전 무인의 목을 노리던 노인은 목표물을 매원지로 바꿨다.

노인은 천천히 다가오는 법이 없었다. 그가 거리를 좁혔을 때, 매원지는 범 한 마리가 달려드는 착각이 들었다.

상대는 장로 두 명을 일수(一手)에 처리한 괴물 같은 자들이다. 그런 사실을 잘 알고 있음에도 불구하고 어쩌자고 뛰어들었던가.

하지만 매원지는 눈앞에서 벌어지는 참사를 가만히 지켜볼 자신이 없었다.

북해빙궁의 장로라는 신분으로 살아오는 동안 내분이 일어났을 땐 빙령전과 유령전 무인들이 모두 싫었지만, 침입자들로부터 당하게 내버려 둘 순 없었다. 그들도 빙궁 무인이기에, 같은 울타리 안에서 살아온 사람들이기에.

쉬이익!

노인이 검을 휘두르는 속도는 너무 빨라 뚜렷한 잔상이 그대로 남았다. 게다가 파공성 역시 공포를 자아내기에 충분했다.

"……!"

매원지의 동공이 팽창되었다.

너무 두려우면 아무런 생각이 나지 않는다는 말은 사실이었다. 여장부로서 비교적 날렵한 몸놀림을 자랑하던 그녀였지만 두 다리가 땅에 붙어버린 듯 움직여 주질 않았다.

그녀는 죽음을 직감했다. 그런데,

까가강!

쇠끼리 부딪치는 거북한 소리가 터져 나왔다.

두 눈을 뜨고 있던 매원지는 자신의 얼굴 앞에서 벌어진 사태를 정녕 믿지 못했다.

언제 다가왔는지 모를 유령전주가 노인의 검을 가까스로 막아내고 있었다.

"오장로님, 어서… 자리를 피하십시오!"

막부동은 힘겨운 목소리로 겨우 말했다.

매원지는 그제야 정신을 차렸다. 그리고 막부동이 한 말이 단순히 몸을 피하라는 말이 아님을 알아차렸다.

노인들의 손에 의해 빙궁 무인들이 모두 당하기 전에 어서 해결책을 궁구하라는 말이었다.

매원지는 무얼 해야 하는지 알았다. 노인에게 죽을 뻔한 충격은 상황을 냉철히 파악하는 법을 알려주었다.

"그럼!"

그녀는 전장에 뛰어들었을 때처럼 재빠르게 자리를 벗어났다.

"이야아압!"

노인과 검을 부딪치며 힘겨루기를 하던 막부동은 온 힘을 짜내어 검을 밀쳤다.

터익―!

노인과 막부동 사이의 거리가 다시 벌어졌다.

"헉! 헉……!"

막부동은 서서히 고갈되어 가는 체력으로 인해 몹시 힘겨워했다. 노인의 내력은 막부동이 상상한 것 그 이상이었다.

힘이라면 누구에게도 지지 않는 막부동이었는데 노인은 땀 한 방울은커녕 힘들어하는 기색도 보이지 않았다.

막부동은 노인의 겨냥 목표가 빙령전 무인에게서 매원지 장로에게로, 다시 이번에는 자신에게로 돌아온 것을 알고는 검을 굳게 쥐었다.

사방에선 끊임없는 비명 소리가 들려오고 있다. 누구의 비명 소리인지는 둘러보지 않아도 알 수 있었다.

유령전이 이렇게 약한 집단이었나?

절대 아니다.

단언하건대 유령전 무인들은 강하다. 어디에 내놔도 손색없는 무인들이다.

그러나 적천회 노인들의 무공은 정말이지 터무니없이 강했다. 유령전 무인들 다섯 명 정도가 합공을 한다면 노인 한 명은 상대할 수는 있을 게다.

하지만 유령전은 합공을 펼치지 못했다.

뿔뿔이 흩어져 있는 것은 물론, 서로가 서로에게 감히 도움을 청하지도 못하는 상황이었다.

막부동으로서는 시금 이 눈앞의 노인과 어떻게 해서든 담판을 지은 후, 유령전 무인들을 한군데로 집합시켜야 한다고 생각했다.

뱀 눈을 가진 노인은 무표정한 얼굴을 한 채 막부동에게 천천히 다가왔다.

'왼발에 체중이 실렸다. 검을 잡은 손가락은 검지, 엄지, 중지…… 빠르면서도 날카로운 경검(輕劍)이군. 왼쪽 아래에서 오른쪽 어깨까지 이어지는 사선. 그것만 피하면 된다!'

막부동은 두 눈에서 불같은 기세를 뿜어냈다.

“탓!”

선제 공격은 막부동 쪽에서 터졌다.

노인은 걸어오던 속도를 늦추지도 높이지도 않았다.

막부동은 허공에 뛰어오름과 동시에 오른쪽으로 길게 몸을 뉘였다.

슈아악!

노인의 검이 움직였다.

역시 예상대로 노인은 쾌검을 사용했다. 왼발을 축 삼아 왼쪽 아래에서 위로 선을 그으며 막부동의 육신을 난자할 듯 무서운 기세로 따라왔다.

허공에 떠 있던 막부동은 두 팔로 땅을 짚고 다리를 힘차게 뻗어 노인의 안면을 가격하려 했다.

하지만 노인의 검이 더욱 빨랐다.

오른쪽 하늘 위로 뻗어 있던 검이 마치 혓바닥이 달린 듯 막부동의 허벅지를 노리며 날아들었다.

슈아악…… 파앙!

막부동은 한 팔로 땅을 지탱하고 다른 한 팔로 빙장을 쏘아 냈다. 허공에 몸을 띄웠을 때, 검은 이미 그의 검집에 들어가 있는 상태였다.

검법과 장법을 동시에 배우는 유령전이었지만, 막부동의 주 무공은 장법이었다.

막부동의 손에서 다시금 하얀 기운들이 어리는 찰나, 노인의 검이 또다시 그의 복부를 노렸다.

쒜에엑—!

이번에 떨쳐진 검은 아까와는 비교도 할 수 없을 정도로 날카로웠다.

'위험!'

막부동은 발로 땅을 디딜 새도 없이 바닥을 향해 몸을 굴렸다.

형편없이 나뒹군 자세에서도 빙장은 정확히 노인을 향해 쏘아냈다.

그러나 빙장은 애꿎은 허공을 베어냈다.

노인의 움직임은 검법만큼이나 빨랐다.

'도대체 이런 자들이 어디서!'

막부동의 머릿속에는 위험을 알리는 경송이 마구 울려냈다.

이들의 무공이라면 일파의 장문인과도 버금간다. 적천회라는 이름은 결코 허명이 아니었다.

월영문이라는 베일에 가려져 숨어 지낸 나날 동안 적천회 무인들은 수련을 게을리하지 않았다.

개개인이 밤낮을 가리지 않고 자신의 진신무공만을 파고들었으며, 나이와 세월로 보면 무공을 극성까지 연마했을 가능성이 컸다.

그리고 그런 위험한 무공의 시험 대상이 빙령전과 유령전 무인들에게 향한 것은 물론.

노인과의 거리가 벌어진 틈을 타 곁눈질로 장내를 돌아본 막부동은 경악했다.

이곳에 모인 빙궁 무인들의 숫자는 얼핏 잡아도 천여 명이 훌쩍 넘었다. 그런 가운데도 가장 눈에 띄는 사람들은 역시 적천회 인물들이었다.

어제까지 형제였고 동료였으며, 수하이자 가족이었던 빙궁 무인들은 차디찬 바닥에 드러누웠다.

그들에게서 흐르는 피가 바닥을 적셨다. 짙은 피 냄새는 후각을 강하게 자극했다.

"감히… 북해빙궁을……!"

막부동의 몸에서 스멀스멀 살기가 피어올랐다. 몸속에서 흐르는 뜨거운 피는 그를 더 이상 참을 수 없는 지경에까지 올려놓았다.

"하앗!"

화가 머리끝까지 오른 막부동은 노인을 향해 다시 달려들었다.

위험하다는 것을 알고 있다. 어쩌면 막부동 자신도 이곳이 마지막이 될지도 모른다.

그러나 빙궁만은… 그토록 자부하던 빙궁을 고작 열 명도 되지 않는 외지인들에게 내어줄 수는 없는 노릇이었다.

타당! 탕! 탕!

　노인은 여지없이 검으로 빙장을 걷어냈다. 여유로운 얼굴을 유지하고 있던 노인의 굵은 백미(白眉)가 움직인 것도 그때였다.

　막부통은 미친 사람처럼 움직였다. 굶주린 늑대가 먹잇감을 노리고 달려드는 것처럼 노인을 향해 맹공격을 펼쳤다.

　그의 머릿속은 백지장처럼 하얗게 변했다.

　단여랑에 대한 생각도, 쓰러져 가는 무인들에 대한 생각도… 아무것도 떠오르지 않았다. 오로지 노인을 죽이겠다는 일념 하나가 막부동을 움직이게 했다.

　퍼엉―!

　"큭!"

　적당한 일격이었을까.

　노인의 입에서 단말마가 튀어나왔다. 아무렇게나 떨친 막부동의 빙장에 가슴께를 맞은 노인은 입가에 가느다란 피를 흘려냈다.

　"제법이군."

　갈가마귀 수십 마리가 울어대는 역겨운 음성이 노인의 입술을 비집고 흘러나왔다.

　노인은 정통으로 맞은 빙장에 타격을 입었는지 잠시 주춤하더니 이내 몸을 추스르며 검을 바로 잡았다.

　'이럴… 수가……!'

　막부동의 안색이 파리해졌다.

여태껏 자신의 빙장을 맞고도 멀쩡한 사람은 없었다. 죽지는 않더라도 몇 달 동안 일어서지 못할 만큼 상대에게 강한 타격을 주는 빙장이었다.

적천회 노인들의 내공이 얼마나 심후한 것인지 다시 한 번 깨달았다. 그렇게 싸웠다면 최소한 내공이 고갈되는 기미라도 보여야 당연한 것이 아닌가.

자신을 비웃으며 점점 다가오고 있는 뱀 눈의 노인.

막부동은 전의를 상실했다. 무인의 삶에 대한 회의마저 들었다. 그만큼 노인은 그가 범접하지 못할 정도로 큰 위험 대상이었다.

막부동이 불안한 눈으로 노인을 바라보고 있는 순간, 누군가가 그의 어깨를 가볍게 밀쳤다.

그의 고개가 섬전처럼 빠르게 돌아갔다.

"……!"

"천하의 유령전주가 여기서 죽을 수야 없지 않은가."

"귀령전주……!"

"우리의 은원은 나중으로 미루고 지금은 함께할 때인 것 같네. 침입자 하나 막아내지 못하는 빙궁도로 전락하지 않으려면."

유사야는 막부동의 어깨를 두어 번 툭툭, 건드리며 말했다.

第七章
만남, 그리고 헤어짐

1

적전회주와 마주 선 난여랑의 몸은 사느나랗게 떨리고 있었다. 저도 모르게 마른침이 목구멍을 타고 넘어갔다.

가까이서 본 적천회주는 단여랑에게 있어 거대한 산이었다. 감히 넘어설 엄두조차 나지 않는 거대한 산.

"적천회는 한 번도 패한 적이 없는 자들이지. 아니군. 한 번씩은 패한 경험을 가지고 있군."

적천회주가 말했다.

적천회 노인들은 그의 말대로 무적의 무인들이었다. 목숨이 경각에 달할 때까지도 싸우는 자들이다. 그리곤 반드시 이긴다.

약한 무인이라도 목숨을 걸고 달려드는 이들은 상대하기 힘들다. 오히려 상대방을 기가 질리게 만든다.

목숨을 도외시했을 경우에나 가능한 이야기이다. 그들이 추구하는 진정한 무인은 죽을 때 죽더라도 최선을 다해 싸우는 것.

인의나 질서보다 힘과 권력을 앞세우는 사도 무인들의 특징이다.

그런 적천회 모두가 단 한 번의 패배 경험을 갖고 있다. 패배는 곧 굴복과도 직통된다. 그들은 자발적으로 자신들을 이긴 자의 수하가 되었다.

적천회주. 그가 바로 적천회 무인들을 패하게 만든 장본인이다.

"안타깝군. 마지막 가는 길에 두 번째 패배를 안고 가게 하다니."

적천회주는 단여랑의 곁을 스쳐 지나갔다. 그는 방금까지 단여랑과 일전을 버린 적천회 노인에게로 다가갔다.

노인의 숨은 이미 끊어진 상태로, 부릅뜬 두 눈은 아직도 자신의 죽음을 믿지 못하는 것 같았다.

손으로 노인의 눈꺼풀을 쓰다듬어 눈을 감겨준 적천회주는 노인의 몸으로 손을 가져갔다.

"……."

아무런 말도 할 수 없었다.

노인은 차가웠다. 마치 커다란 얼음 조각을 만지는 것 같은 기분이 들었다. 가만히 보니 노인의 몸에서는 눈에 보일 듯 말 듯한 차가운 연기까지 피어올랐다.

"이것이 빙백신공……."

적천회주는 나직하게 읊조렸다.

지기인 단학설에게서조차도 보지 못했던 무공이다. 단학설도 익히긴 했지만 그가 빙백신공을 펼치는 모습을 직접 목격한 적은 없었다.

오래전 적천회주와 단학설이 작은 비무를 펼쳤을 땐, 단학설의 무공은 단순한 빙공에 지나지 않았다.

"싸움은 피할 수 없는 것. 긴말은 필요없소. 싸우고자 하는데 긴말이 왜 필요한가."

"보기보다 냉정하군."

"외모 탓이라 생각하시오."

적천회주는 작게 웃었다.

노인과 일전을 벌인 단여랑의 무공 실력은 아주 흡족했다. 그냥 두고 떠나도 걱정되지 않을 만큼.

처음엔 단여랑이 적천회주의 얼굴을 피했지만, 지금은 오히려 적천회주가 피하고 있었다.

적천회주는 될 수 있으면 단여랑과 눈을 마주치고 싶지 않았다. 자신이 외조부라는 사실을 말하게 될지도 모르는 우려 때문이었다.

단여랑은 탐이 나는 아이였다.

특별한 재능을 부여받은 아이는 아니다. 그렇다고 노력을 거듭하여 만들어진 무인도 아니었다. 어찌 보면 지극히 평범하고 보통 청년들과 다를 바 없는 그런 아이.

하지만 단여랑에게서는 알 수 없는 묘한 매력이 느껴졌다.

사람의 시선을 단번에 잡아끄는 외모도 한몫을 하고 있지만 무슨 생각을 하는지 모를 모호한 눈빛, 장난스럽게만 보이는 눈동자는 강한 승부욕을 교묘하게 감추고 있었다.

'싸워보고 싶어 하는군. 이기고자 하고 있어. 승부 근성은 좋지만 그게 오히려 독이 될지도 모르는 일.'

적천회주는 갈등했다.

직접 겪어봐야 자세히 알겠지만 단여랑의 무공은 아직 한참 더 성장해야 하는 단계이다. 그러나 단여랑은 모르고 있는 듯했다.

만약 단여랑에게 승리를 주자니 괜한 자만심에 휩싸일 것 같고, 패배를 주자니 무인이 되고자 하는 의지를 상실할 것만 같았다.

천외천(天外天). 하늘 밖에 하늘이 있는 법이거늘.

뛰는 놈이 있다면 반드시 나는 놈도 있다.

자신의 무공이 제일이라고 여기다간 험한 무림에서 어떠한 일을 당할지 모른다.

적천회주는 그런 마음을 항상 잊지 않았다. 무림엔 기인이 사가 많은 곳. 자신보다 월등히 뛰어난 무인이 어디에 숨어 있을지 모르는 일이었다.

그 점에서 단여랑은 아직은 많이 보고 배워야 할 나이였다.

적천회주는 드디어 결심을 굳힌 듯 말문을 열었다.

"이렇게 하면 어떻겠나?"

"협상 따위는 하지 않소."

"후후후! 협상이라니, 당치도 않은 소리. 조건을 걸도록 하지. 세 번. 단 세 번을 공격하겠네. 만약 자네가 삼 초를 견딘다면 내 두말 않고 물러서겠네. 세상에서 모습을 완전히 감추고 영영 나오지 않겠다는 말이지."

"만약 견디지 못할 시엔?"

"죽음밖에 더 있겠는가?"

단여랑의 눈이 반짝였다. 반대로 석천회주의 눈은 사늘어졌다.

적천회주는 단여랑에게서 적천회 노인들에게서나 볼 수 있는 기질을 엿보았다. 죽음을 두려워하지 않는 강한 자신감.

죽음을 아예 모르고 있거나, 아니면 죽음의 문턱까지 다녀온 자만이 표현할 수 있는 자신감이었다.

"응하겠는가?"

단여랑은 두 손을 편안히 아래로 내렸다. 대답은 그것으로 족했다.

적천회주는 살짝 웃어 보였다.

단여랑에게 반격의 기회란 없다. 적천회주가 삼 초를 받아 내겠냐고 제안을 했고, 그는 받아들였다.

단여랑은 탁월한 선택을 했다. 만약 제안에 응하지 않고 맞불길 원했다면, 승산은 적천회주에게로 돌아갈 것이다.

투지를 불태우고 있지만 단여랑도 그 사실을 인정하고 있는 듯했다.

"검을 들지."

적천회주의 말에 단여랑은 잠시 인상을 찌푸렸다. 하지만 이내 빙옥검을 들어 올렸다.

"그럼."

보법을 밟을 필요는 없었다.

아무런 무기도 지니지 않은 적천회주는 양팔을 하늘로 서서히 들어 올렸다. 바람도 없는 날씨였지만 그의 소매는 강풍이라도 만난 듯 미친 듯이 펄럭였다.

'눈이 올 것 같군.'

단여랑은 살짝 고개를 들어 하늘을 바라봤다.

회색빛 하늘은 금방이라도 눈을 퍼부을 듯 어둑어둑했다. 만약 눈이 온다면 사 년 만에 북해도에서 맞는 첫눈이 될 것이다.

촤아아악!

거센 기운이 단여랑을 향해 돌진했다.

단여랑은 깜짝 놀라 적천회주를 바라봤다. 하나 적천회주는 그 자리에 없었다.

정면에서 불어오고 있는 바람. 순간, 단여랑은 짙은 살기가 온몸을 옥죄어오는 느낌을 받았다.

손에 들린 빙옥검이 자동적으로 반응했다.

오직 엄지와 검지만으로 검병을 잡은 단여랑의 팔은 기이한 각도로 움직이며 바람과 맞부딪쳐 나갔다.

쉭! 쉭! 쉭!

적천회 노인에게서나 볼 수 있는 쾌속한 빠르기. 하지만 진기가 가득 담긴 빙폭섬의 위력은 적천회주를 훨씬 능가했다.

뚜렷한 잔영을 남기며 수백 개로 불어난 빙옥검. 마주 오는 바람을 산산조각이라도 내겠다는 듯 강맹한 방어를 펼쳤다.

파바박─!

"음!"

단여랑은 자신도 모르게 신음을 흘렸다.

살기 담긴 바람의 진로를 방해하는 데는 성공했다. 그러나 갈라진 바람은 그의 얼굴에 훑으며 긴 상처를 냈다.

촤르르륵!

단여랑의 신형은 바람에 의해 뒤로 삼 장이나 밀려 나갔다.

가슴을 조여오는 압박감.

단여랑은 처음으로 죽음에 대한 공포를 느꼈다. 육신은 곧 나락으로 떨어질 듯 지쳐 갔다.

적천회주와 제대로 손을 섞지도 않았는데 이 정도라면…….

고개를 든 단여랑의 눈에 적천회주의 모습이 뚜렷이 보이기 시작했다. 그는 처음처럼 그 자리에 서 있었다. 단여랑이 단순히 환영을 본 것은 아니었다. 적천회주는 분명 귀신처럼 홀연히 사라졌다가 다시 나타났다.

적천회주는 가타부타 아무런 말도 없이 두 번째 공격을 펼치기 시작했다.

우우웅—!

천지를 뒤흔드는 엄청난 파공음이 해성폭 주위를 뒤덮었다.

적천회주는 두 손을 맞대고 팔을 하늘로 들어 올렸다.

'저건……!'

단여랑의 두 눈이 부릅뜨였다.

비록 무기는 지니지 않았지만 단여랑은 적천회주가 무슨 무공을 펼치려 하는지 알고 있었다.

그것은… 단여랑도 익히 알고 있는 무공이었다.

'빙천하!'

얼음으로 세상을 지배한다.

적천회주가 북해빙궁의 무공을 익혔던가? 아니다. 적천회주는 분명 중원 사람이다. 하지만 그가 펼치려 하는 무공은!

'마음이 흔들리고 있다. 마음을 다스려야 해. 무념, 잡념을 버리고. 무초, 초식에 얽매이지 말자.'

단여랑은 두 눈을 감았다.

눈을 감으니 눈을 떴을 때 보이지 않던 세상이 보였다. 아니, 귀와 피부로 느낄 수가 있었다.

옷깃이 스치는 소리, 자신의 거친 숨소리, 그리고 살갗에 닿는 차가운 감촉들.

하늘은 기어이 흰 눈을 퍼붓기 시작했다.

단여랑은 진기를 끌어올렸다.

빙백신공을 익히고 나선 진기는 그의 의념에 따라 저절로 순환했다. 굳이 끌어올리려 노력하지 않아도 항상 몸 안에 진기가 돌고 있었다.

그러나 지금은 자연스럽게 휘돌고 있는 진기에만 의존하면 안 된다는 생각이 머릿속을 가득 메웠다.

빙옥검을 하늘 높이 들어 올렸다.

느낄 수 있다, 적천회주가 가공할 기운을 담아 팔을 뻗는 것을. 그리고 아까와 맞먹는 기운들이 단여랑의 몸을 덮쳐 오고 있다는 것을.

'태산압정은 태산을 반으로 쪼갤 정도의 위력을 담아 하늘에서부터 수직으로 떨어져 내리는 무공을 말한다. 그런 무공은 거력만 지니고 있다면 삼류 무인이라도 펼칠 수 있다. 하지만 빙천하는 다르다. 왜 빙천하라 불리겠는가. 오로지 북해빙궁 무인만이 펼칠 수 있는 무공이기 때문이다. 얼음을 사용하는 무공……. 어찌 감히 태산압정과 비교할 수 있겠는가.'

단여랑은 한순간도 자신이 북해빙궁 무인이라는 것을 잊은 적이 없었다. 아니, 자신이 빙공을 펼치는 것을 너무 당연하게 여겼다.

어려서부터 배운 무공은 빙공뿐이다.

적천회주가 펼치는 것은 빙천하와 비슷할 뿐, 실상은 태산압정과 다르지 않다.

단여랑은 빙천하로 얼음을 만들어낼 수 있지만 적천회주는 고작해야 짙은 살기뿐이다.

'확연히 다르다는 것을 알려주어야 한다!'

잊고 있던 의념이 되살아났다. 동시에 하늘 높이 들려 있던 빙옥검이 시퍼런 기운을 머금은 채 바닥으로 떨어져 내리기 시작했다.

적천회주가 쏘아낸 붉은 기운과 단여랑이 내뿜은 하얀 기운은 그들의 중간 지점에서 큰 소리와 함께 충돌했다.

콰아아앙!

엄청난 폭음이 터져 나왔다.

단여랑은 끝까지 눈을 뜨지 않았다. 중간에서 부딪친 기운들은 고스란히 피부에 와 닿았다. 기운의 여파는 단여랑에게 생생하게 전달되었다.

'크윽!'

단여랑은 하마터면 볼품없이 바닥에 주저앉을 뻔했다. 아니, 솔직한 심정으론 그냥 드러눕고 싶었다.

“으음……!”

빙옥검을 잡은 손이 자르르 울렸다. 온몸에서 기운들이 썰물처럼 빠져나가는 것 같았다.

지금까지 많은 무인들과 부딪쳤지만 적천회주처럼 강한 사람은 난생처음이었다.

“쿨럭!”

한 사발의 피가 입 밖으로 튀어나왔다. 입 안에서는 역겨운 피비린내가 진동했다.

다리가 후들후들 떨렸고, 검을 던져 버리고 싶은 욕구를 간신히 짓눌렀다.

단여랑은 결국 빙옥검을 바닥에 꽂아 몸을 지탱했다. 그렇지 않으면 쓰러질 것만 같았기 때문이다.

“…….”

사위는 적막에 휩싸였다.

단여랑은 천천히 눈을 떴다.

‘독한 녀석.’

적천회주의 두 눈에 이채가 떠올랐다 금세 사라졌다. 혼신의 힘을 다한 일격은 아니었으나 몸이 피곤해질 만큼 진기를 쏟아 부었다. 등 뒤에서 보이지 않는 땀이 흘러내렸다.

단여랑에게 무언가를 기대한 것은 아니었다.

자신의 공격을 받아내지 못해 쓰러진다면 그것도 다 제 운명. 손자이기는 하나 무인 대 무인으로 대하는 적천회주는 엄격한 사람이었다.

단여랑은 금방이라도 쓰러질 것만 같았다. 투지가 가득하던 눈빛은 점점 퇴색되어 가고 있었다.

'단학설……!'

적천회주는 단여랑에게서 지기인 단학설의 모습을 보았다.

빙백신공은 당해낼 자가 없는 최고의 무공이다. 동시에 시전하는 자의 육신을 갉아먹는 저주받은 무공이다.

단여랑이 제 몫을 충분히 발휘하고 있던 것일까? 적천회주가 볼 때는 아니었다. 단여랑 역시 단학설과 마찬가지로 점점 죽어가고 있었다.

잠깐이었지만 적천회주의 눈에 슬픔이 비쳤다.

'몸이 얼어가고 있어. 소생시켜야만 한다. 방법이……?'

삼 초를 받아내기에는 무리가 따랐다. 한 번만 더 공격을 퍼붓는다면 단여랑은 죽을 것이 자명하다.

적천회주는 문득 무언가가 생각난 듯 자신의 손바닥을 들여다보았다.

'그것이… 가능할까?'

붉은 기운이 맴도는 적천회주의 손. 태양신공을 익힌 염양제와 비슷한 증상이었다. 그러나 엄연히 다르다.

태양신공은 사람을 불덩어리로 만드는 무공이지만, 적천
회주의 무공은 내부와 외부의 진기의 융합. 자연에 바탕을 둔
무공이었다. 물론 무공을 익히게 된 동기가 순수하지 못해 사
도 무인으로 낙인찍힌 것이지만.

내력으로 따지자면 중원에서 열 손가락 안에 꼽힐 수 있는
사람이 적천회주였다.

‘명문혈에 닿기만 하면 되는데… 잘못하면 즉사. 잘하
면……’

적천회주는 단여랑을 지그시 응시했다.

가만히 내버려 두면 단여랑은 죽는다. 그렇다고 그냥 두고
볼 수만도 없는 노릇이다.

하지 않고 후회하느니, 하고 후회하는 편이 더 나았다.

‘나머지는 네 운에 맡긴다. 너에게 줄 수 있는 내 마지막
선물.’

굳은 결심을 한 적천회주는 단여랑을 향해 뚜벅뚜벅 걸어
갔다.

단여랑의 눈과 적천회주의 눈이 허공에서 부딪쳤다. 단여
랑은 검에 지탱한 몸을 똑바로 일으키려 애썼다.

“죽일 작정인가?”

“이미 승패가 결정지어졌으니.”

“후후! 좋아, 인정하지. 적천회주, 당신이 이겼어.”

단여랑 특유의 반말이 툭하고 튀어나오기 시작했다.

'십 년, 아니, 오 년 후라면 단여랑, 네 녀석은 날 충분히 뛰어넘을 수 있다.'

"내 마지막 장소가 해성폭이라니…… 퉤!"

단여랑은 피 섞인 침을 바닥에 뱉었다. 하늘에서 내리는 눈이 핏물을 조용히 덮어주었다.

"죽을 때 죽더라도 이 말은 꼭 해야겠어. 기억해 두는 게 좋을 거야. 북해빙궁은 당신이 생각하는 것처럼 나약한 세력이 아니라는 것. 언젠가는 반드시 피눈물을 흘리는 날이 올 거야."

'피눈물은… 지금도 흐르고 있다.'

적천회주는 저주가 담긴 단여랑의 말을 들을 때마다 가슴이 아파왔다.

붉게 충혈된 단여랑의 눈동자가 적천회주를 죽일 듯이 노려보고 있었다.

적천회주는 오른손에 진기를 주입했다.

단여랑의 목숨이 끝나게 될지도 모를 단 한 번의 손속.

'이것만이 너를 살리는 길.'

"잘 가게."

적천회주는 왼손으로 단여랑의 몸을 돌렸다. 그리곤 강한 힘을 실은 오른손으로 단여랑이 명문혈을 강타했다.

뻐억!

"크아악!"

뼈가 으스러질 정도의 위력에 단여랑은 발작을 일으키며 비명을 토해냈다.

적천회주는 마구 움직이는 단여랑의 몸을 부여잡고 오른손으로 계속 명문혈을 짓눌렀다.

숨도 쉬지 못한 채 단여랑은 몇 번이나 몸을 부르르 떨더니 이내 축 늘어졌다.

적천회주는 그제야 단여랑의 등에서 손을 떼고 조용히 일어섰다.

"무운을 빈다."

외조부가 되어 손자에게 할 수 있는 마지막 말이었다.

단여랑은 잠시 정신을 잃었다.

눈앞이 감감했나. 엄청난 고동이 전신에 엄습했다.

몸은 불구덩이에 빠진 듯했다. 홍자경의 태음양화를 익혔을 때완 비교도 할 수 없을 정도로 뜨거웠다. 뜨거웠…… 가만, 뜨거움을 느낄 수 있었단 말인가?

'이것이 지옥!'

자신은 죽었다. 죽었기에 고통을 느낄 수 있고, 뜨거움도 느낄 수 있는 것이다.

맨발로, 맨몸으로 지옥의 불구덩이를 걷는 기분이 바로 이러한 것일까.

'죽어서도 고생길이 훤히 열리는군.'

삶에 대한 미련은 없다.

예전 북해에서 빠져나오고 싶어 천설봉 절벽에서 뛰어내릴 당시에만 해도 살고 싶은 욕구가 치밀었다. 중원에서 진기를 잃었을 때도 어떻게 해서든 다시 진기를 얻어야겠다는 생각뿐이었다.

하지만 지금은 너무도 홀가분했다.

내분에 휩싸인 북해빙궁을 걱정하지 않아도 된다. 두 번 다시 마주하기 싫은 능가연과 야현을 보지 않아도 된다. 타락해 버린 북해빙궁을 다시 일으켜야 하는 부담감도 덜어서 다행이다.

그런데… 왜 이렇게 마음이 쓰라린 것인가.

홀가분하다는 기분은 단지 자기 자신을 위로하는 것에 지나지 않았다.

'나는 조금 더 솔직해질 필요가 있는데…….'

단여랑은 삶에 대한 미련이 없다고 한 말을 취소해야 했다.

인간인 이상 죽음 앞에서 삶에 미련이 없는 사람이 어디 있겠는가. 단여랑도 한 사람의 인간인 것을.

'아까워. 난 그동안 무얼 하고 살아온 것이지?

세상에 홀로 남겨진 그에게 유일한 즐거움은 무공이었다. 성격이 모났다고 주위에서 손가락질을 해도 무공만 있으면 괜찮았다.

노력하는 만큼 무공의 깊이도 깊어지고, 무엇보다 중요한 것은 무공이라는 것은 절대 배신하는 일이 없을 테니까.

그리고 빙백신공을 얻었다.

북해무인들이라면 누구나 한 번쯤 염원하는 꿈의 무공. 단여랑은 너무도 쉽게 얻고 말았다.

지금의 고통은 그것에 대한 벌이란 말인가.

몸의 기운을 자유자재로 조절해 주는 태음양화이지만 빙백신공에 비할 바는 아니었다.

북해빙왕이 얼어 죽었다는 것도, 조부도 그와 다를 바 없는 증상이라는 것을 알게 된 이후 단여랑의 마음속에는 불안함이 조금씩 싹터왔다.

빙백신공만 있으면 천하를 호령하게 될 줄 알았는데… 그래서 북해 무인들을 다스리게 될 줄 알았는데…….

단여랑은 정말 세상을 몰랐다. 그렇게 사신하던 빙백신공이 적천회주에게 아무것도 아니었다는 것은 큰 충격이었다.

무공의 길은 험난하고 아직도 가야 할 길이 멀었는데, 자신이 북해빙궁주가 될 자격이나 있었던가.

차라리 죽음이 편했다. 어차피 얼어 죽어 목내이(木乃伊:미이라)가 될 바엔 무인답게 싸워 미리 죽음을 맞이하는 편도 좋으리라.

그런데… 그런데 왜 자꾸 눈물이 나려는 것인지…….

가슴은 울고 있었다.

'사내는 울면 안 되는데…….'

기어이 눈물은 단여랑의 두 뺨을 타고 흘러내렸다. 흘러내린 눈물이 볼에 닿자 얼굴이 시릴 정도로 차가웠다.

'……!'

순간, 단여랑은 뒷목이 뻣뻣해질 정도로 오싹한 느낌이 들었다.

지옥의 불구덩이 속을 걸어가게 되는데 차가운 느낌은 도대체 어디에서 나타난 것인가. 생각도 잠시, 단여랑의 얼굴에 무언가가 떨어져 내렸다. 작고, 가볍고, 차가운…….

'눈!'

눈이었다.

'죽지 않았어!'

단여랑의 심장이 쿵쿵 뛰었다.

잠들어 있던 진기가 용솟음치듯 백회혈을 향해 치달리기 시작했다.

'이게 어떻게 된……?'

이제야 기억이 날 것도 같다. 단여랑이 정신을 잃기 직전, 적천회주는 그의 몸을 세게 돌렸다. 그리고 명문혈을 가격했다.

명문혈이라면… 즉사 또는 치명상을 줄 수 있는 혈도다. 하지만 반대로 사람을 살릴 수도 있다. 그런 경우는 딱 하나다. 명문혈에 진기를 주입시켰을 때.

'맙소사! 적천회주는 도대체……!'

단여랑은 마음을 편안히 가졌다.

적천회주가 무슨 생각으로 자신을 이렇게 만들었는지는 의문이 남아 있지만 일단은 몸을 먼저 회복해야 할 것 같았다.

이상했다. 적천회주의 진기가 단여랑이 몸속에 들어오자마자 빙백신공의 기운에 눌려 잠들어 있던 태음양화가 꿈틀대기 시작했다.

'아!'

단여랑은 놀라워하며 진기의 운용을 거듭했다.

천천히… 아주 천천히 일 주천을 마친 그는 고르게 숨을 내쉬며 편안히 몸을 뉘였다.

정말 죽는 줄로만 알았다. 숨이 막히고 눈앞이 캄캄해졌을 땐 더더욱. 죽어도 미련이 없을 줄 알았는데…….

하지만 단여랑은 오래 쉬시 못했다.

짝! 짝!

누군가가 단여랑의 뺨을 거세게 후려쳤다.

"야, 이 새끼! 제 수하들은 목숨 걸고 싸우고 있는데 여기서 잠이나 퍼자고 있어? 빨리 일어나, 새끼야!"

사공필의 목소리였다.

몽롱함에 휩싸여 있던 단여랑은 그제야 정신을 차릴 수 있었다.

2

장내는 처참했다.

수십 명에 달하는 빙궁 무인들이 차가운 설원에 몸을 뉘였고, 살아남은 무인들 중에도 멀쩡한 사람은 별로 찾아볼 수가 없었다.

막부동은 이를 악물고 장내를 둘러보았다.

방금 전까지만 해도 소란스럽던 장내는 순식간에 정적에 휩싸였다. 찬물을 끼얹은 듯 싸우는 소리가 멎고, 대신 여기저기서 고통에 신음하는 소리만이 들렸다.

빙령전, 유령전 무인들을 가리지 않고 무참히 도륙하던 적천회 노인들이 몸을 빼냄과 동시였다.

막부동과 유사야는 노인 한 명을 상대로 고전을 면치 못했다. 그렇게 힘든 싸움의 끝이 보이려는 순간, 노인은 홀연히 사라졌다.

잡으려 했지만 그들의 경공은 무위만큼이나 놀라웠다.

뛰어봤자 일호 안에선 독 안에 든 쥐. 그들을 추적하려는 막부동을 잡은 사람은 유사야였다.

유사야는 더 이상의 피해가 없길 바랐다. 그는 노인들로 하여금 부상당한 이들을 돌보는 것을 택했다.

적천회 노인들은 왜 갑자기 사라진 것인가.

"고작 노인들을 상대로 이렇게 당하다니……!"

막부동은 꽉 쥔 주먹을 부르르 떨었다.

"이 정도도 다행으로 여겨야지. 만약 유령전이나 빙령전 무인들이 미리 대비를 했다면 상황은 역전되었을 것이네. 하지만 이번만큼은 호흡이 맞지 않았어."

유사야의 말이 맞았다.

뒤늦게 전장에 합류한 귀령전 무인들은 그나마 피해가 가장 적었다. 그들은 제대로 된 진을 형성하며 노인들과 상대했다.

"왜 절 도와준 것입니까?"

막부동은 무뚝뚝한 어조로 유사야에게 물었다.

"북해빙궁 사람이니까."

"흥! 난 호첨산에서 있던 일을 잊지 못하고 있습니다만."

"그 일은 유감이네. 내 수하가 잘못한 일이니 내가 대신 자네에게 용서를 구하노록 하시."

예전과는 다른 유사야의 모습에 막부동은 의아함을 느꼈다. 그는 날카롭고 신경질적인 사람이었지 이렇게 부드러운 사람은 아니었다.

그동안 유사야도 고생이 많았다.

단태붕에게 휘둘리고, 능가연에게 휘둘리고… 이제는 의지하고 설 자리가 없게 된 그였다.

"전 용서하고 싶은 마음이 없습니다."

"…그렇다면 할 수 없는 일이고."

막부동은 부상자들을 돌보고 있는 유사야를 물끄러미 내

려다보았다. 그리곤 짜증이 확 치밀었다.

그토록 당당하고 자부심을 잃지 않던 귀령전주의 어깨가 너무도 작아 보였기 때문이다.

"제길!"

막부동은 저도 모르게 욕설을 내뱉었다.

"허허! 셋째 소궁주를 모신 게 오래되다 보니 말투까지 비슷해지는군."

"제게 용서를 받고 싶으면 다시 정식으로 도전하십시오. 축 처진 어깨를 한 무인에게 이겼다는 소리는 듣고 싶지 않으니까."

유사야가 고개를 들어 막부동을 바라봤다.

처음부터 같은 북해빙궁의 일원이었으면서……. 서로 모시는 소궁주가 달라 애매한 관계까지 갔던 두 사람이었다. 지금은 다시 같은 전주의 사이로 되돌아왔다. 아직도 약간은 어색한 관계이긴 하지만.

"빙령전주가 적천회에 붙었다는 사실을 알고 있었습니까?"

유사야는 고개를 저었다.

"아마도 적천회주는 빙백신공을 무기로 빙령전주를 꾀었을 것 같네."

"그 사람 그렇게 보지 않았는데……."

"적천회가 왜 갑자기 사라졌는지는 알 수 없지만, 한 가지는 확신할 수 있을 것 같군."

"……?"

"그들이 빙령전주를 데리고 가진 않았을 거란걸."

"후후후!"

막부동은 잘게 웃었다.

"빙령전주를 용서하실 생각이십니까?"

유사야는 몸을 일으켰다. 그는 막부동과 눈높이를 맞추며 얼굴에 미소를 띠었다.

"아니, 절대로."

'이럴 수가!'

뒤늦게 나온 이광은 경악을 금치 못했다.

적천회 노인들에게 무릎까지 꿇어가며 부탁을 했건만, 그들은 이광의 빙령전 무인들까지도 공격 대상에 포함시켰다.

그것까지는 눈감아줄 수 있다. 하지만 어느 한순간 허공으로 증발이라도 해버린 듯 사라져 버린 노인들.

장내엔 북해빙궁 무인들만이 남았다.

이광은 자신의 집무실로 부리나케 뛰었다. 혹시나 적천회가 집무실로 되돌아간 것은 아닐까 해서.

쾅!

부서질 듯 열린 집무실은 공허했다.

그리고 이광의 가슴도 싸늘해졌다.

"이, 이런! 말도 안 되는… 이런!"

노인들은 떠났다. 믿을 수 없는 사실이었지만 직감이 그렇게 말해주고 있었다.

빙백신공을 미끼로 자신들의 수하가 되어달라고 했던 적천회였는데… 그래서 배신도 감수하며 북해도까지 데리고 들어왔는데…….

그들은 떠났다.

그리고 대놓고 빙궁에 등을 돌린 이광만이 남았다. 이제 앞으로 어떻게 해야만 하는가.

북해도를 탈출하는 것만이 그가 살 수 있는 유일한 길이었다. 하지만 무슨 수로 북해도를 탈출할 수 있단 말인가.

이광은 재빨리 집무실 입구로 다가가 문을 굳게 걸어 잠갔다.

머리를 굴려야 했다.

무사히 북해도를 빠져나간다는 것은 불가능한 일이다. 이렇게 된 이상 정말 미친 척이라도 해야 할 것 같았다.

'혼자서라도 할 수 있다. 여태까지 빙령전도 혼자의 힘으로 잘 이끌어왔잖아? 그래, 단여랑. 단여랑에게서 빙백신공을 얻어야 해. 아니야. 불가능해. 단여랑은 협박한다고 해서 빙백신공을 내놓을 녀석이 아니지. 그렇다면…….'

이광의 생각은 이상한 쪽으로 기울고 있었다.

'그래, 나 혼자 죽을 순 없어. 단여랑을 죽이자. 북해빙궁

의 대를 끊어놓는 거야. 빙백신공은 그 누구도 갖지 못하게!'

"호호호호!"

이광은 마치 광기에 사로잡힌 사람처럼 눈을 빛내며 웃었다.

단여랑은 사공필을 간신히 떼어놓았다.

사공필에게 내원에서 있었던 이야기를 대충 들었다.

명을 거역하고 북해도로 올라온 유령전과 아홉 개 도의 무인들. 빙령전, 파동각과의 싸움. 적천회 노인들에게 도륙당한 일들.

생각만 해도 마음이 착잡해졌다.

싸움은 적천회 노인들이 갑자기 사라짐과 동시에 끝을 맺었다. 적천회주가 단여랑의 명문혈에 진기를 넣었을 때와 같은 시각이었다.

단여랑은 직감으로 그들이 떠났다는 것을 알 수 있었다.

적천회주는 약속을 지키지 않았다. 삼 초를 받아내면 미련 없이 북해를 떠나겠다고 했다. 받아내지 못하면 단여랑을 죽이고 북해빙궁을 점령하겠다고 했다.

하나 단여랑은 이 초밖에 받아내지 못했다. 만약 적천회주가 삼 초를 전개했다면 단여랑은 정말 죽은 목숨이 되었을 게다.

하지만 왜?

아무리 생각해도 의문만이 남았다.

적천회주는 처음부터 단여랑을 죽일 생각이 없었다. 게다가 명문혈을 통해 자신의 진기를 넣어준 것은 어떻게 설명해야 좋을까.

단여랑은 내원으로 향하지 않았다.

그의 발길이 닿는 곳은 중앙각과 연결된 밀실이었다.

품 안에서 밀당부주가 쥐어준 종이를 꺼내 펼쳤다. 종이에는 북해빙왕의 무덤까지 들어갈 수 있는 길이 상세하게 그려져 있었다.

지하의 밀실로 통하는 좁은 길을 걸으면서 단여랑은 심한 현기증을 느꼈다.

몸은 변화했다. 외향은 아직도 그대로였지만 내부는 확실히 달라졌다.

전 같으면 느끼지도 못했을 후덥지근한 공기가 그의 이마에 땀방울을 만들어냈다. 그리고 적천회주의 공격에 긁힌 얼굴의 상처가 쿡쿡 쑤셔왔다.

내력의 소모로 피곤한 몸을 간신히 지탱하며 단여랑은 부지런히 발걸음을 놀렸다.

반 시진 정도가 지났을 무렵, 단여랑은 어두운 통로 끝에서 밝은 빛을 볼 수가 있었다.

단여랑은 그 빛을 따라 천천히 걸어 들어갔다.

휘이잉―!

시원한 바람이 이마를 훑으며 땀방울들을 씻어주었다.

넓은 공터. 단여랑은 처음 보리마군을 만났을 때의 녹수곡이 떠올랐다.

북해빙궁에는 아마도 그가 모르는 이런 밀폐된 장소가 여러 군데 더 있을 것이라는 추측이 들었다.

단여랑은 공터 가운데 우뚝 솟아 있는 비석을 발견하곤 그곳으로 향했다.

비석 뒤의 거대한 기둥을 보는 순간, 단여랑은 쿵쿵 울려대는 심장을 느낄 수가 있었다.

'북해빙왕의 동상.'

굳이 생각하지 않아도 알 수 있었다. 그가 서 있는 지점은 북해빙왕의 동상 아래쯤이었으니까.

"많이 변했구나."

단여랑은 옆에서 나는 인기척에 고개를 돌렸다.

"영감님……!"

그리운 얼굴이 모습을 드러냈다.

"그놈의 영감님 소리는…… 쯧! 이제 지혜원주라고 부를 때도 되지 않았더냐?"

여전히 톡톡 쏘아붙이는 말투였지만 홍자경의 얼굴에는 단여랑을 반가워하는 기색이 역력했다.

"고생 많았다."

홍자경은 안도의 한숨과 함께 가슴을 쓸어내렸다.

단여랑이 지금 이곳에 있다는 소리는 적천회주와의 싸움이 끝났다는 의미와도 같았다. 솔직히 적천회주가 단여랑을 죽이지는 못할 것이라 믿었지만, 그래도 직접 단여랑의 얼굴을 보니 기쁘기 그지없었다.

"단여랑… 아니, 소궁주."

묵야흔과 도감태도 단여랑을 맞았다.

단여랑은 그들을 향해 깊이 허리를 숙였다. 전 같으면 눈을 씻고 찾아볼 수 없는 행동이었다.

"장로님들께 심려를 끼쳐 드려서 송구합니다."

세 노인은 서로를 마주 보았다.

삼 년이 넘는 시간은 철없던 단여랑의 인격을 바꾸기에 충분한 시간이었다.

"이야기는 나중에. 한시가 급하니 어서 들어가 보아라. 널 기다리는 분이 계시다."

홍자경이 비석을 가리키며 말했다.

단여랑은 그곳에 누가 있는지 알 수 있었다.

현 태상궁주이자 자신의 조부. 그리고 모친을 북해빙궁에서 몰아냈던… 원수.

마음은 벌써 비석으로 향하고 있었으나 쉽게 발걸음이 떨어지지 않았다.

"절대로 흥분하지 마라. 편안히… 보내 드려라."

홍자경의 음성이 낮아졌다.

단여랑은 낮게 심호흡하며 한 발 한 발 비석 뒤로 걸음을 떼어놓았다.

"……."

아무런 말도 할 수 없었다. 아니, 입이 굳어지기라도 한 듯 열리지 않았다.

그동안 하고 싶었던 말들이 얼마나 많았는데… 머릿속이 텅 빈 것처럼 아무런 생각도 떠오르지 않았다.

단여랑이 기대한 조부의 모습은 이런 것이 아니었다.

위풍당당한 북해빙궁의 태상궁주. 오만의 무리를 호령하며 위엄 서린 자태로 북해를 이끌어가던 조부의 모습은 그 어디에도 없었다.

단여랑의 앞에는 뼈만 앙상하게 남은, 그저 힘없는 노인이 앉아 있을 뿐이었다.

반쯤 눈을 감고 있던 노인이 힘겹게 눈꺼풀을 들어 올렸다.

흐릿한 시선으로 한참이나 단여랑을 바라보던 노인의 얼굴에 작은 경련이 일어났다.

"여랑이 왔느냐……."

조부의 음성은 갈라져서 나왔다.

단여랑은 뛰쳐나가고 싶었다. 빙백신공을 익힌 사람의 모습이 이런 것이었다니!

추했다. 아니, 추함을 넘어서서 안타깝고 가엽기까지 했다.

조부가 이런 모습만 아니었다면 한바탕 언쟁을 벌이고 화해라도 했을 텐데……. 이래서야 그동안 있었던 일들을 원망할 수도 없는 노릇이 아닌가.

"이리 가까이……."

단학설은 턱을 당겼다.

팔이 의자에 달라붙어 떨어지지 않는 그가 할 수 있는 유일한 행동이었다.

단여랑은 자신도 모르게 뒤로 한 걸음 물러섰다.

"내가… 무서우냐?"

무서웠다. 얼음인형이 말을 하고 있는 것 같아 소름이 끼쳤다.

아무런 말도 하지 못하는 단여랑을 보며 노인은 허탈하게 웃었다.

"무사해서 다행이구나."

무슨 의미로 한 말일까. 무엇이 무사해서 다행이라는 것일까.

단학설의 말 한마디 한마디가 단여랑으로 하여금 많은 생각을 하게끔 했다.

"빙백신공을… 완성하셨습니까?"

단여랑의 입에서 처음으로 나온 소리였다.

처음으로 만난 조부에게 고작 한다는 소리가……. 단여랑은 속으로 어리석은 자신을 질책했다.

"완성했지. 비록 잘못 익혀서 이렇게 되었지만… 분명 빙백신공이었다."

단학설은 친절하게 대답해 주었다.

단여랑은 묻고 싶었다. 이런 모습이어서 모습을 감췄던 것이냐고. 아니면 정말 소문대로 자신을 볼 면목이 없어서 그런 것이냐고.

"전……."

"혈색이… 되돌아오고 있구나. 허허! 큰 빚을 졌어. 적천회주… 그자에게 커다란 빚을 졌어."

단여랑은 조부가 한 말 때문에 자신의 겉모습이 정상으로 되돌아오고 있다는 것을 알 수 있었다.

"조부가 너에게 돌이킬 수 없는 큰 죄를 지었다."

"무슨… 말씀이신지 여쭈어도 됩니까?"

단학설은 조용히 눈을 깜박였다.

"아니, 묻지 말거라. 묻게 되면 적천회주에게 정말 못난 사람으로 남게 될 게야. 묻지 마라."

단여랑은 조부가 무슨 말을 하는 것인지 알아들을 수 없었다.

적천회주와 조부는 대체 어떠한 사이이기에.

"한 가지…… 네 어미를 빙궁에서 내몬 일은 모두 내 탓이다."

“사실… 이었군요.”

“부디 용서하여라. 부디…….”

단여랑은 목이 메여 대답하지 못했다.

믿고 싶지 않았건만, 예서하에게서 들었던 말이 사실일 줄이야.

“후우웁!”

단학설의 숨넘어가는 소리에 단여랑은 상념을 접었다.

그는 곧 죽을 것만 같았다.

나이도 나이인 데다가 시퍼렇다 못해 까맣게 변색된 입술은 죽기 일보 직전의 사람을 보는 듯했다.

단여랑은 어떻게 해야 할지 몰랐다.

숨을 가다듬은 단학설은 다시 입을 열었다.

“빙옥조는… 찾았느냐?”

단여랑은 고개를 저었다.

“빙옥조가 어디에 있는지는 알 수 있겠느냐?”

“해성폭이 아닙니까?”

“맞다… 해성폭. 빙백신공도 반드시 익혀야 하지만… 빙옥조는 궁주로 등극할 수 있는 가장 중요한 물건……. 그것을 찾아내야만… 진정한 궁주가 될 수 있다.”

단여랑은 해성폭이 얼어버렸다는 이야기를 차마 꺼내지 못했다.

“빙옥조는 영물……. 그 새가 너를 알아볼 수 있다면… 북해의 새로운… 주인이……"

단학설은 이제 말하는 것조차 힘겨워 보였다.

단여랑은 문득 적천회주가 자신에게 진기를 불어넣었던 일이 생각났다.

"조부… 의 건강을 되찾게 해드릴 수 있습니다. 어떻게 해야 빙백신공의 저주에서 풀려나게 되는지……!"

"아니다. 난… 그러기에 이미… 늦었어."

단학설은 희미하게 웃어 보였다.

그의 몸은 대라신선이 온다 하여도 살려낼 수 없었다. 이미 심장까지 침투한 얼음들은 서서히 그의 목숨을 갉아먹고 있었다.

"멋진… 사내로… 성장해서 다행……."

단여랑은 인상을 찌푸렸다.

단학설의 눈빛이 회색으로 뿌옇게 퇴색되는 것을 본 직후였다.

"내 마지막을… 함께해 주어서… 고맙구나."

단여랑은 더 이상 멀뚱히 서 있지 못했다. 그러기엔 그는 너무도 따뜻한 심장을 가진 인간이었다.

단학살의 곁으로 가까이 다가간 단여랑은 그의 깡마르고 꽁꽁 얼어버린 손 위에 자신의 손을 얹었다.

"처음이자 마지막인 조부의 모습… 가슴에 담아두겠습니다. 부디… 편안히 가십시오."

단학설은 희미하게 웃었다. 그리곤 조용히 눈을 감았다.

갈라진 목소리도, 곧 넘어갈 것 같은 숨소리도 더 이상 나오지 않았다.

그는 정말 편안해 보였다.

동혈에서 터덜터덜 걸어 나오는 단여랑의 어깨에 홍자경의 작은 손이 얹혀졌다.

"편안히 보내 드렸느냐?"

단여랑은 바닥을 응시하며 고개를 끄덕였다.

묵야흔과 도감태는 얼른 동혈로 뛰어 들어갔다. 곧 동혈 안에서는 그들 두 사람의 곡소리가 흘러나왔다.

"네 조부를 너무 미워하지 마라. 이십 년이 넘는 시간 동안 죄책감에 시달리며 괴로워하신 분이다. 그래도 너를 가장 좋아하던 분이시니……."

"영감님, 난 괜찮아."

단여랑은 애써 밝은 표정을 지어 보였다.

"이제 올라가야 할 것 같아. 영감님도, 그리고 두 장로님도."

홍자경은 단여랑을 가만히 응시했다.

북해빙궁이 싫어 떠난 것이 엊그제 같은데, 다시 돌아올 줄은 꿈에도 상상하지 못한 철없던 소궁주.

그가 북해빙궁을 지키러 다시 돌아왔다.

“그래, 진짜 싸움은 지금부터지. 사람들의 마음을 뺏는 싸
움. 네 스스로와의 싸움.”
　홍자경은 단여랑의 등을 부드럽게 두드려 주었다.

第八章

응징

1

'모두가 다 제정신이 아니야. 같은 편끼리 죽이지 못해 싸우는 꼴이라니. 후후! 적천회 노인들… 굉장했어.'

단우인은 소란스런 전장에서 빠져나와 해성폭으로 향했다.

북해빙궁 무인들 따위 죽든 말든, 적천회 노인들이 사라지든 말든 그에게는 중요하지 않았다. 단우인에게는 혼란스러움을 틈타 아무런 방해도 받지 않고 구할 수 있는 빙옥조가 가장 중요했다.

흩날리는 눈을 맞으며 해성폭에 도착한 단우인은 눈 바닥 위에 남겨진 흔적들을 발견할 수 있었다.

'싸운 흔적. 보폭의 변화가 거의 없다. 장법, 그리고…….'

눈이 뒤덮고 있어 뚜렷하게 알아볼 수는 없었지만 누군가가 누워 있던 흔적이 남아 있었다.

'외조부와 단여랑이군.'

단우인은 두 사람이 싸웠다는 것을 알 수 있었다. 그러나 시체가 없는 걸로 보아선 결과가 어떻게 되었는지는 알 수 없었다.

단우인은 흔적에서 신경을 끄고 해성폭을 올려다보았다.

해성폭은 여전히 꽁꽁 얼어 있었다.

'이곳 어딘가에 빙옥조가 있다면 필시 해성폭 내부일 텐데…….'

심증은 있지만 꽁꽁 얼어버린 해성폭을 무슨 수로 녹인단 말인가.

혹시나 하여 다시 주위를 꼼꼼히 살폈지만 마음은 여전히 해성폭 쪽으로 기울었다.

'해성폭이 녹기 전까진 빙옥조를 찾을 수 없어. 궁주가 되려면 빙옥조가 있어야 해. 단여랑을 궁주의 자리에 순순히 앉게 할 수는 없지.'

단우인으로서는 지금 할 수 있는 것이 없었다.

해성폭이 녹아내리지 않았으니 궁주를 아직 확정 지을 수는 없을 게다. 게다가 빙궁의 내분도 원만히 해결되지 않은 마당에.

인상을 찌푸리던 단우인은 쿡쿡 쑤셔오는 한쪽 눈 주위를 손으로 만졌다.

단태붕 때문에 잃어버리게 된 눈. 그때 일만 생각하면 아직도 속에서 화가 부글부글 끓어오르지만 이제는 그럴 필요도 없었다.

단태붕이 죽었다는 소식에 가장 기뻐하던 사람은 단여랑도 아닌 바로 단우인 자신이었으니까.

하지만 아직은 안심할 수 없었다.

단태붕이 가장 상대하기 어려운 상대였다면, 단여랑은 대하기가 곤란한 상대였다.

그와 대화한 적은 손으로 꼽을 정도로 적었다. 그렇다고 그의 성격을 모두 알고 있는 것도 아니다. 있어도 그만, 없어도 그만. 단여랑에게 자신은 아마도 그런 존재가 아닐까.

"이 음침하기 짝이 없는 곳에 그래도 드나드는 사람들이 있네?"

"……!"

단우인은 깜짝 놀라 뒤를 돌아보았다.

언제부터 있었던 것일까. 구석에 있는 바위에 걸터앉아 팔짱을 끼며 자신을 비웃고 있는 사내.

처음 보는 자였다.

왜소한 몸집, 동그란 얼굴, 장난기 가득한 눈동자의 사내는 얼핏 보아도 단우인 또래로만 보였다.

“누구?”

“그러는 네놈은 누구냐?”

다짜고짜 반말을 지껄이는 사내의 말투에 단우인은 미간을 좁혔다.

“중원인이군.”

“잘 알고 있네. 이번에는 내가 널 한번 맞춰볼까?”

사내는 자신만만한 음성으로 말했다.

“날… 알고 있나?”

“글쎄? 네놈은 오늘 처음 보는 것 같은데? 하지만 해성폭에 나타났다는 것만 봐도 누군지는 대충 짐작할 수 있어.”

“……”

“단우인, 빙옥조를 찾으러 왔지?”

“……!”

단우인은 또 한 번 놀랐다.

첫째는 사내의 입에서 빙옥조가 거론된 것에 놀랐고, 둘째는 그가 빙옥조가 해성폭에 있다는 사실을 알고 있는 것에 놀랐다.

“네놈의 정체는 뭐냐?”

“나? 사공필이다.”

‘사공필? 으음! 중원의 빙공 고수… 단여랑과 같이 온 자였던가?’

단우인은 짐짓 태연한 척했다.

"해성폭은 아무나 드나들 수 있는 곳이 아니다. 외부인이라면 당장 이곳에서 나가라."

"왜? 날 보내놓고 마음 편히 빙옥조를 찾으시려고?"

"네까짓 놈이 감히……!"

단우인의 으르렁대는 음성에 사공필이 자리에서 몸을 일으켰다. 그의 심기는 매우 불편해 보였다.

"이것이 보자 보자 하니까 아주 맞먹으려 드네? 나이도 어린 게 어디서 놈, 놈이래? 여랑이 새끼가 날 무시하니까 너도 내가 만만해 보이냐?"

"다시 말하지만 당장 이곳에서 나가는 게 좋을 거다. 죽고 싶지 않다면."

"…하하하하!"

주먹까지 쥐어 보이는 단우인의 행동에 사공필은 배를 잡고 웃었다.

"용기는 가상하나 난 네가 전혀 무섭지 않아. 말로 할 것이 아니라 직접 행동으로 보여주지 그래?"

단우인은 섣불리 덤빌 수가 없었다. 사공필에게서 느껴지는 무인의 기운은 그가 감당할 수 있는 것이 아니었다.

"왜… 네가 여기에 있느냐!"

결국 행동보다는 말이 앞서는 그였다.

"귀령전주인가? 그자가 나보고 여기를 지키라고 하더군. 아마도 너 같은 새끼들이 빙옥조를 찾으러 올까 봐 그런 모양이지? 그런데 생각해 보니까 웃기네? 제길! 내가 왜 얼굴 한 번 본 적 없는 귀령전주의 말을 들어야 하는데? 북해빙궁 새끼들은 어떻게 내 약점을 알아가지고 잘도…….”

“귀령… 전주가?”

“내 말을 귓등으로 들었나? 입 아프니까 두 번 말하게 하지 마. 귀찮으니까 용건만 간단히 해. 그냥 사라지든지, 아니면 나랑 한판 붙든지.”

“…….”

단우인은 대답하지 않았다.

귀령전주까지 단여랑을 위해 해성폭을 지키는 정도라면, 북해빙궁의 차기 궁주는 단여랑으로 기정사실화되어 있는 것이지 않은가.

단우인은 고민했다. 이대로 빙옥조를 포기하기엔 단태붕에게 빌빌거렸던 시간들이 너무나 아쉬웠다. 그러나 포기하지 않자니 앞에 있는 사공필을 이길 힘이 그에겐 없었다.

‘단여랑이 궁주가 되면… 내 신변이 위험해져. 외조부는 도대체 어디로 사라지신 거지?

믿고 있던 적천회주가 사라지니 부푼 꿈이 물거품처럼 사라지는 것 같았다. 단우인은 어서 빨리 적천회주가 다시 나타나 주길 바랐다.

‘조금만 더 지켜보자. 아직 단여랑이 궁주가 되지는 않았으니까 조금만 더…….’

"오늘의 일, 잊지 않겠다."

"그래, 잊지 마. 사공필님이 무서워서 꽁지가 빠져라 도망
간 일. 절대 잊지 마."

단우인은 사공필을 매섭게 노려보았다. 그러길 잠시, 그
는 찬바람을 일으키며 뒤도 돌아보지 않고 해성폭을 벗어났
다.

해가 지고 어둑어둑해지기 시작하자 혼란스럽던 장내도
어느 정도 정리가 되어가기 시작했다.

죽은 이들은 장례를 치르기 전에 일단 시신을 북해도 동혈
에 안치시켰다.

장내를 정리하는 동안 입을 여는 북해 무인은 아무도 없었
다. 입을 열 수 있는 분위기도 되지 않았거니와, 방금 전까지
서로 죽이기 위해 치고 박고 싸웠다는 사실에 적지 않은 충격
을 받았다.

자정이 넘었을 무렵에야 모두들 처소로 돌아가 피곤한 몸
을 달랠 수 있었다. 잘 곳이 없는 아홉 개 도 무인들은 연무장
에서 차가워진 몸을 녹였다.

북해빙궁 사람들 모두에겐 해야 할 일이 많았다. 서로 머리
를 맞대고 앉아 의견을 나눠야 했다. 하지만 모든 일들을 내
일로 미뤘다. 그들에겐 조용히 생각할 시간이 필요했다.

단여랑도 처소로 돌아왔다.

처소엔 달랑 그 혼자뿐이었다.

그는 조부를 만나고 온 이후로 아무도 만나지 않았다. 장로들도, 유령전주도, 그 누구도…….

힘없이 앉아 있는 처소엔 적막만이 맴돌았다.

태상궁주가 타계한 사실은 비밀에 부쳤다. 단여랑을 포함해 북해빙왕의 무덤 아래 있던 네 사람만이 알고 있는 비밀이었다.

아직은 사람들에게 알리면 안 된다. 가뜩이나 혼란스러운 북해빙궁인데 좋지 않은 소식을 듣게 할 수는 없었다.

단여랑은 조부와의 만남, 그리고 그의 죽음에 대한 충격에서 몇 시진 동안 헤어 나오지 못했다.

밤이 깊어서야 하루 동안 겪었던 일들이 조금씩 생각나기 시작했다.

빙백신공 때문에 죽어가던 조부의 모습. 그러다가 문득 자신이 빙백신공의 저주에서 풀려났다는 사실을 상기했다.

적천회주.

그는 무슨 이유로 자신의 몸속에 진기를 넣었던 것일까. 이것은 아무리 생각해 보아도 풀리지 않는 난제였다.

조부의 말을 추이해 보면 적천회주와 조부의 사이가 가벼운 것은 아닐 것이다.

이 문제도 풀 수 없었다.

적천회주는 빙령전을 포섭하고 북해빙궁을 점령하기 위해 북해도에 침입했다. 그런 그가 갑자기 마음을 바꿔 유유히 사라졌다는 것은 정녕 이해할 수 없는 일이었다.

어디서부터 생각해야 할지 난감했다.

지나간 일들은 접어두더라도 앞으로는 무엇을 해야만 할까.

조부는 빙옥조를 찾으라 했다. 빙옥조가 있는 곳은 알고 있다. 하지만 해성폭은 꽁꽁 얼어붙어 있었다.

빙궁에 재앙이 닥쳤을 때만 얼어붙는다는 해성폭. 그곳에서 빙옥조를 찾는다는 것은 불가능에 가까웠다.

이번 일을 계기로 장로들은 회의를 치를 것이다. 그리고 그 회의의 결말은 아마도 차기 궁주를 정하자는 것이겠지. 그 문제는 해성폭이 녹을 때 풀리게 되리라.

생각에 잠겨 있던 단여랑은 문가에서 다가오는 인기척에 귀를 기울였다.

스스스스!

빙백신공으로 한층 더 좋아진 감각은 아주 미세한 기척까지도 잡아냈다.

단여랑의 처소로 다가오는 사람은 한두 명이 아니었다.

단여랑은 자리에서 미동도 하지 않았다. 누가 찾아왔는지 알아볼 생각도 않았다. 그는 의자에 달라붙은 듯 가만히 있었다.

끼이익!

문이 조심스레 열렸다.

방 안에 불이 켜져 있는 것을 확인한 침입자들이 문밖에서 주춤하는 듯했다. 하지만 그것도 잠시, 방문이 활짝 열리며 다섯 명의 복면인이 방 안으로 들어섰다.

단여랑은 무심한 눈으로 그들을 바라보았다.

복면인들은 금세 단여랑을 포위했다. 무기를 지니지 않은 자들.

"빙령전인가?"

역시나 무심한 음성이 입술 사이로 새어 나왔다.

복면인들은 서로 눈빛을 주고받았다. 자신들의 정체가 들켰으니 더 이상 복면은 필요없었지만 어차피 기습도 용이하지는 않았다.

복면인들 중 가운데 있던 자가 고개를 끄덕였다.

그것이 신호라도 되는 듯 다섯 명의 복면인은 일제히 단여랑을 향해 손을 떨쳤다.

슈아악……!

다섯 명의 손에서 흘러나오고 있는 하얀 빛무리는 아름다웠다.

빙령전이 펼치는 장법이라는 것을 알고 있지만 단여랑은 그것마저도 감상하겠다는 듯 피할 생각이 없어 보였다.

하지만 그들의 공격도 중도에서 멈추고 말았다.

“……!”

단여랑을 향해 달려들던 복면인들의 신형이 중간 지점에서 우뚝 멈췄다. 손에서 피어 나오던 하얀 기운들이 순식간에 사그라졌다.

“…….”

기나긴 침묵이 흘렀다.

그들은 두 다리가 바닥에 붙어버린 것처럼 전혀 움직이지 않았다. 다만 복면 사이로 보이는 두 눈은 서로의 생각을 교류했다.

단여랑은 이들이 왜 멈추었는지 알고 있었다.

이들은 살기를 느꼈다.

보이지 않는 곳.

천장, 바닥, 벽.

복면인들은 단여랑을 포위했지만 보이지 않는 살기는 이들을 포위했다.

복면인들이 만약 단여랑에게 위해를 가하기라도 한다면, 숨어 있는 살기들 역시 복면인들을 가만히 내버려 두지는 않을 게다.

숨어 있는 자들.

그들에게서 뿜어 나오는 살기는 단여랑도 익히 알고 있는 것이었다.

모두 열 명으로 구성된 빙귀.

모습을 드러낸 적이 단 한 번도 없으며, 오로지 궁주만을 호위하기 위해 태어나고 죽는 이들. 그들이 단여랑을 보호하고 있었다.

숨 막히는 침묵이 흘렀다.

어느 한 사람이라도 움직이는 순간 바로 죽음과 직결된다는 것을 복면인들은 피부로 느끼고 있었다.

그러나 중간에 서 있던 복면인은 굳게 결심한 듯 다시 한 번 고개를 끄덕였다.

다섯 명은 또다시 단여랑에게 달려들었다. 그런데,

"큭!"

맨 왼쪽에 서 있던 복면인이 고통에 겨운 단말마를 토해냈다.

쿵!

삼 장이나 날아가 벽에 부딪친 복면인은 잠시 몸을 부르르 떨더니 이내 고개를 떨구었다. 그의 가슴은 뻥 뚫려 있었다. 뚫린 부위에선 붉은 피가 흘러나왔고, 살갗은 급속도로 얼어붙기 시작했다.

빙귀들이 펼친 단 한 번의 살수는 복면인 하나를 순식간에 저승으로 보내 버렸다.

복면인들이 다시 움찔했다.

이들도 승리를 장담하기 힘들다는 것을 알고 있을 게다. 그럼에도 다시 달려드는 모습은 자신들이 죽는 한이 있더라도

단여랑만은 반드시 죽여야 한다는 의지가 분명히 담겨 있었
다.

피융— 팡!

"커헉!"

또 한 명의 복면인이 뒤로 날아갔다.

이제 남은 사람은 세 명.

이번에는 두 명이 동시에 단여랑에게 달려들었다.

"이야압!"

힘찬 고함과 함께 두 명의 손에서 강력한 빙장이 터져 나왔
다. 마지막 일격이라 생각하고 펼친 것이 분명했다.

단여랑은 고개를 살짝 숙였다.

빠각!

한 사람이 쏘아낸 빙장은 정확히 단여랑이 앉아 있는 의
자의 등받이를 강타했다. 등받이는 힘없이 부러져 나가 바
닥에 떨어졌다. 다른 무인의 빙장은 의자의 팔걸이에 명중
했다.

단여랑이 고개를 숙이지 않았더라면 그의 목도 부러져 버
렸을 게다.

맹공격을 가한 두 명의 복면인도 요행을 바라긴 힘들었다.

바닥과 천장의 거죽이 들춰진 것은 바로 그 순간이었다.

빛이 번쩍인다 싶었는데,

"억!"

"크학!"

바닥과 천장에서 튀어나온 긴 검날은 정확히 두 복면인의 머리와 다리를 베어냈다.

검은 처음 나왔을 때와 같은 빠르기로 순식간에 사라져 버렸다.

단여랑은 고개를 들며 두 눈을 가늘게 좁혔다.

마지막 남은 한 사람. 그는 두 복면인이 어떻게 당했는지 두 눈으로 똑똑히 지켜보았다. 앞으로 손을 내민 그의 손은 부들부들 떨리고 있었다.

가느다란 눈으로 복면인을 주시하던 단여랑의 입이 열렸다.

"빙령전주군."

복면인이 어깨를 들썩였다. 그리곤 한 손으로 얼굴에 뒤집어쓴 복면을 걷어냈다.

단여랑의 말대로 마지막 남은 복면인은 이광이었다.

"숨어 있는 놈들만 아니라면… 네 목숨도 여기서 끝났을 게다!"

"북해를 등진 당신에 대한 처벌은 얼마 후에 내려질 텐데, 얌전히 기다리고 있을 것이지."

"마치 네가 궁주가 된 것처럼 이야기하는구나!"

"지금은 아니지만 곧 되겠지."

"너 같은 녀석이 북해빙궁의 궁주가 될 자격이 있다고 생각하느냐!"

"언성이 높아지고 있군. 그래, 그럼 당신 말대로라면 빙궁주가 될 자격을 갖춘 사람은 누군가?"

"후후후! 분명 너는 아니다."

"그럼 당신인가?"

이광의 얼굴은 붉게 달아올라 있었다. 눈에 핏발이 서 있는 것이 정상인의 모습으로 보기 힘들었다.

"빙백신공을 내놓아라!"

"……."

단여랑은 할 말을 잃었다.

"빙백신공만 내놓는다면 조용히 사라져 주겠다."

"가져갈 수 있으면 가져가 봐."

"……!"

이광의 주먹이 부르르 떨렸다.

단여랑은 분명 아무런 방비도 하지 않고 가만히 앉아 있을 뿐이었다. 하지만 이광은 그에게 다가서지 못했다.

빙귀들 때문만은 아니었다.

보이지 않는 무언가가 이광의 발걸음을 잡았다. 무방비 상태이긴 하지만 단여랑에게는 그 어떤 틈도 보이지 않았다.

왼쪽을 보아도 오른쪽을 보아도 어느 곳 하나 공격할 곳이 마땅치 않았다. 분명 빙장을 한 번 쏘아내기만 하면 그뿐인 것을.

이광의 두 손은 부자연스러웠다.

무심히 그를 바라보고 있는 단여랑. 약 일각이라는 시간 동안 두 사람은 서로를 마주 보며 가만히 서 있었다.

이광의 이마에 굵은 땀방울들이 맺히기 시작했다. 눈동자의 흰자위는 이미 벌겋게 충혈되었다.

호흡이 가빠왔다. 천 근 무게의 쇳덩이가 가슴을 짓누르는 것 같았다.

빙백신공을 익힌 자의 위용이 바로 이것이었던가.

툭!

이광의 손에 맺힌 얼음 덩어리가 바닥으로 힘없이 떨어져 내렸다. 동시에 이광의 두 팔도 아래로 향했다. 고개를 숙인 그의 어깨가 가느다랗게 떨렸다.

딱!

단여랑은 손가락을 튕겼다.

"잡아."

명령은 빙귀들에게 한 것이었다.

순간, 천장과 바닥에서 흑의복면인 두 명이 솟구쳐 나와 이광의 양팔을 붙잡았다.

"이제야 알겠나? 그릇이 작으면 물이 넘치는 법. 빙백신공은 아무나 익힐 수 있는 것이 아니다."

이광의 두 눈동자가 단여랑에게 향했다.

"하나만… 하나만 물어보지. 너도, 그리고 단태붕도 분명 빙백신공을 익혔다고 들었다. 하지만 단태붕은 미치광이가 되었지. 그러나 너는 미치지 않았어. 왜지? 똑같은 무공을 익혔는데 어떻게 다를 수 있는 거지?"

"어떠한 마음가짐으로 익히느냐가 중요하지."

"그런가? 후후! 너의 마음이 어떠했는지 알고 싶군. 북해를 증오하던 녀석이 빙백신공을 익힌 후, 궁주가 될 생각을 하였던가?"

단여랑은 이광을 가만히 응시했다.

"북해를 등진 자는 알 권리가 없어."

"북해는 썩었어!"

"당신 같은 자들이 있었기 때문이야. 한낱 미물인 강아지조차 주인을 알아보는데 인간이라는 자들은 허무맹랑한 야망만을 쫓았지. 그런 자들을 보고 개만도 못한 자라고 해."

"…많이 컸군, 단여랑. 단태붕만 경계하면 된다고 생각했던 것이 오판이었어. 호랑이 새끼를 보고도 몰라봤다니……."

"더 할 말이 남았나?"

"……?"

"더 할 말이 있다면 지옥에나 가서 해. 데려갓!"

단여랑 때문에 처음으로 모습을 드러낸 빙귀 두 명은 이광을 포박하여 문밖으로 끌고 나갔다.

이광은 문밖을 나설 때까지 단여랑을 노려보았다. 그러나 단여랑은 여전히 무심한 눈으로 그를 바라볼 뿐이었다.

2

많은 사람들이 쉬이 잠을 이루지 못하는 밤.

죽은 조잔양과 임자헌을 제외한 빙궁의 여섯 장로는 참으로 오랜만에 한자리에 모였다. 여태껏 태상궁주의 곁을 지키던 묵야흔과 도감태 또한 장로회에 참가했다.

커다란 원탁에 모여 앉은 장로들은 누구 하나 쉽게 말을 꺼낼 수가 없었다.

분위기는 이루 말할 수 없을 정도로 묘했다.

마지막으로 장로회를 가졌던 게 언제였던가. 그때와 다른 점이 있다면, 세 패로 나뉘었던 장로들의 마음이 지금은 하나가 되어 있다는 것이었다.

묵야흔과 도감태는 침묵했다.

다른 네 명의 장로는 서로의 눈치를 보았다. 각기 단우인과 단태붕을 지지하던 장로들이었다.

그들은 상황이 이렇게까지 될 줄은 전혀 예상치 못했다.

계획대로라면 단여랑이 북해도에 들어서고 나서 빙옥조를 다시 시작하려 했다. 비록 단태붕은 죽었다 할지라도 단우인은 남아 있었으니까.

적천회의 침입은 그런 계획을 송두리째 앗아갔다.

그들로 하여금 빙령전과 유령전, 파동각, 그리고 아홉 개 도의 무인들이 받은 타격은 실로 어마어마했다. 아마 조금만 더 시간이 지체되었다면 빙령전과 유령전 모두 재기 불능의 상태가 되어 있을 수도 있었다.

지체될 뻔한 시간을 잡아낸 사람은 다름 아닌 단여랑이었다. 적천회주는 단여랑과의 싸움 후 곧바로 모습을 감추었다. 적천회는 소선 하나를 가지고 북해도를 벗어났다.

추격을 하려면 충분히 할 수 있었다. 하지만 적천회를 추격한다는 것은 자살 행위였다. 가공할 무위. 그 무위를 겪은 북해빙궁 무인들에겐 적천회가 커다란 위협일 수밖에 없었다.

죽은 사람들은 안타까웠지만 산 사람늘이라도 살아갈 방법을 모색해야 했다.

단여랑과 적천회주의 싸움을 본 사람은 아무도 없다.

어떻게 되었는지 궁금해하는 자들은 한두 명이 아니었다. 장로들 또한 마찬가지였다. 그러한 궁금증을 풀어준 사람은 묵야혼과 도감태였다.

몇 년 동안 모습을 드러내지 않았던 태상궁주가 단여랑을 만났다는 것. 그 시간은 적천회주와의 싸움이 끝났을 무렵이었다.

적천회주와의 대결에서 단여랑은 죽지 않았다. 그렇다면

이겼다는 말인가? 그도 아닌 것 같다. 단여랑이 아무리 빙백 신공을 익혔다 할지라도 아직은 적천회주의 상대가 되지 않는다.

수많은 의문들이 남았지만 장로들은 더 이상 묵야혼과 도감태에게 질문을 던지지 않았다.

"하루빨리 북해빙궁주를 정하는 것이 태상궁주의 뜻이외다."

오랜 침묵 끝에 묵야혼이 먼저 입을 열었다.

입으로 차를 가져가던 장로들은 다시 찻잔을 탁자 위에 내려놓았다.

북해빙궁주를 결정해야 하는 시간이 도래했다.

장로들로부터 모아진 의견은 다음날 북해빙궁도 모두에게 전해진다. 이견은 있을 수 없다. 태상궁주가, 그리고 궁주 또한 없는 지금 가장 우선시되어야 할 것은 장로들의 의견이다.

"다시 예전으로 돌아온 것 같군."

육장로 설기춘(雪琦瑃)은 허탈한 웃음을 터뜨리며 말했다.

궁주는 곧 하늘이요, 그의 말은 곧 법이나 마찬가지였던 시절. 그때는 내분이라는 것은 상상조차 할 수 없었다. 싫든 좋든 모두가 궁주의 의견을 따라야 했다.

몇 년 동안 내분을 겪은 그들은 다시 예전으로 돌아갈 시기가 왔다고 생각했다.

궁주의 뜻을 저버리고 내분을 도모했던 시간들. 허튼 욕망이고, 남을 것 하나 없는 욕심이었다. 그것을 왜 지금에서야 깨닫게 되었을까.

"단우인과 단여랑, 빙궁주의 후보는 두 사람으로 좁혀졌소."

장로들은 설레설레 고개를 저었다.

단우인은 빙궁주의 그릇이 아니다. 게다가 빙백신공을 익히지도 않았다. 후보는 두 사람이지만 단여랑을 궁주로 올리는 것은 기정사실화가 되었다.

"이미 궁주가 정해진 것 같은데 굳이 후보를 거론할 필요가 있겠습니까?"

매원지 역시 체념한 듯했다.

유령전주가 아니었다면 석천회 노인에게 목숨을 잃을 뻔한 그녀였다. 여태 적이라고 생각해 왔던 유령전주에게 도움을 받은 것은 그녀에게 작은 충격이었다.

"이번에는 제대로 된 궁주의 계승식이 되겠군. 삼 년 전과 같은 일만 없다면."

삼 년 전, 궁주 자리를 계승받았어야 할 단여랑은 계승식 당일 날 천설봉 절벽에서 뛰어내려 모두를 놀라게 했다.

"계승식은 언제로 정할 생각이신지……? 지금 빙궁의 상황으로 보아선 하루라도 빨리 서둘러야 할 것 같습니다."

매원지의 말에는 일리가 있었다.

바닥으로 곤두박질한 북해빙궁도들의 사기를 제대로 잡아줄 사람이 급히 필요한 실정이었다. 언제 다시 적천회가 들이닥칠지 모르니 궁주를 정한다면 빨리 정하는 편이 옳았다.

장로들은 단여랑을 궁주로 정한다는 것에 만장일치의 의견을 가졌다. 그를 지지하지 않던 네 명의 장로 또한 반은 포기한 상태. 그리고 단우인보다는 단여랑이 나을 거라는 생각에 묵야흔과 도감태의 의견을 따르기로 했다.

"그러나 한 가지 조건이 있소."

도감태의 말에 네 명의 장로가 눈을 동그랗게 떴다.

"의견은 이미 결정지어졌는데 조건이라니요?"

"단여랑이 빙백신공을 익혔다 하더라도 빙옥조를 찾아야만 하오. 전설의 영물인 빙옥조만이 궁주를 선택할 수 있는 권한이 있소. 이는 태상궁주의 절대적인 명령이오."

절대적인 명령.

태상궁주가 단여랑에게 남긴 마지막 유언이기도 했다.

빙백신공이 다가 아니다. 궁주의 신물이나 다름없는 빙옥조가 있어야만 진정한 빙궁주라 할 수 있었다.

"빙옥조가 있는 위치는 모두 다 알고 있으리라 생각하오."

장로들은 고개를 숙였다.

특히 매원지와 설기찬은 얼굴이 붉어졌다.

그들은 귀령전 무인들을 시켜 빙옥조를 숨겨둔 진도주를 죽였다. 하지만 진도주에게서 빙옥조의 위치를 알아낼 수 없었다.

다른 두 장로의 안색도 창백해졌다.

단우인으로 하여금 빙옥조의 위치를 듣게 되었으니, 부끄럽지 않다면 사람이 아닐 게다.

“그러나 해성폭은… 얼었소.”

여기저기서 한숨이 새어 나왔다. 꽁꽁 얼어버린 해성폭을 무슨 수로 녹인단 말인가. 다른 이도 아니고 북해빙왕이 직접 만들어놓은 해성폭인데.

“이번만큼은 전설을 믿어보도록 하지요. 북해빙궁에 더 이상 나쁜 일이 생기지 않을 거라면 해성폭은 자연히 녹을 테니까.”

이것으로 궁주를 선출하는 의견은 잠시 미뤄졌다.

장로들은 마치 약속이라도 한 듯 찻잔을 들어 올렸다. 메마른 입술을 적실 수 있는 유일한 것은 차뿐이었다.

“빙령전과 파동각에 대한 의견을 묻고 싶소.”

아까와는 다른 무거운 정적이 회의실을 맴돌았다. 모두의 얼굴에 어두운 그림자가 드리워졌다.

빙궁을 등졌다는 것은 내분과는 확실히 다르다. 빙령전과 파동각은 빙궁 무인들 모두가 지켜보는 앞에서 적천회주의 밑으로 들어갔다.

이는 절대로 용서할 수 없는 대죄다. 하지만 북해빙궁 전력
의 큰 비중을 차지하고 있는 빙령전과 파동각 무인들 모두를
처벌할 수는 없었다.

결국 처벌받게 되는 이들은 빙령전주와 파동각주, 그리고
그의 측근들일 게다.

"궁주가 정해질 때까지 미뤄야 하지 않을까 하오. 대신…
그동안 집법당주에게 맡기는 것이 어떨까 한데……."

모두의 고개가 딱딱하게 경직되었다.

집법당주.

빙궁 내부의 죄인들을 관리하는 사람이다. 하지만 장로들
이 경직한 데에는 다른 이유가 있었다.

죄를 지은 무인들이 가장 먼저 떠올리는 사람은 집법당주
이다.

죄를 지으면 심판을 받고 집법당주에게로 넘어가는 것이
보통이지만, 죄인들은 하나같이 그냥 죽여 달라고 애원했다.

집법당주는 모두에게 저승사자와도 같은 인물이다. 그에
게 맡겨지면 평생 동안 마음대로 죽을 수가 없다.

집법당주는 죄인들을 죽지도 살지도 못하게끔 만들어놓는
다.

장로들에게선 이번에도 의견 일치가 나왔다. 그때였다.

똑, 똑, 똑!

모두의 눈길이 회의실 문으로 향한 가운데 문밖에서 누군

가의 음성이 들려왔다.

"귀령전주입니다. 드릴 말씀이 있습니다."

귀령전주는 혼자가 아니었다.

그의 옆에는 유령전주, 그리고 누구인지 알아볼 수 없을 정도로 얼굴이 일그러진 사내가 힘겨운 걸음으로 회의실에 들어섰다.

장로들은 한참 동안이나 그 사내를 관찰한 후에야 그가 누구인지 알 수 있었다.

"귀령전 부전주 정문입니다."

이가 빠진 사내는 발음이 부정확했다.

장로들은 모두 놀랐다.

오래전의 일.

귀령전 부전주 정문은 마라궁과 내통했다는 이유로 집법당주에게 보내진 자였다. 자신은 한사코 죄가 없다고 우겼지만 능가연이 장로들에게 그의 죄를 낱낱이 보고했다.

"자네가 어떻게……?"

매원지 장로가 의자를 들썩였다.

"그때의 일은 저도 들어 알고 있습니다. 정문이 마라궁과 내통했다는 사실은… 허위입니다."

대답은 귀령전주가 대신했다.

장로들 사이에선 한바탕 소란스러움이 일어났다. 그들은

능가연의 말만 믿었다. 눈물까지 흘리며 호소하는 그녀의 행동엔 거짓이라고는 조금도 담겨 있지 않았다.

"그게 사실인가?"

장로 하나가 아직도 의심 가득한 눈초리로 정문을 바라보며 물었다.

"모두 허위입니다. 마라궁과 내통한 사람은 대부인이십니다."

"뭣이!"

"뭣!"

매원지와 설기춘이 가장 놀랐다. 그들은 능가연을 모시고 있었지만 전혀 모르던 사실이었다.

"빙옥조가 시작된 이래, 대부인은 멀리서 손님들이 온다고 하며 제게 맞이할 준비를 하라 지시했습니다. 그들이 대부인을 만나는 그 자리엔 저도 있었습니다. 마라궁의 장로 윤효광과 묘선이라는 여인입니다."

장로들은 가늘게 눈을 좁혔다.

"자네의 말이 사실이라는 것을 어떻게 믿을 수 있나?"

"마라궁주의 조카 묘선의 입을 통해 능가연의 이야기를 직접 들은 사람이 바로 저입니다."

이번엔 모두의 눈길이 유령전주 막부동에게로 향했다. 단여랑은 중원에 있을 당시 마라궁의 공격을 받았다. 때문에 막부동의 말은 사실일 가능성이 높다.

"게다가 귀령전 부전주가 어떻게 마라궁의 장로와 연락이 가능하겠습니까?"

귀령전주가 날카롭게 지적했다.

장로들은 그제야 뒤통수를 둔기로 맞은 듯한 충격을 받았다.

"대부인께서… 허허! 대부인께서……!"

매원지는 의자에 털썩 몸을 기대며 허탈함이 가득 담긴 목소리로 중얼거렸다.

하지만 장로들의 놀람은 거기서 끝이 아니었다.

똑똑똑!

또다시 누군가가 회의실의 문을 두드렸다. 이번에 온 무인은 무언가에 쫓기기라도 하는 듯 다급한 목소리로 외쳤다.

"밀당주께서 자진하셨습니다!"

'다시는 이곳에 오지 않으려 했건만…….'

밀당부주 탁산은 밀당주의 어두운 집무실에 홀로 앉아 있었다.

결벽증이 심한 밀당주는 죽는 순간까지도 옷에 피 한 방울 묻히지 않았다. 목을 매 자살한 밀당주의 시신은 한밤중에 동혈로 옮겨졌다.

탁산은 온몸에서 힘이 쭉 빠져나가는 것 같았다.

빙궁의 내분은 실로 많은 사람의 목숨을 앗아갔다. 그것이

자의든, 타의든 북해빙궁이 내분으로 하여금 기우뚱한 것은 변함없는 사실이었다.

'그토록 자신있어 하던 분이 왜 자결을…….'

조금만 더 말렸더라면, 밀당주와 조금만 더 이야기를 나누고 그를 설득했더라면 이 같은 상황까지는 가지 않았을 텐데.

밀당주와 가장 친했던 탁산으로서는 그의 죽음을 쉽게 받아들일 수 없었다. 배신당한 만큼 미움도 컸지만, 미움이 컸던 만큼 그를 진정으로 걱정하고 마음 아파했으니까.

"후우……!"

탁산의 한숨이 공허한 집무실을 가득 메웠다.

*　　　*　　　*

"찾아올 줄 알고 있었지."

야현은 담담하게 말했다.

그녀는 손수 정성스레 차를 끓여와 다탁 위에 올려놓고는 단여랑을 맞았다.

"이렇게 마주 앉아 있어보기는 처음인 것 같구나."

두 사람의 어색한 분위기는 방 안을 더욱 싸늘하게 만들었다.

"할 말이 많은 걸로 알고 있어. 그래… 어디서부터 이야기를 시작해야 할까?"

야현은 불안한 사람처럼 눈을 한곳에 고정시키지 못했다.

단여랑은 그녀를 주시했다.

그녀의 부친인 적천회주. 그녀 역시 자신의 부친이 적천회주였다는 사실을 모르고 있었다.

빙궁에서 가장 큰 충격을 받은 사람이 야현이라는 사실을 단여랑은 알고 있었다.

복수는 마음속으로 접어두겠노라 다짐했지만, 막상 그녀의 얼굴을 보니 모친에 대한 기억이 더욱 생생하게 떠올랐다.

조부, 야현, 능가연…….

단여랑은 복수의 대상들을 한 명씩 만날 생각이었다.

첫 번째는 조부였고, 두 번째가 야현이었다.

"머리카락도, 피부도 점차 혈색을 띠고 있구나. 다행이다."

무엇이 다행이라는 말일까.

"그런 말씀은 어울리지 않습니다."

단여랑의 음성은 냉랭했다.

"그래……. 나도 내가 왜 이런 말을 하고 있는지 모르겠다. 솔직한 심정으론 너의 얼굴조차 볼 자신이 없구나."

그녀는 정말 그랬다. 단여랑이 들어선 이후로, 그의 눈빛을 맞받지 못하고 있었다.

"내가… 내가 어떻게 해주길 바라니?"

야현의 음성은 떨리고 있었다.

'후……! 나약한 사람.'

단여랑은 이미 야현과 싸울 의지를 잃었다.

이러길 바라고 찾아온 것은 아니었다. 단여랑을 보고 마구 욕을 하고, 때리고, 저항이라도 한다면 속 편히 같이 싸울 텐데…….

조부의 행동과 야현의 행동은 별반 다를 바 없었다.

모든 것을 체념한 사람과 나눌 수 있는 대화는 한정되어 있었다.

"작은어머니께선 북해에 더 이상 남아 계실 이유가 없는 것 같습니다."

"이곳을… 떠나라는 소리니?"

단여랑은 침묵으로 대답을 대신했다.

야현의 눈동자가 다시 흔들렸다. 그녀는 설움을 간신히 참는 듯 침을 꿀꺽 삼켰다.

"그래, 네가 아니라도 이곳에 더 이상 남아 있을 수는 없겠지. 부친께서 벌이신 일을 생각하면 난… 북해빙궁 사람들을 볼 면목이 없어."

야현은 떠나기로 마음을 굳힌 듯했다.

"우인이는… 우인이는 용서해 주겠니?"

단여랑은 생각할 것도 없다는 듯이 고개를 가로저었다. 용서하지 않겠다는 말이었다.

야현의 고운 아미가 바르르 떨렸다.

"내가 북해빙궁을 떠나면 되지 않니? 우인이는 내가 데리고 가도록 할게. 제발 우인이는… 우인이만은……!"

단여랑은 더 들을 필요도 없다는 듯이 자리에서 일어섰다.

자식을 생각하는 부모의 심정은 누구나 다 똑같다는 것을 알고 있다. 자식 역시 마찬가지이다. 부모에 비할 바는 되지 못하지만 자식들도 제 부모가 세상에서 제일이지 않은가.

단여랑에게도 그의 모친이 세상에서 제일이었다. 가장 사랑하던 분이었고, 앞으로도 계속 마음속에 담아둘 분이었다.

그런 분을 온갖 나쁜 이유로 몰아세워 결국 내쫓은 사람이 지금 눈앞에 있는데 어찌 용서할 수 있으랴.

단여랑은 야현을 용서키로 했다. 하지만 야현뿐이다. 야현의 자식인 단우인은 용서하지 못한다. 능가연의 자식인 단태붕을 용서하지 못했던 것처럼. 그들은 자식을 잃음으로 하여금 평생 마음의 고통을 짊어지고 살아야 한다.

"복수를 하고 싶으면 복수하십시오. 도전은 언제든 받아줄 용의가 있으니."

단여랑은 찬바람을 일으키며 등을 돌렸다.

홀로 남은 야현은 끝내 울음을 터뜨렸다.

능가연의 반응은 야현과 판이하게 달랐다.

"네놈이 어떻게!"

획─!

새하얀 손이 허공을 갈랐다. 노리는 곳은 단여랑의 뺨. 하지만 그녀의 손은 그의 뺨에 닿지도 못한 채 우뚝 멈춰졌다.

단여랑은 잡은 능가연의 손목을 거칠게 밀쳤다.

손목의 자유를 되찾은 능가연은 주위에 보이는 집기들을 집어 단여랑에게 던지려 했다. 그러나 그녀가 고개를 들었을 때, 단여랑은 이미 그녀의 시야에서 벗어난 후였다.

깜짝 놀란 능가연이 단여랑을 찾기 위해 고개를 돌렸다. 그는 어느새 창가로 다가가 창문을 활짝 열었다.

"큰어머니, 당신은 야망이 큰 여인이야."

능가연은 손에 들었던 집기들을 내려놓았다.

"호호! 여인이라고 해서 야망을 가지지 말란 법은 없지. 안 그래? 단여랑, 나이를 먹었다고 위아래도 구분하지 못하느냐? 감히 내가 누구라고!"

"위아래는 구분하지 못해도 똥오줌은 구분할 줄 알아."

"네 녀석이……!"

"빙백신공이 그렇게 탐이 나서 친아들인 태붕이조차 미끼로 던졌단 말인가? 그러고도 당신이 인간이라고 할 수 있나? 고작 무공 따위가 아들보다 소중할 수 있다니… 나로선 이해할 수 없는 일이군."

"호호호! 그래, 네가 태붕이를 죽였다는 사실은 알고 있다."

"내가 죽이지 않았어. 혼자 죽어갔을 뿐이야. 당신처럼 빙백신공에 눈이 멀어서.”

능가연은 두 눈을 가늘게 좁혔다.

“태붕이는 죽일 수 있었지만 나는 죽일 수 없을걸?”

그녀는 한쪽 입술을 말아 올리며 득의양양한 미소를 지었다.

“확신할 수 있어. 네가 네 모친을 꼭 빼닮은 사실은 나도 잘 알고 있으니까. 네 모친? 호호호! 착해 빠져서 싫은 소리 한 번 못하던 여자였어. 빙궁에서 쫓겨날 때조차 아무런 소리도 못했지. 병신 같은 년.”

단여랑은 아무런 반응도 보이지 않으며 여전히 창밖만 주시했다.

그에게서 반응이 없자 오히려 더 화가 난 사람은 능가연이었다.

실성한 사람처럼 머리를 헝클어뜨리며 씩씩거리던 능가연은 갑자기 무언가 생각이 난 듯 두 눈을 빛냈다.

“넌 날 죽이지 못해. 후후! 설사 날 죽인다고 해도 성검문이 널 가만히 두지는 않을 거야.”

“당신이 성검문에 버림받았다는 사실은 이미 알고 있어.”

“헛소리하지 마!”

능가연은 빽! 소리를 질렀다. 하지만 그녀는 말을 하는 와중에도 조금씩 경대 쪽으로 걸음을 옮겼다.

“당신은 태붕이를 버렸어. 성검문이 당신을 버리지 못할 이유 또한 없지.”

“후후! 그러는 넌? 모두에게 버림받은 녀석이지 않나? 그 누구의 관심도 받지 못한 채 성격만 비뚤어져서 미친 듯 무공에 매달렸다가 이제야 빙궁을 삼키려 북해로 들어온 것 아닌가?”

딸칵!

능가연은 조심스럽게 서랍을 열었다. 서랍 속에 들어 있는 작은 상자를 발견한 그녀는 뚜껑을 열곤 내용물을 손으로 감쌌다.

그때, 단여랑이 등을 돌렸다.

“내가 당신을 죽이지 못할 거라 생각해?”

“적어도 내가 죽기 전까지는. 하앗!”

능가연은 급작스럽게 단여랑에게 달려들었다. 긴 손톱으로 그의 얼굴을 위협하는 능가연은 다른 한 손에 들려 있는 동그란 구슬 하나를 그의 얼굴에 불쑥 내밀었다. 그런데,

타닥! 탁!

“아얏! 앗!”

단여랑의 얼굴에 손이 닿기 전, 능가연은 비명을 질렀다.

단여랑은 아까와는 비교할 수 없는 힘으로 그녀의 양 손목을 세게 눌렀다. 능가연의 힘으로는 감히 저항할 수 없었다. 하지만 그녀는 끝까지 손에 쥔 구슬을 놓지 않았다.

“이거 놔!”

단여랑은 그녀의 손에 들린 물건을 발견하곤 고개를 저었
다.

"그걸 내 입속에 넣으려 했나? 비겁한 수작은 탄기분이면
족해. 그것 때문에 진기를 잃어 한동안 고생했으니까. 이제
고통받아야 할 사람은 당신이야."

단여랑은 능가연의 손을 비틀어 그녀의 입 쪽으로 서서히
옮겨갔다.

"아악! 놔! 놓으라고!"

능가연은 발악했지만 단여랑의 손은 점점 그녀의 입으로
다가갔다.

능가연은 먹지 않겠노라 입술을 꾹 다물었다. 하지만 사내
의 힘을 이길 수는 없었다.

단여랑은 다른 손으로 그녀의 입술을 억지로 벌려 손에 들
린 구슬을 밀어 넣었다.

능가연은 입속에 들어온 구슬을 삼키지 않으려 발버둥쳤
지만 단여랑의 손목은 이미 그녀의 목젖을 훑어내리고 말았
다.

"우읍! 큭! 큭!"

노란 진물이 그녀의 콧구멍을 타고 흘러내렸다. 하지만 이
미 구슬은 목구멍으로 넘어간 상태였다.

눈을 부릅뜬 능가연은 경악한 듯 급속도로 얼굴이 하얗게
탈색되었다. 그녀는 아무런 말도 하지 못한 채 단여랑의 이야

기를 들어야 했다.

"환혼단. 머릿속에 담긴 모든 기억을 잊게 해주는 약. 사람은 누구나가 태어날 때부터 깨끗한 영혼을 가지고 시작하지. 백치로 돌아가는 것이 죽는 것보단 나을 거야. 아니, 죽는 게 오히려 나으려나?"

"크윽……!"

단여랑은 능가연의 몸에 힘이 풀리는 것을 느끼곤 그녀의 손목을 놓아주었다.

능가연의 몸뚱이는 허물어지듯 바닥에 쓰러졌다.

한바탕 잠에서 깨어나면 그녀는 아무것도 기억하지 못하리라.

자신이 북해빙궁의 대부인이라는 사실도, 단태붕이라는 아들이 있다는 것도, 성검문의 여식이었다는 것도, 그리고 빙백신공을 탐내던 야망 찬 여인이었다는 것도 모두… 기억에서 사라져 있을 것이다.

第九章
빙천하

1

머칠 사이에 묵해빙궁은 다시 평화를 맞이했다.

굳이 평화라고 할 수만은 없었다. 죽은 이들에 대한 장례를 치르고, 가족을 잃은 자들은 마음을 다스리는 선에서 그쳤다. 그러나 뿌리째 흔들린 빙궁의 재정을 바로잡아 줄 사람은 아직도 없었다.

모두가 단여랑이 궁주가 될 것이라는 사실을 믿어 의심치 않았다. 하지만 아직 빙옥조를 구하지 못했기에 궁주의 자리는 공석이 되어 있었다.

오래간만에 자유다운 자유를 얻은 단여랑은 그리운 사람을 만나러 소선에 올랐다.

차가운 바람이 머리카락을 시원하게 훑어주었다.

한 시진이 조금 넘어서야 단여랑은 목적지에 다다를 수 있었다.

오도는 여전히 죽어 있는 섬이었다. 그러나 예전과는 많이 달라져 있었다.

오래전에 왔을 때는 아무도 그를 맞아주는 사람이 없었지만 지금은 몇 명의 무인이 그를 맞이했다.

단여랑은 송림으로 발걸음을 옮겼다.

"영감님, 오랜만이야."

스슥!

조각칼을 놀리던 홍자경의 손이 우뚝 멈추었다.

"귀신 같은 놈. 기척도 흘리지 않고 들어서다니 제법이군. 좋아, 극음빙한공과 현음한빙공의 조화… 그래, 인정해 주마."

단여랑은 씩 웃으며 홍자경의 맞은편에 앉아 조각칼을 손에 쥐었다.

단여랑을 가만히 주시하던 홍자경은 고개를 갸웃거렸다.

"조금 달라진 것 같기도 하고……."

"뭐가?"

"며칠 전, 네가 태상궁주를 찾으러 왔을 땐 정말이지 심장이 덜컥 내려앉는 것 같았지. 마치 귀신을 보는 것 같았어. 새

하얀 머리카락에, 새하얀 피부에… 내가 알던 단여랑의 모습
이 아니었거든.”
　“지금은 조금 달라졌어?”
　“조금은 사람다워지고 있다고 해야 하나?”
　홍자경의 말은 사실이었다.
　적천회주에게서 기연을 얻고 난 단여랑은 예전의 모습으
로 차츰 돌아오고 있었다.
　빙백신공의 기운에 짓눌려 숨죽이고 있던 태음양화가 다
시 활발하게 돌아가니 얼어붙기 시작하던 혈관들이 정상적으
로 변화하고 있었다.
　“적천회주에게서 기연을 얻은 게 잘한 것인지 모르겠네.”
　“알 수 없도다, 알 수 없어. 네가 뭐가 예쁘다고 적천회주
가 너 같은 놈에게 자신의 진기를 불어넣었는지…… 쯧!”
　“영감님.”
　“왜?”
　“영감님은 알고 있지? 적천회주의 정체.”
　“네가 모르는데 난들 어찌 알겠노?”
　홍자경은 애써 태연한 척했다.
　북해빙궁에서 태상궁주와 적천회주의 사이를 알고 있는
유일한 사람이 바로 홍자경이었다.
　단여랑이 원한다면 적천회주의 정체를 알려줘야 하겠지만
그를 위해서 입을 다물기로 굳게 다짐했다. 또한 태상궁주의

뜻이기도 하고.

언젠간… 알려주지 않으면 안 될 때가 오기 전까지 이 비밀은 홀로 가슴속에 묻어두어야만 한다.

“그냥, 영감님이라면 알고 있을 줄 알았지.”

홍자경은 대답하지 않고 조각칼을 계속 놀렸다. 그의 조각 솜씨는 예전과 하나도 변하지 않았다.

“그렇게 죽어라 조각을 하는데 어떻게 발전이 없는 거지? 영감님도 늙은 건가?”

“늙긴 누가 늙어! 난 절대 늙지 않아! 그리고 내가 죽어라 조각을 했다고? 네놈이 중원에 나가 있는 동안 난 마음 편히 있었는 줄 알아?”

“아님 말지 왜 신경질이야?”

“쯧!”

홍자경은 나이답지 않게 얼굴까지 붉혔다. 직접 보진 않았지만 단여랑이 실실 웃고 있는 모습이 눈에 선했다.

“네가 다시 돌아오게 되리라곤 전혀 생각지 못했다.”

“나도 그래. 정말 이곳과는 영원히 작별할 줄 알았는데.”

“그래, 나가보니 어떻더냐? 네가 생각하던 것과는 전혀 다르지?”

“같아…….”

“……?”

“환경만 다를 뿐이지 사람 사는 모습은 여기나 거기나 매한가지던걸.”

삼 년이 조금 넘는 짧은 시간 동안 단여랑은 많은 일을 겪었다.

북해빙궁이라는 울타리 안에서 자란 그가 세상에 나가 보고 배운 것은 그 어떤 것과도 바꿀 수 없는 값진 것이었다.

좋은 일도, 때론 나쁜 일도 있었지만 어쨌든 그에게는 소중한 추억의 일부분으로 영원히 기억될 게다.

“솔직하게 툭 터놓고 이야기 좀 해보자.”

“음?”

“북해빙궁에 되돌아온 목적이 뭐냐?”

홍자경은 정말로 궁금하다는 듯이 물었다.

“설마 빙궁주가 되기 위해서 돌아온 것은 아니겠지?”

“왜? 궁주가 되면 안 되나? 이런! 실망을 안겨줘서 어쩌지? 난 궁주가 될 생각으로 돌아왔는데?”

단여랑은 피식 웃었다.

다른 때 같으면 짓지 못할 웃음이다. 만약 궁주가 되면 더더욱 멀어지게 될 웃음이 될지도 모른다.

홍자경이기에 마음 놓고 웃을 수 있었다. 친조부보다 더욱 큰 정이 들어버린 홍자경의 옆에만 오면 어린아이로 되돌아오는 자신을 발견하게 되었다.

“이제는 무공이 우스워 보이지 않나?”

“전혀 우습지 않아. 이런 말 하면 어떨지 모르겠지만, 나…

적천회주에게 고마워하고 있어."

"왜?"

"그는 나를 죽일 수 있음에도 기회를 준 것 같아. 솔직히 난 내 무공에 자신이 있었거든. 모두가 염원하는 빙백신공을 얻었으니까 세상에 나를 대적할 사람은 없다고 믿었지. 후후! 그런데 그건 모두 내 착각일 뿐이었어."

"그래, 겪어보니 넘지 못할 산이더냐?"

"맞아. 적천회주는 정말 그랬어. 그 때문에 난 아직도 어린 애라는 사실을 다시 한 번 깨달았지. 만약 그가 공격하지 않았다면 난 오만방자한 인간이 되었을 거야. 지금은… 더 노력해야 한다고 생각하고 있어."

"철들었군."

"나만의 무공을 조각하기 시작했으니까."

단여랑은 조각칼을 흔들어 보이며 미소 지었다.

홍자경은 그의 얼굴을 한참이나 바라보다가 걱정스럽게 입을 열었다.

"잘할 수 있겠나?"

단여랑은 그가 무슨 이야기를 하고 있는지 눈치 챘다.

"잘해야지."

"오만 명이다. 너에게 의지하는 사람들이 오만 명이라고. 절대 잊지 마라."

"정 어려우면 영감님이 도와주면 되지. 안 그래?"

“흥! 공짜는 없어.”

홍자경은 콧방귀를 뀌었다.

“그래도 아직 단정 짓기엔 일러. 빙옥조를 찾지 못했잖아?”

“그렇구나. 정말 이상한 일이다. 해성폭이 녹을 기미를 보이지 않으니…… . 이보다 더한 재앙은 없을 것도 같은데.”

홍자경의 말을 듣고 있던 단여랑은 잠시 생각에 잠겼다. 그러다가 자리에서 벌떡 일어섰다.

“가야겠어.”

“어딜?”

“빙옥조를 구하러.”

“해성폭이 녹지 않았는데?”

“녹아달라고 달래주어야지. 재앙이 닥칠 때마다 얼어붙는 것도 어차피 전설이고, 미신이잖아? 그러니 ‘제발 녹아주세요’ 하고 애원이라도 해봐야지. 언제까지 기다릴 수는 없어. 빙궁은 이대로 두면 안 돼.”

홍자경의 두 눈에 이채가 떠올랐다.

단여랑은 확실히 예전과 달라져 있었다. 말투는 여전히 그대로였지만 성격은 긍정적으로 변화했다.

왠지 단여랑이 기특해 보이는 홍자경이었다.

“그래, 그리고 다음부터는 오려면 혼자 와. 웬 살기들이 이렇게 진동을 해?”

홍자경은 옷에 묻은 먼지를 털어내며 중얼거렸다.

"조부께서… 돌아가신 후로 지킬 사람을 잃은 자들이야. 나도 처음엔 거부감이 들었지만 이제는 저들의 살기에도 익숙해. 적어도 나를 해칠 목적을 가지지는 않았으니까."

"놈들에겐 빙귀라는 이름이 어울리지 않아. 빙귀라는 이름은 너에게 더 어울리지. 낄낄! 정말로 빙귀가 되어 돌아오다니……."

단여랑과 홍자경은 마주 보며 웃었다.

"이제 그만 이곳에서 빠져나가고 싶어."

사공필은 지루해 보였다.

그는 아침 일찍부터 저녁때까지 해성폭을 지켰다.

귀령전주의 부탁이었다. 물론 부탁으로 포장해 놓은 것 같지만 실상은 협박이나 다름없었다.

사공필이 남해태양궁의 이옥토를 연모하고 있다는 사실은 웬만한 북해빙궁도라면 모두가 알고 있었다. 귀령전주는 이옥토를 빌미로 사공필을 부려먹었다.

"이놈의 팔자는 왜 항상 다른 사람들에게 휘둘리는지 원!"

사공필은 해성폭 옆에 작은 움막을 짓고 밤낮으로 지켰다.

"이봐, 친구. 도대체 저 폭포는 언제쯤 녹아내리는 거야? 설마… 원래부터 얼어 있던 건 아니지? 너희들, 지금 나한테 사기 치는 거지? 그렇지?"

"사공필, 북해빙궁의 생활이 마음에 드나?"

"전혀."

"그럼 중원으로 다시 돌아갈 생각이야?"

사공필은 두 눈을 가늘게 뜨며 단여랑을 노려보았다.

"당연하지."

"해성폭을 지켜줘서 고마워. 빙옥조를 찾아 궁주가 되면 너를 정식으로 북해빙궁도로 받아줄게."

"일없다. 너야 이곳에 연인이라도 있으니까 그렇게 쉽게 말하는 거지. 남해태양궁과 북해빙궁은 끝과 끝에 위치하잖아! 당연히 남해태양궁에 좀 더 가까운 곳으로 갔으면 하는 바람이지."

"이곳에 있는 게 훨씬 좋을 텐데?"

"뭐?"

"북해빙궁주의 입김이 얼마나 센지 아직 실감하지 못하는 모양인가 본데……. 남해태양궁에 적절한 사윗감으로 추천서 하나 써줄 생각이었는데 관심없으면 뭐, 중원으로 돌아가던지."

"뭣?! 야, 야! 잠깐!"

졸려 반쯤 감기던 사공필의 눈이 크게 뜨였다.

"이게 또 사람 가지고 장난치네? 나를 빌미로 남해태양궁과 손잡으시겠다?"

"싫으면 관둬."

"야, 야! 누가 싫대? 사람 말을 끝까지 들어!"

단여랑은 절규하듯 외치는 사공필을 뒤로하고 해성폭 앞에 가만히 섰다.

해성폭은 몸을 꼿꼿이 펴고 당당하게 단여랑을 내려다보는 듯했다. 그러나 단여랑은 해성폭이 슬퍼 보였다.

영혼이 붙어 있지 않은 미생물에게서도 슬픔을 느낄 수 있다면 미친 사람으로 취급받겠지만, 분명 그랬다.

단여랑의 마음이 슬픈 듯 해성폭도 슬펐다.

어렸을 때부터 줄곧 그의 외로운 마음을 달래주던 곳이 바로 해성폭이었다. 수련을 할 때는 스승이 되어주고, 같이 놀 친구가 없을 때는 해성폭이 대신 친구가 되어주었다.

해성폭이 얼어붙은 것은 그런 소중한 친구가 죽어버린 것과도 같았다.

'어떻게 해야 녹을 수 있나? 더 이상 빙궁의 재앙은 없길 바라?'

단여랑 스스로도 의식하지 못하는 사이, 그는 북해빙궁을 진심으로 염려했다.

처음엔 궁주가 되는 것이 두려웠다. 많은 사람들을 이끌어야 한다는 부담감 때문이기도 했지만, 솔직히 자신에게 궁주가 될 자격이 있는지도 의심스러웠다.

하지만 그런 의심은 이젠 어디에서도 찾아볼 수 없다. 자기 자신을 의심한다면 그 어느 누가 믿고 따를 수 있겠는가.

단여랑은 분명 다시 돌아왔다.

빙귀가 되어, 북해빙궁주가 되기 위해 빙백신공까지 익혀서. 오만 명의 사람들을 다스릴 자신은 얼마든지 있었다.

이제 해성폭만 마음을 열어주면 된다. 해성폭만…….

하루가 지나고 이틀이 지나자 사공필은 혀를 내둘렀다

"내 살다 살다 저런 독한 새끼는 처음 보네. 밥도 안 먹고 저게 뭐 하는 짓이래?"

단여랑은 해성폭 앞에서 꼼짝도 않았다.

이틀 동안 아무것도 먹지 않고 굶은 것은 물론 물 한 방울 들이키지 않았다. 졸음이 오면 가부좌를 틀고 잠시 눈을 붙였고, 밤이슬을 고스란히 맞기도 했다.

그는 해성폭에서 떨어질 생각이 없어 보였다.

"미련한 건지 독한 건지……. 그런다고 꽁꽁 얼어버린 폭포가 녹아주기라도 한다냐? 저건 바보인지, 정말 머리가 어떻게 되어버린 거 아냐?"

단여랑의 기행은 북해빙궁 무인들에게도 알려졌다.

"돌아가자. 너 이러다가 죽어. 해성폭이 알아서 녹아주겠지. 이런다고 무슨 수가 생기는 건 아니잖아?"

절친한 지기인 구화용의 설득도 전혀 효과가 없었다.

"빙백신공을 익혔다더니 정신이 어떻게 된 거 아닌가 몰라. 저런다고 해성폭이 녹아내리나?"

사람들은 그렇게 말을 했다.

사흘이 지나고 나흘째가 되었을 무렵, 그런 말들은 쏙 들어갔다.

단여랑의 행동은 많은 사람들의 관심을 증폭시켰다.

아무도 찾지 않던 해성폭엔 아침부터 단여랑을 지켜보기 위한 사람들이 하나둘 모여들기 시작했다.

단여랑의 간절함이 모두의 간절함으로 차차 바뀌어갔다. 제정신이 아니라고 뒤에서 욕하던 사람들도 한마음이 되어 해성폭이 녹아내리길 간절히 바랐다.

단여랑이 그렇게 앉아 있은 지 칠 주야가 되는 날이 다가오고 있었다.

단여랑은 정신이 몽롱해지기 시작했다.

목이 너무 말라 옆에 있는 눈덩이들을 입으로 집어넣었지만 여전히 아무것도 먹지 않았다. 그의 모습은 피폐해지고 있었다. 살이 빠지기 시작하고, 피부도 푸석푸석해졌다. 그러나 눈빛만은 살아 움직였다.

그의 눈은 시종일관 해성폭에서 떠나지 않았다.

해성폭은 이대로 얼어붙어 버린 것일까.

'오래 참았어. 더 이상은……'

빙궁의 재앙은 아직 끝나지 않은 것 같았다. 그렇지 않고서야 해성폭이 얼어 있을 리 만무하니까.

단여랑이 막 정신을 잃을 찰나였다.

찌지직!

"……!"

단여랑은 잃어가던 정신을 바짝 붙들었다. 그의 핏대 선 눈은 해성폭을 훑었다.

아주 미세한 소리였다.

곁에서 하품을 하던 사공필도 전혀 알아채지 못할 만큼 작은 소리. 하지만 단여랑은 똑똑히 들었다.

그는 가부좌를 틀고 앉은 자세 그대로 운공조식을 시작했다. 두 손은 편안히 무릎에 놓아 손바닥이 하늘을 향하고, 두 눈을 반개하여 코끝을 바라봤다.

온몸의 감각이란 감각은 활짝 개방시켰다. 단전에 모인 진기를 청력에 집중시켰다.

소리는 다시 한 번 들려왔다.

쩌적!

'잘못 들은 게 아니야!'

단여랑은 온몸에 솜털이 곤두서는 듯한 느낌을 받았다.

"어?"

이번 소리만큼은 단여랑만 들은 것이 아니었다. 오늘도 해성폭에서 단여랑을 지켜보던 사람들 중 누군가가 짧은 경악성을 토해냈다.

"노, 녹고 있다! 해성폭이 녹고 있어!"

누군가의 외침은 해성폭 주변에 파장을 일으켰다.

"정말이야! 정말 녹고 있어! 해성폭이 녹았어!"

한바탕 소란이 일었다.

모두들 입을 다물지 못하고 해성폭을 바라보았다.

꽁꽁 얼은 해성폭은 아래서부터 갈라지고 있었다.

천천히… 아주 천천히…….

길이가 오 장이나 되는 해성폭은 모두의 시선을 받으며 그렇게 천천히 녹아내리고 있었다.

또르르르…… 또르르르……!

작게 흐르던 물소리가 점점 크게 들려왔다.

촤아아아—!

"아!"

여기저기서 함성이 터져 나왔다.

음침한 곳이라 발걸음조차 꺼려했던 해성폭은 아름다운 장관을 연출하며 거침없이 흘러내리기 시작했다.

수정처럼 투명한 물줄기들이 시원하게 떨어졌다.

쉬지 않고 운기를 거듭하던 단여랑은 얼굴로 작은 물방울들이 튀는 것을 느낄 수 있었다.

해성폭은 완전히 녹아내렸다.

"재앙은 끝이야!"

사람들은 환호성을 질렀다.

전설이고, 미신이라 믿지 않았던 해성폭. 하지만 그들 마음속에도 전설은 살아 있었다.

반 시진 가까이 해성폭이 녹는 모습을 지켜보던 사람들은 그제야 단여랑에게로 시선을 돌렸다.

단여랑의 간절한 바람이 정말 해성폭을 녹이게 했던 것일까.

하지만 사람들의 놀람은 그것이 끝이 아니었다.

"저, 저게 뭐지?"

한 사람의 의문은 전염병처럼 주위로 급속하게 퍼져 나갔다.

모두는 그 사람이 손가락으로 가리키는 쪽에 시선을 옮겼다.

해성폭의 한가운데였다.

물과는 다른, 새하얀 무언가가 해성폭 내부에서 쉼으로 점점 모습을 드러내기 시작했다.

불안한 눈으로 바라보던 사람들은 그것이 모습을 완전히 드러내자 손으로 입을 막았다.

숨이 막혔다. 너무 놀라 아무런 말도 할 수 없었다.

희고 작은 새 한 마리가 거센 폭포 속에서 태연히 날갯짓을 하며 나오는 모습은 너무나도 아름다웠다.

언제 이런 절경을 보았던 적이 있던가.

사람들은 넋을 잃고 새의 움직임을 주시했다. 모두들 그 새가 무엇인지 알 수 있었다.

빙옥조.

빙궁주의 신물이자 전설의 영물.

한 가지 다른 점이 있다면, 빙옥조의 생김새가 말로 전해 들었던 것과는 전혀 다르다는 것이었다.

전설 속의 빙옥조는 악랄했다.

몸집이 크고 꼬리가 길었으며, 뾰족한 부리는 위용을 자랑했다. 한 쌍이 되기 위해 다른 새를 죽이기까지 하는 무서운 새였다.

그러나 해성폭에서 나온 빙옥조는 작고 하얀 평범한 새였다. 물론 평범하다고는 할 수 없었다. 어찌 되었든 폭포를 뚫고 나온 새였으니까.

빙옥조는 보란 듯이 창공을 날아다녔다.

단여랑은 빙옥조를 볼 겨를이 없었다. 그는 여전히 운공에 몰두했다. 지금 일어서면 다리가 후들거릴 것 같았다. 그동안 아무것도 먹지 않았기에 쓰러지기 일보 직전이었다.

빙옥조는 신경 쓰지 않았다. 단여랑에게 중요한 사실은 빙궁의 재앙과 연결되는 해성폭이 녹아내렸다는 것이었다.

빙옥조는 하늘로 높이 올라가 북해도 주위를 계속 맴돌았다. 사람들의 시선도 빙옥조에게 향했다.

크게 원을 그리며 다섯 번 정도를 날아다니던 빙옥조가 속도를 낮춰 해성폭 가까이로 날아왔다.

빙옥조는 사람들 사이를 누볐다. 새를 잡으려고 손을 뻗는 사람도 있었지만 빙옥조의 몸놀림은 상상을 불허했다.

한 명, 한 명……. 사람들 사이를 누비던 빙옥조가 어느새 폭포 쪽으로 다가갔다.

그리곤… 아무런 거리낌 없이 운공조식에 여념이 없던 단여랑의 어깨에 사뿐히 걸터앉았다.

전설의 영물이며, 주인을 알아본다는 빙옥조의 선택은 단여랑이었다.

2

"단여랑을 북해빙궁 제육대 궁주로 추대하는 바이다!"

대연무장을 쩌렁 울리는 묵야혼의 목소리는 북해빙궁에 새 희망을 안겨주었다.

계승식은 일사천리로 이루어졌다.

영물인 빙옥조가 단여랑의 어깨 위에 걸터앉았다는 사실은 바람을 타고 북해도 전역은 물론 일호 안의 모든 섬들에게까지 흘러들어 갔다.

그가 궁주가 되는 데 이견을 다는 사람은 아무도 없었다.

혈궁을 몰살시켰고, 적천회를 몰아냈으며, 해성폭을 녹게 한 것은 물론 빙옥조까지 얻은 사람.

그가 아니면 누가 빙궁주가 되겠는가.

몇몇 장로들은 이번 계승식에서 단여랑이 절벽에서 뛰어

내리는 만행을 보이지 않아 다행이라며 안도의 한숨을 내쉬었다.

단여랑이 단상의 가장 높은 곳에 앉았다.

모두가 자신을 바라보고 있었다. 숨이 가빠왔다. 이런 순간이 되리라 바란 것은 아니지만, 이제는 운명을 겸허히 받아들일 마음의 준비는 되었다.

가장 높은 자리에 오른 대가로 무거운 책임감이 두 어깨를 짓눌렀다.

단여랑은 새로운 빙령전주로 사공필을 지목했다. 반발하는 사람은 물론 없었다. 사공필은 귀찮아했지만 이옥토와 가까워질 수 있다는 사실에 만족했다.

그에게는 앞으로 참을성이 많이 필요할 게고, 험한 욕설도 자제해야 하는 고통이 따를 게다.

밀당주의 자리에는 탁산이 올랐다.

탁산은 진작에 밀당주가 되었어야 할 사람이었다. 정보를 수집하고 분류하는 그의 능력은 탁월했다. 게다가 북해빙궁에 모든 충성을 하고 있으니 정보가 새어 나갈 걱정은 하지 않아도 되었다.

새로운 예설각주와 파동각주도 정해졌다.

단여랑은 무공의 실력보다도 북해빙궁을 위하는 마음가짐을 보았다.

냉화각에는 큰 이변이 생겼다.

사상 최연소 각주가 탄생되었다. 빙옥검을 만들 수 있는 유일한 여인. 구화용은 냉화각을 도맡았다.

지혜원은 홍자경이 그대로 맡기로 했다. 그의 안목이라면 믿고 맡길 수 있다.

단여랑은 회계당을 눈여겨보았다.

공소명의 아비이자 회계당 부당주인 공문덕은 성실한 사람이다. 회계당은 빙궁의 모든 재산을 관리하는 곳. 그런 사람을 한곳에서 썩게 할 수는 없었다.

단여랑은 회계당주를 두 명으로 정하고, 그 자리에 공문덕을 올려놓았다.

궁주의 계승식.

성대한 잔치가 열렸어야 마땅하지만 단여랑은 모든 사람들에게 안타까운 소식을 전해야만 했다.

아무리 잠적한 기간이 오래였다고는 해도 조부인 태상궁주의 죽음을 나 몰라라 할 수는 없었다.

북해빙궁 사람들은 태상궁주의 죽음에 진심으로 애도를 표했다.

바쁜 하루는 그렇게 순식간에 지나가 버렸다.

요수는 떠날 준비를 마쳤다.

"그동안 고마웠다."

"고맙다니, 난 네가 누이의 복수를 하는 데 도와준 것이 없어. 오히려 사공필에게 고맙다고 말해야지.”

“들었냐? 나한테 고마워하라고.”

요수는 조용히 사공필을 흘겼다.

“돌아가면 노 향주께 감사하다는 말을 전해줘.”

“걱정하지 마라.”

“그리고 할 수 있으면…….”

“걱정 마라. 적하난선, 취신개, 다비활의께도 안부 전해 드릴 테니.”

단여랑은 요수에게 작은 호리병 하나를 건넸다.

북해에서 자생하는 이끼로 만든 술. 취신개에게 전해질 술이었다.

“빙옥조는 앞으로도 중원에서 계속할 생각인가?”

단여랑은 피식 웃으며 고개를 저었다.

“그렇게는 안 되지. 내 후손에게 고생을 시킬 순 없어. 대신 더 힘든 방법을 강구해야지.”

“후후! 너답다. 이제 가마.”

“잘 가. 다신 오지 마. 쳇!”

사공필은 끝까지 좋은 소리를 하지 못했지만 요수는 그가 섭섭해하고 있다는 사실을 모를 정도로 둔하지 않았다.

요수는 모두에게 인사를 하곤 소선을 타고 북해를 떠났다.

“이제는 한숨 돌려도 괜찮겠네.”

사공필마저 어슬렁거리며 거처로 향했다.

단여랑은 옆으로 고개를 돌렸다.

궁주가 된 이래로 한 번도 곁을 떠난 적이 없던 여인, 예서하.

시간이 좀 더 지난 후엔 그녀를 아내로 맞이할 날도 오게 될 게다.

"복수의 염원은 한 층 더 멀어졌네. 빙궁주라……."

"상대의 직위가 터무니없이 높아서 질린 건가?"

"그럴 리가. 오히려 목표가 높기 때문에 다행인지도 몰라. 네가 보잘것없는 녀석이었다면 더 이상 무공을 익힐 가치조차 못 느꼈을 테니까."

"그거 다행이군."

"축하해. 마음이 한결 편해져서."

"아니, 아직 해야 할 일이 하나 더 남았어."

"……?"

예서하의 의문을 뒤로하고 단여랑은 두 눈을 반짝였다.

*　　　*　　　*

요수가 떠나간 지 약 반 시진 후, 작은 배 한 척이 북해도에서 조용히 움직였다. 앞뒤가 길쭉한 소선 위에는 작은 체구의 인영 혼자만 타고 있었다.

보통 북해 무인들이 입는 옷이 아니었다.

북해도 연안 부족들의 사냥 옷을 걸쳐 입은 그는 북해도 무인들을 위해 배를 모는 사람이었다. 물론 곁에서 보았을 때는 그랬다.

인영은 하나밖에 남지 않은 눈을 빛내며 노를 잡은 두 팔을 빠르게 놀렸다.

단우인이었다.

그는 철저하게 버림받았다.

그토록 자신을 사랑해 마지않던 그의 모친은 어느 날 홀연히 사라졌다. 이상한 점은 아무도 그녀가 북해도를 떠나는 모습을 목격한 사람이 없다는 것이다.

집무실에도, 거처에서도, 단우인은 모친이 갈 만한 곳을 모두 뒤졌지만 끝내 찾아낼 수 없었다.

그제야 단우인은 자신이 버림받았다는 사실을 깨달았다.

한밤중에 단여랑의 처소를 침입하다 붙잡힌 빙령전주도 장로회의 결정하에 집법당주에게로 끌려갔다. 겨우 용서를 받은 빙령전 무인들도 자중하느라 내원에는 한 명도 나오지 않았다.

외조부는 물론이거니와 월영문과의 연락도 끊겼다.

'빙옥조를 차지했어야 하는데……'

빙옥조의 주인은 단여랑이 되었다.

해성폭에서 사람들 틈바구니에 묻혀 빙옥조가 단여랑의 어깨 위에 내려앉은 모습을 보곤 어찌나 충격을 받았는지…….

원대한 꿈도, 반전을 일으키겠다는 생각도 모두 물거품이
되어 사그라졌다.

단여랑이 궁주의 자리에 앉자 단우인은 빙궁에 더 이상 남
아 있을 수가 없었다.

언제 자신을 향한 검날이 세워질지 몰라 두려웠다.

야반도주를 생각해 보았지만 빙궁 무인들은 혹시나 죄인
들이 도망칠 것을 우려해 더욱 경계했다. 그나마 안면이 있
던 무인의 도움을 받아 선주로 분해 겨우 빠져나올 수가 있
었다.

지금 그는 여기서 도주를 하는 입장이지만 훗날을 기약했
다.

외조부를 몰아내고, 어머니를 사라지게 만들었으며, 빙옥
조를 차지한 단여랑을 절대 용서할 수 없었다.

중원에 자리를 틀면 천무심결을 집중적으로 익힐 생각이
었다.

천무심결은 모든 살수들의 꿈이다.

빙백신공이 북해빙궁 최고의 무공이라면, 천무심결은 살
수들만의 최고 무공이다. 언제쯤 완성될지는 모르지만 부지
런히 연마하면 단여랑과 결전을 벌일 정도는 되리라.

'용서하지 않겠어. 절대로!'

단여랑이 단우인에게 특별히 잘못한 것은 없었다. 그러나
단우인에게 단여랑은 위협적인 존재였다.

이를 갈며 북해도를 벗어나는 단우인. 그리고 그의 소선을 따라 배 한 척이 조용히 따르고 있었다.

일호의 연안에 도착할 수 있었던 것은 단우인에겐 천운이 었다.

삼 일을 꼬박 배를 저어야 겨우 도착할 수 있는 거리. 단우인은 닷새가 되어서야 도착할 수 있었다.

미리 챙겨온 식량으로 허기진 배를 달래고, 어둠이 일호를 덮으면 두꺼운 담요로 잠을 청하곤 했다.

일호 남쪽 연안에 배를 댄 단우인은 급히 연안 위로 거슬러 올라섰다.

첩첩산중.

앞으로 어디서 살아야 할지 막막했다. 가진 돈도 없거니와, 다시 시작할 기반 따위도 존재하지 않았다. 그래도 북해도를 벗어난 게 어디더냐.

단우인은 즉시 평범한 무복으로 갈아입었다.

혹시라도 북해빙궁 무인들의 눈에 띌 것을 우려해 예리하게 사방을 살피며 조심스럽게 행보를 옮겼다.

신발 속에 들어간 흙을 털어내며 자리에서 일어서려던 단우인은 심장이 덜컥 내려앉는 것 같았다.

오 장여 가까이에서 한 사람이 팔짱을 긴 채 바위에 앉아 있었다. 북해빙궁 사람일까?

단우인은 그와 눈이라도 마주칠까 두려워 감히 얼굴조차 들지 못했다. 모자를 깊숙이 눌러 얼굴을 가린 단우인은 낯선 자와 멀어지기 위해 발걸음을 재촉했다.

한데,

"어디 가?"

단우인의 몸은 그 자리에서 석상처럼 굳어졌다.

천천히 고개를 든 단우인은 벼락이라도 한바탕 얻어맞은 듯 온몸이 경직되었다.

익숙한 음성만큼이나 익숙한 얼굴.

웃으면서 자신을 바라보고 있는 단여랑의 얼굴은 흡사 저 승사자의 얼굴과도 같아 보였다.

"단우인, 어디 가?"

"단… 여랑……."

단우인의 얼굴은 순식간에 일그러졌다.

힘들게 북해를 빠져나왔건만, 어찌 단여랑이 자신을 앞서 있는 것일까.

요행을 바랄 수는 없었다. 지금은 웃고 있는 얼굴이지만 단여랑은 자신을 가만둘 녀석이 아니다. 그렇지 않다면 여기까지 따라오는 수고를 하지는 않았을 테니까.

"내 입에서 같은 질문이 세 번 나오게 한 사람은 네가 처음인 것 같군. 단우인, 어디 가냐고 물었어."

단우인은 빨리 머리를 굴려야 했다.

어떠한 말을 하면 단여랑의 살검을 피할 수 있을지…….

무공으로 맞설 생각은 없다. 단우인은 단여랑의 일 초도 받지 못한다. 적천회주와 맞대결을 펼친 자를 이길 수는 없었다.

그렇다면 비는 수밖에 없다. 살려 달라고, 길을 비켜 달라고 빌어야 하나? 어떻게 하면 비굴하게 보이지 않을까. 도망가는 것 자체가 비굴한 것이었나?

열릴 듯 말 듯 한참을 망설이던 단우인의 입술이 조그맣게 움직였다.

“어머니를… 찾으러.”

단우인은 무심코 튀어나온 말에 어리석은 자신을 질책했다. 고작 댈 이유가 없어서 어머니를 핑계 삼다니.

“작은어머니는 진즉에 북해를 떠난 걸로 알고 있는데?”

그러나 단여랑도 야현의 행방은 몰랐다.

추측되는 것이 있다면 자진이다. 야현은 그러고도 남을 사람이다.

단여랑은 단우인을 용서하지 않겠다고 했다. 그녀는 그 누구보다 자신의 아들을 끔찍하게 아끼는 사람이었다. 설사 자신이 죽는 한이 있더라도 아들을 두고 북해를 떠나지는 못하는 그런 사람.

단우인이 단여랑에게 당할 것을 안다면 야현은 아들보다 먼저 앞서 저승으로 갔을 가능성이 컸다.

"누가 허락도 없이 몰래 북해도를 빠져나가도 좋다고 했나?"

"허락을 받을 만한… 상황이 아니었다."

"말이 짧군."

"……?"

"예전엔 동생이었지만 지금은 빙궁주지. 말을 높이도록 해."

"……."

"왜, 못하겠나? 태붕이에겐 잘도 하더니만."

"미리 허락을 받지 못한 점… 송구하게 생각합니다."

단우인은 귓불이 화끈해지는 느낌을 받았다.

지금 단여랑에게 받는 굴욕은 단태붕에게 받을 때와는 비교조차 되지 않을 만큼 컸다. 단태붕은 형이었다 치더라도 단여랑은 동생이었는데…….

"아무도 허락없이 북해도를 빠져나가지 못한다고 일러둔 것 같은데……. 빙궁주의 명령을 어겼을 땐 어떻게 된다는 것 정도는 알고 있겠지?"

단우인은 죽음을 피할 수 없다는 직감이 들었다.

단여랑은 정말 마음먹고 자신을 죽이기 위해 따라왔다.

"송구… 합니다. 제발 목숨만은……."

이제는 단여랑에게 목숨을 구걸하기까지 하다니…….

순간 단여랑의 얼굴이 무섭게 변했다. 장난스럽던 미소는 온데간데없이 사라졌고, 마치 죄인을 대하는 화가 난 표정은 단우인을 불안하게 만들었다.

"잘 알고 있으면서도 북해도에서 도망치려 했다니. 설마 죽음이 두려워서 이런 행동을 한 거라면 실수해도 크게 실수했어."

과연 실수를 한 것일까.

단우인이 북해도에 계속 있었다면 그 역시 빙령전주처럼 집법당주에게 끌려갈 운명이었을 게다.

죽고 싶어도 죽지 못하고 여생을 지독한 고문에 시달리면서 살아야 하는……. 그럴 바에야 지금처럼 몰래 도주를 택한 것은 잘한 일이다.

단우인은 단여랑과 더 이상 타협을 할 수 없다고 생각했다. 타협이 아니다. 손과 발이 닳도록 빌어도 단여랑은 자신을 용서하지 않을 것이다. 그렇다면 남은 것은…….

"타앗!"

고개를 숙이고 있던 단우인이 빠르게 몸을 날린 것은 단여랑의 말이 끝난 직후였다.

두 손을 앞으로 내뻗은 단우인은 젖 먹던 힘을 다해 가공할 위력의 빙장을 뿜어냈다. 빙장은 곧장 단여랑의 안면을 향해 날아들었다.

채챙챙—!

하지만 단우인의 처절한 무위도 아무런 도움이 되지 못

했다.

"쾌, 쾌, 쾌검!"

단우인은 너무 놀라 자신이 중얼거리는 것조차 자각하지 못했다.

그토록 빠른 공격이었건만, 단여랑은 육안으로 식별할 수 없는 빠르기로 빙옥검을 들어 쾌속하게 방어했다.

단우인은 투지를 잃었다. 단여랑은 그가 상대할 수 있는 사람이 아니었다.

"괴물… 같은 놈!"

단여랑은 빙옥검을 들어 입으로 혹 불며 웃었다.

"이제 알았나? 너희가 날 무시하던 그때부터 난 이미 괴물이었어. 단우인, 머리를 굴리는 것은 좋았지만 넌 태붕이보다 나를 먼저 경계했어야 했어. 그렇다면 오늘과 같은 상황은 네 인생에 없었겠지. 아니, 빙궁주의 자리에 앉는 건 어쩌면 네가 되었을 수도……. 넌 네 머리 하나만 믿었어. 속이 훤히 들여다보이는 머리 하나만."

"날 어떻게 할 생각이냐?"

단우인은 체념했다. 단여랑이 방어하면서 펼친 무공을 보는 순간 깊은 절망 속으로 빠져드는 기분이 들었다.

"죽이려고 생각했지. 하지만 넌 죽고 싶은 생각은 없는 것 같은데, 그렇지 않나?"

단우인의 눈이 번뜩였다. 어쩌면… 어쩌면 살 수도 있다는 희망이 그의 뇌리를 스쳤다.

"나, 난! 죽고 싶지 않아. 제발… 제발 살려줘. 제발!"

그의 음성은 이보다 처절할 수 없었다.

"죽고 싶지 않고, 살고 싶다? 하지만 미안해서 어쩌지? 난 널 죽일 생각도, 살릴 생각도 없어."

"……?"

단우인은 단여랑의 말뜻을 이해하지 못했다.

"마지막으로 할 말이 남았나?"

어느새 빙옥검은 단우인의 정수리를 겨냥하고 있었다.

죽음 앞에서 그 어떤 말을 떠올릴 수 있을까. 단우인의 머리는 무언가를 말해야 한다고 명령했지만 경직되어 버린 입술은 굳게 달라붙어 떨어질 생각을 하지 않았다.

"없는 것 같군. 그렇다면… 잘 가라, 단우인. 지난 팔 년간의 일은 잊을 수 없었다."

파앗!

"……!"

단우인의 하나 남은 눈이 부릅뜨였다.

빙옥검에서 빛이 번뜩인다 싶은 순간, 몸이 마비라도 된 듯 꿈쩍을 안 했다.

팔을 움직이고 싶었다. 다리를 움직여 자리에서 벗어나고 싶었다. 하지만 몸은 굳어버려 바닥에 꼿꼿이 서 있었다.

'이게… 어떻게 된 일?

죽어버린 것일까? 그렇다면 눈앞에 보이는 단여랑의 모습은 무엇인가. 그가 내쉬는 숨소리는 무엇이며, 말 한마디까지 생생하게 들리는 것은 무엇인가.

'난 죽지 않았다.'

그랬다. 단우인은 분명 죽지 않았다. 다만 몸을 움직일 수 없었을 뿐.

"빙백신공을 갖고 싶어 했지?"

단여랑은 단우인 앞에서 빙옥검을 검집에 집어넣으며 말했다.

"네가 그토록 궁금해하던 빙백신공이 바로 그것."

"……."

"육체는 얼리되, 정신은 살려두지. 죽는 것도 사는 것도 아닌 영원한 지옥의 세계를 맛보도록."

단여랑은 단우인에게 다가와 그의 몸을 밀쳤다. 꼿꼿하게 굳어 있던 단우인의 신형은 힘없이 바닥으로 쓰러졌다. 그런 후, 단여랑은 손으로 단우인의 눈꺼풀을 아래로 감겨주었다.

단우인은 그때까지도 자신에게 무슨 일이 일어나고 있는지 알지 못했다. 멀어지고 있는 단여랑의 발걸음 소리를 들으며 몸을 원래대로 해놓으라고 외치려 했지만, 그의 외침은 마음속에서만 울리고 있었다.

저벅, 저벅!

얼마의 시간이 흐른 것일까.

단우인은 점점 가까워져 오고 있는 발걸음 소리에 귀를 기울였다.

'모두 세 명……. 무인들이 아니다! 연안 부족 사람들인가?'

묵직한 발걸음 소리가 근방에서 우뚝 멈췄다.

"사람이다!"

사내 하나가 단우인을 발견하곤 소리를 질렀다. 이어, 세 사내는 단우인을 향해 급히 뛰어왔다.

단우인은 안도했다.

얼어 죽게 되리라고 생각했는데 이들의 도움을 받을 수 있다면… 그렇다면……!

회심의 미소가 마음속에 그려질 찰나였다.

"죽었나?"

"죽은 것 같은데? 심장이 뛰질 않아."

"체온도 떨어졌고. 보라고, 혈색이 없어."

"죽은 모양이군."

"제길! 아침부터 시신이나 발견하다니!"

세 사내가 나누는 대화는 단우인의 신경을 건드렸다.

'아니야! 난 죽지 않았어!'

단우인은 눈조차 뜨지 못했다. 단여랑이 가기 전, 왜 자신의 눈을 감겨주었는지 이제야 알 것 같았다.

“어쩌지? 그냥 갈까?”

“그냥 가기도 좀 뭐하네. 찝찝해. 하루 종일 생각날 것 같아.”

“아무래도 땅에 묻어줘야 하겠지?”

'아, 안 돼!'

단우인은 마음이 다급해졌다.

하지만 그런 그의 심정도 모른 채 세 사내는 땅을 파내며 부지런히 움직이기 시작했다.

단우인의 몸은 아무런 감각이 없었다. 세 사내가 자신을 들어 파낸 땅에 던지는 것도 부스럭거리는 소리 때문에 겨우 알 수 있었다.

심장은 멈춰졌다. 말도 새어 나오지 않는다. 진기도 휘두를 수 없었다.

몸은 완벽하게 죽었다. 하지만 정신만은 너무도 뚜렷했다.

촤르륵! 촤르륵!

단우인은 자신의 몸 위로 흙이 덮여지는 소리를 생생하게 들렸다.

빙백신공, 빙백신공…….

죽는 것도 사는 것도 아닌 영원한 지옥의 세계.

단여랑이 마지막에 했던 말들은 단우인의 머릿속에 계속 맴돌았다.

'단여랑……! 으아아악!'

가슴이 찢어지는 듯한 절규 역시 단우인과 함께 땅에 묻혔다.

　　　　　*　　　　*　　　　*

일호 연안에서 배를 대는 무인은 갑자기 나타난 아름다운 여인을 보곤 깜짝 놀랐다.

"북해도까지 가주세요."

이제 갓 약관을 넘겼을까.

알맞게 그을린 피부, 흑요석처럼 반짝이는 두 눈동자와 오뚝한 콧날, 붉고 도톰한 입술로 조화가 된 얼굴은 아름다웠고, 한편으론 야성적이기도 했다.

"외지인이십니까?"

여인은 환한 미소를 지으며 고개를 끄덕였다. 그리곤 품 안에서 전서 하나를 꺼내 무인에게 보여주었다.

"으음!"

여인은 북해빙궁에 방문을 신청했다. 그리고 전서에는 그녀의 방문을 허락한다는 내용이 담겨 있었다.

무인은 더 이상 망설일 필요도 없이 배를 띄웠다.

여인은 무인의 안내에 따라 다소곳이 배에 올랐다.

시종일관 북해도가 위치한 곳만 바라보는 여인에게 궁금증이 일어 무인은 조심스럽게 물었다.

"북해도에… 누구를 뵈러 가시는지 여쭤도 되겠습니까?"

여인의 고개가 무인에게로 돌아갔다. 그녀의 붉은 입술이 살짝 벌어졌다.

"반려(伴侶)가 될 사람을 만나러 가요."

"오! 이렇게 아름다운 분과 평생을 살아가게 되다니, 누구인지는 몰라도 정말 부럽군요."

"그쪽도 익히 아시는 분일 거예요."

"네?"

무인은 눈을 동그랗게 뜨고 반문했다.

여인은 이마까지 내려쓴 모자를 벗었다. 허리까지 내려오는 칠흑 같은 머리카락은 그녀의 미모를 한층 더 돋보이게 했다.

무인은 그녀의 모습에 넋이 빠져나갈 지경이었다.

머리를 쓸어 올리며 여인이 다시 입을 열었다.

"유명한 분이거든요. 그는… 북해빙궁의 궁주니까요."

그녀의 검은 머리카락은 바람결을 따라 아름답게 휘날렸다.

"물론, 저를 아내로 받아줄지는 아직 미지수지만."

다시 북해도 쪽으로 고개를 돌린 묘선은 환한 미소를 지었다.

『북해빙궁』 大尾

북해빙궁을 끝내며……

7개월이라는 긴 시간을 달려왔습니다.

대미(大尾)를 적고 나선 장거리 마라톤이라도 한 듯 온몸에 기운이 쭉 빠져나가는 것 같았습니다.

기존에 북해빙궁을 주(主)로 다룬 이야기가 없었기에 상상만으로 배경을 만들고 무작정 글을 쓰기 시작했습니다. 그렇게 시작한 글이 권을 거듭할수록 난제에 부딪쳤죠.

자료는 터무니없이 모자랐고, 머릿속에 그려진 이미지들은 명확하게 구체화시키지 못했습니다.

그런 점에서 보면 북해빙궁은 만족스럽지 못한 글입니다. 글만 놓고 보자면 기쁨보다 안타까움이 많이 남았습니다.

하지만 북해빙궁을 쓰던 7개월은 저에게 가장 중요하고 소중한 시간이었습니다. 글에 대해 많은 생각을 할 수 있는 계기가 되었고, 내면의 성장을 안겨준 글이었으니까요.

시원하기도 하고, 섭섭하기도 합니다. '좀 더 잘 쓸 수 있었는데……' 라는 아쉬움도 남습니다.

그러나 첫 작으로 만족하지 못한 것을 다행으로 여깁니다.

만족에서 그쳤다면 더 이상의 발전은 없을 것 같습니다.

앞으로 글을 씀에 있어 많은 노력을 해야겠다는 다짐을 합니다.

모두 여섯 권의 글.

글을 끝맺고 나서 영광을 받을 자격이 있다면, 드리고 싶은 분이 있습니다.

밤을 새워가며 그분의 글을 몇 번이고 읽던 시절이 가끔씩 떠오릅니다. 무협이라는 장르를 접하면서 가장 행복했던 시간이었습니다.

제가 글을 쓰기 시작한 이유가 되어주신 분. 그리고 글쟁이로서 닮고 싶은 분…….

드릴 수만 있다면 제 첫 글인 북해빙궁 완결의 영광을 그분께 드리고 싶습니다. 그리고 그분의 빠른 회복을 진심으로 바라고 있습니다.

북해빙궁을 쓰는 동안 항상 곁에서 응원과 격려를 아끼지 않으셨던 사랑하는 부모님. 힘들 때마다 웃음을 주었던 반려 미노. 10년 동안 변함없는 지기인 먕, 윱, 변. 재미있는 uncle 원길, 형길, aunt 민영, 용가리, 보고 싶은 가족 짱구, 민 bro. 먼 곳에서 응원을 보내는 딸기공주.

그리고 글에 대한 조언을 아끼지 않으셨던 작가 분들. 금강님, 진격님, 일성님, 백연님, 류지혁님, 발렌님, 강호풍님, 김

한숭님, 일륜님, 이그니시스님, 장난꾸러기 둔저공 또한 제일 걱정을 많이 해주시고 서로에 대한 글 이야기에 시간 가는 줄 모르며 지낸 소중한 글벗 야운님.

가장 고생을 많이 하신 담당자 하나 씨와 청어람 출판사 관계자 분들.

마지막으로 북해빙궁을 읽어주시며 사랑해 주신 독자님들께도 고개 숙여 감사드립니다.

힘들지만 즐거웠던 글, 북해빙궁의 후기를 마치며 저는 조만간 차기작인 혈야광무(血夜狂舞)로 다시 찾아뵙겠습니다.

항상 건강하시고 행복하시길…….

무조 배상(拜上).